U0044406

醫統江山

第二輯

卷18

生死之間

石章魚 著

冤家宜解不宜結
人和人之間以和為貴
國家和國家之間何嘗不是如此？
自古征戰倒楣的都是老百姓

目錄

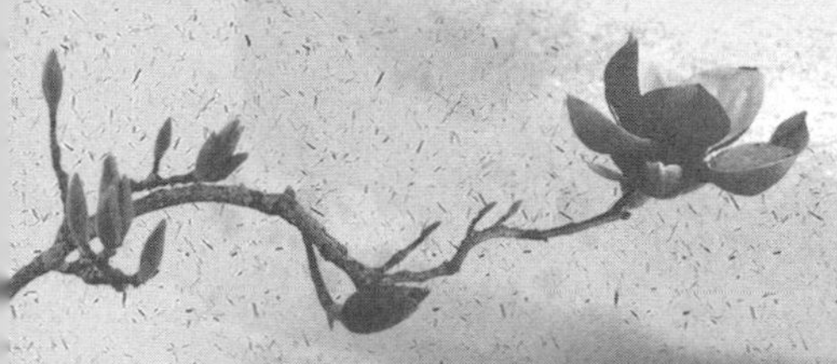

第一章

頭骨的奧秘

頭骨的光芒越來越盛，秦雨瞳的臉上表情也愈發痛苦。
她秀眉緊緊皺在一起，用力咬著櫻唇，嬌軀不停顫抖著，
顯然全神貫注地沉浸在頭骨帶給她的世界之中。
胡小天看到她的狀況，心中不禁有些擔心，
想當初姬飛花領悟頭骨秘密的時候也沒見她如此痛苦，
難道是因為姬飛花的內力深厚？

任天擎桀桀怪笑道：「她死了又如何？你以為我非要知道頭骨的秘密嗎？我給你一個建議，將鑰匙交給我，我可以讓秦雨瞳多活幾天，陪你做一對亡命鴛鴦。」

胡小天道：「就算我想給你，你敢進來拿嗎？」他一邊說話一邊尋找著聲音傳來的地方，可是任天擎的聲音似乎從四面八方傳來，很難判斷他具體所在的位置。

任天擎道：「你沿著方鼎的右上角沿著斜線走七步，就會發現一個孔洞，那鑰匙不大，你從孔洞之中丟給我即可。」

胡小天按照任天擎所說走了過去，果然發現了任天擎所說的孔洞，杯口般大小，應該是通風之用，想要從這麼小的孔洞中逃出根本沒有任何可能。他自始至終抱著秦雨瞳，不肯放開一刻，秦雨瞳無力蜷伏在他的胸前，小聲道：「小天……你別聽他的……他向來虛偽至極……從無信義。」

眉莊也跟上來道：「你千萬不可中了他的圈套！」生死關頭眉莊不由自主和胡小天站在了一起。

任天擎冷冷道：「師妹，你竟然幫著外人一起害我？」

眉莊怒道：「你還有臉說這種話，你又何嘗在乎我的死活？」

任天擎自然不會在乎她的死活，他陰惻惻道：「秦雨瞳的身體迥異常人，倘若我不出手救她，她必死無疑！」停頓了一下又道：「你是想讓她多陪你三個時辰，還是想讓她多陪你三天？」

眉莊突然向孔洞中拋出一顆小球，那小球嘰哩咕嚕地向下滾去，過了許久方才聽到一聲爆炸聲。

如果是在過去，胡小天看到眼前一幕肯定會樂得笑出聲來，可是因為心繫秦雨瞳的安危，此刻根本沒有發笑的心情，更何況他們還被任天擎困在這裡。

一切突然沉寂了下去，過了一會兒，從孔洞中冒出縷縷煙霧，眉莊的做法果然招來了任天擎的報復。眉莊來到權德安的屍體旁邊，扯下他的衣服，用來塞住孔洞，可惜她的舉動徒勞無功，從四面八方的縫隙中都有煙霧侵入石室，雖然煙霧彌散的速度並不算快，可是用不了一個時辰就會充滿整個石室。

胡小天提醒秦雨瞳屏住呼吸，他早已從虛凌空那裡學會了裝死狗呼吸大法，就算屏息一個時辰也不會有任何的問題，不過他也擔心這煙霧會對他們的身體造成腐蝕，他和眉莊都有寶甲防身，現在防禦力最差的反倒是秦雨瞳。

眉莊四處查看堵塞縫隙的時候，秦雨瞳壓低聲音道：「你不用擔心，我沒事，休息一下就好。」

胡小天點了點頭，看到緩慢進入石室的煙霧，心中也不由得焦急起來，他本來還想引誘任天擎進入石室，可現在看來任天擎已經成為驚弓之鳥，更因為失去手臂而對自己恨之入骨，一心想要將他們三人置於死地，甚至不惜埋葬頭骨的秘密。

胡小天想起權德安臨死前送給自己的那把鑰匙，既然他如此鄭重其事地將鑰匙交給自己，想必一定非常的重要，只是剛才一直忙於應付種種突發的狀況顧不得鑰匙的事情，用不了太久時間，這間石室就會煙霧瀰漫，縱然他們可以屏息應對，可畢竟不是長久之計。

收藏頭骨的地方，胡小天過去就已經檢查過，裡面應該沒有其他的機關。這間石室縫隙雖然不少，可是大不了用鑰匙一個個試過，胡小天首先又將收藏頭骨的地方檢查了一遍，確信裡面並無機關，這才準備去四周牆壁上搜尋的時候，秦雨瞳提醒他道：「那只方鼎！」

胡小天經她提醒，腦海中一亮，的確，那方鼎恰恰是他疏忽的地方。祭台上的方鼎本身是個偽裝之物，用來掩飾下方的坑洞，所以無論誰發現方鼎下另有機關和收藏的寶藏之後，定然會忽略其他的事情。

秦雨瞳的聲音也將眉莊夫人吸引了過來，她幫著胡小天一起在方鼎內外搜尋，胡小天根本沒有花費太大的功夫就在方鼎下找到了一個鎖孔，將權德安交給他的鑰匙插入鎖孔之中，稍一擰動，方鼎就緩緩回歸了原位，旋即向下降落。

三人全都來到祭台之上，祭台下降約有兩丈，右側露出一個長方形的門洞，胡小天根本沒做太多的考慮就抱著秦雨瞳進入其中，眉莊夫人生恐被他們落下，緊隨其後跳了進去，三人剛剛離開了祭台，那祭台又緩緩上升，回歸原位。

黑暗中亮起一團光芒，卻是眉莊夫人拿出一顆夜明珠照亮，她的另外一隻手中拿著頭骨，畢竟這顆頭骨是她和任天擎討價還價的籌碼。聽到身後祭台回歸原位的關閉聲，眉莊夫人忍不住回頭看了一眼，低聲道：「咱們或許回不去了。」

胡小天道：「你如果想回去，我並不反對。」

眉莊當然不會想回去，寧願在這裡被餓死，也好過回去被毒霧嗆死得好。她搶在胡小天和秦雨瞳身前，照亮前方的通道，通道只有三丈長度就到了盡頭，不過盡頭處有一個四四方方的地洞，那地洞筆直向下，不知通向何方。

眉莊來到地洞前方，利用夜明珠的光芒向下照去，深不見底，於是從革囊中取出一顆磷火彈向下方投去，過了許久下方才亮起磷火，目測粗略估計，地洞底部距離他們現在的位置大概有十丈以上。

眉莊道：「你下去看看！」

胡小天搖了搖頭道：「我不會離開雨瞳！」

眉莊看到他們兩人的樣子，心中明白想要將他們兩人分開很難，於是道：「我下去探路，不過你要將鑰匙給我。」她是擔心自己下去之後，胡小天利用鑰匙啟動其他隱藏的機關逃走。

胡小天想都不想就將鑰匙扔給了她。

眉莊接過鑰匙放下心來，其實她已經觀察過環境，周圍並無可以逃生之處，他們兩人除了在這裡等待，根本沒有其他的去處，正準備下去探路之時，胡小天道：

「不如你將頭骨留在這裡。」

眉莊看了他一眼，自己不信胡小天，胡小天同樣不相信她，這顆頭骨對眉莊雖然沒有任何的用處，可畢竟還是可以制衡任天擎的王牌。眉莊心中暗忖，如果自己率先發現了逃出去的道路，那麼她大可將兩人捨棄，或許胡小天正是考慮到了這一點，因而不肯讓她將頭骨帶走。

眉莊點了點頭，果然將頭骨留下，翻身躍下地洞。

胡小天探身望去，卻見眉莊並未選擇直墜而下，而是宛如壁虎般貼附在石壁之上，緩緩遊移下行，五仙教將五毒奉為神物，從五毒技能中演化出的武功可謂登峰造極，眉莊的壁虎遊牆術已經是爐火純青。

等到眉莊下行了一段距離，秦雨瞳方才道：「你懷中有什麼東西？」

胡小天低頭望去，方才發現自己懷中隱隱有藍色的浮光流出，仔細一想，懷中藏著的卻是簡融心送給自己的那幅〈天人萬象圖〉，他此番帶來康都，目的就是想讓七七幫忙解讀，可是直到現在都沒有機會。不過他將〈天人萬象圖〉收藏得很好，一直也沒有光芒流出，怎會突然露出光芒？

秦雨瞳道：「頭骨也是一樣。」

胡小天這才發現頭骨的光芒忽明忽暗，如同呼吸燈一般，如果不是秦雨瞳的緣故，定然就是對〈天人萬象圖〉有了反應。

秦雨瞳道：「先不管它，咱們離開這裡再說。」

胡小天內心一怔，聽秦雨瞳的意思好像已經找到了離開的辦法，他環視四周，除了眉莊夫人去探察的那個地洞再也沒有可以進入的地方。向地洞內望去，眉莊夫人已經下行了一半的距離，看來也是極其謹慎。

秦雨瞳道：「這地洞只是用來引開注意的，你看頭頂的浮雕，龍爪指向的位置並非地洞。」

胡小天抬頭望去，此時方才留意到頭頂的盤龍浮雕。

秦雨瞳道：「龍爪指向的地面，應該有五個孔洞，你將手指插入其中逆時針旋轉。」

胡小天依言走了過去，果然看到了地面上的孔洞，按照秦雨瞳所說，將五根手指插入孔洞之中，逆時針旋轉了一周，在他左側的牆壁之上頓時開啟了一道暗門。

胡小天大喜過望，抱起秦雨瞳向門中奔去。

在地洞中探尋道路的眉莊也感知到了上方的動靜，放棄繼續探索，以最快的速度向上方趕去，等她回到地面上，看到那牆洞已經緩緩關閉，眉莊爆發出一聲怒不可遏的尖叫，揚起右手，一顆磷火彈向其中射去，可惜終究還是晚了一步，磷火彈在牆壁之上炸裂開來，牆洞已經徹底關閉。

眉莊大叫道：「胡小天，你這背信棄義的混帳！秦雨瞳，你這個不知廉恥的小賤人！」看到兩人將她拋棄，身為一代宗師的眉莊竟也方寸大亂。

胡小天和秦雨瞳兩人此時已經進入了另外一個石室之中，眉莊的咒罵雖然惡毒，可是全都被厚實的石牆隔絕在外。

胡小天首先觀察了一下周圍的環境，整個石室內除了一張四四方方的玉台，就是牆壁上形形色色的浮雕記號，胡小天顧不上探究其中的意義，最為關切的還是秦雨瞳的傷勢，他柔聲道：「你怎樣了？」

秦雨瞳搖了搖頭道：「不妨事……」她發現胡小天胸前藍色的光芒變得越來越強烈，抑制不住心中的好奇道：「你將那裡面的東西取出來給我看看。」

胡小天有些尷尬地應了一聲，心想這是你主動要求的，可不關我的事情。他扶著秦雨瞳在玉台之上坐下，然後取出懷中的〈天人萬象圖〉，在秦雨瞳的面前徐徐展開。

秦雨瞳定睛望去，當她看到圖內容的時候，不禁俏臉一熱，羞得幾乎無地自容，然而她的目光卻又被這神奇的景象所吸引。胡小天展開天人萬象圖之後，頭骨的光芒也變得空前明亮，秦雨瞳示意胡小天將頭骨遞給自己，幫助她戴在頭上。

胡小天此前曾經見姬飛花這樣做過，根據他的推測秦雨瞳也和姬飛花、七七一樣很可能都是當年那些天外來客的後代，她們對頭骨都有著超強的感應。眼前出現了奇異的一幕，攤放在玉台之上的〈天人萬象圖〉發散出陣陣光霧，光霧聚攏變幻形成了一幕幕活動的三維影像，在胡小天看來簡直就是全息技術，這些天外來客的科技文明程度絕對要領先於他過去的世界。秦雨瞳雙目緊閉，表情顯得非常痛苦，頭上的藍色透明頭骨光芒大盛，從開始的忽明忽暗變成了持續發光，隨著光芒越來越亮，頭骨也從藍色變成了透明無色。

胡小天被強光刺得幾乎睜不開眼，垂下頭去，望著〈天人萬象圖〉上兩個小人不停變幻著花樣，心中驚歎之餘又不禁想起，眼前的狀況豈不是陪著秦雨瞳這位冰美人兒一起看A片，等到脫困之後，卻不知秦雨瞳又要怎樣面對自己？

頭骨的光芒越來越盛，秦雨瞳臉上的表情也愈發痛苦。她秀眉緊緊皺在一起，用力咬著櫻唇，嬌軀不停顫抖著，顯然全神貫注地沉浸在頭骨帶給她的世界之中。胡小天看到她的狀況，心中不禁有些擔心，想當初姬飛花領悟頭骨秘密的時候也沒見她如此痛苦，難道是因為姬飛花的內力深厚。而秦雨瞳被任天擎和眉莊夫人先後暗算，身體正處於虛弱之時。胡小天想要制止，可是又不敢打擾，生怕在這種時候出聲會對秦雨瞳造成不可挽回的影響，須知一個人在全神貫注之時，恰恰就是最容易走火入魔的時候。

就在胡小天不知如何是好的時候，聽到秦雨瞳發出一聲尖叫，美眸圓睜，噗的一聲噴出一口鮮血，嬌軀軟綿綿向下倒去，胡小天慌忙將她的嬌軀抱住，頭骨的光芒瞬間黯淡，與此同時〈天人萬象圖〉也沒有了任何反應。

胡小天將秦雨瞳抱在懷中低聲呼喚她的名字，關切之情溢於言表。

還好秦雨瞳並未昏迷過去，擁住胡小天的身軀，俏臉緊貼在他的胸膛之上，過了許久方才緩過氣來，虛弱無力道：「我無法領悟頭骨中的奧秘……」

胡小天點了點頭，握住她的柔荑道：「這顆頭骨並非五仙教總壇的那一個，看來那些天命者都有自己的傳承者，若無親近的血緣關係，是無法和頭骨建立起任何聯繫的。」

秦雨瞳本來就被任天擎和眉莊暗算，剛才為了從頭骨中發現奧妙，幾乎拚盡全力，再受重創，此刻虛弱無比，彷彿隨時都會睡去。胡小天看到她的狀況不禁擔心，可是他又束手無策，畢竟秦雨瞳擁有天命者的血統，迥異常人，更何況在醫術方面秦雨瞳並不次於自己。只能勸慰她道：「你不用心急，好好休息就是。」

秦雨瞳道：「你還記不記得過去跟我說過的話？」

胡小天被她問得一愣，心想我跟你說過的話實在是太多了，不知究竟是哪一句，嘴上卻道：「記得！」

秦雨瞳顯然識破了這廝正在敷衍自己，喘了口氣道：「那你說給我聽聽！」

胡小天道：「我喜歡你！」

秦雨瞳呸了一聲，知道胡小天根本沒有明白自己的意思，不過聽他這樣說心中卻暖暖的無比受用，下意識地抱緊了胡小天，在這樣的環境下，在生死攸關的時候，冰美人秦雨瞳也終於放下了矜持。

胡小天低下頭去在她的柔唇上輕輕吻落，秦雨瞳蒼白的俏臉因為羞澀而蒙上兩片紅霞，不過她並未躲避，輕啟櫻唇迎合著他的親吻。黑暗中兩人唇舌交纏，彼此的內心前所未有的貼近，擁吻良久，秦雨瞳方才小聲道：「我喘不過氣來了。」

胡小天這才放開她。

秦雨瞳緩了緩方才道：「那〈天人萬象圖〉對普通人卻是全無用處的。」

胡小天道：「我還以為是一幅春宮圖！」

秦雨瞳輕聲啐道：「胡說八道，我應該是你所說的天命者的後代，任天擎也應該和我一樣……」

胡小天點了點頭，這件事他已經能夠斷定，只不過讓他奇怪的是，任天擎的血液是藍色，而秦雨瞳的血液卻是紅色，看來這些天命者的後代在來到這個世界之後都發生了形形色色的變異。

秦雨瞳道：「我們的血統……並不純正……所以或多或少都存在缺陷，〈天人萬象圖〉正是為了彌補這種缺陷所出現。」

聽她這樣一說，胡小天心中頓時明白了不少，難怪任天擎想盡辦法都要得到〈天人萬象圖〉，對他和秦雨瞳來說可以彌補缺陷的〈天人萬象圖〉甚至比頭骨更加重要。只是眉莊夫人為何也跟著湊這個熱鬧？難道她也是天命者的後代？胡小天將心中的疑問說出。

秦雨瞳搖了搖頭道：「她不是……她只是被任天擎蒙蔽罷了……」

胡小天道：「可是你應當如何彌補這個缺陷呢？」

秦雨瞳因他的這個問題而再度臉紅，咬了咬櫻唇，過了一會兒方才難為情道：「這〈天人萬象圖〉應該是上下兩冊，陰陽兩卷，兩卷應該沒什麼關係。」

胡小天道：「這幅應該是陰卷！」秦雨瞳點了點頭，胡小天靈機一動道：「也就是說對你有用，對男性卻是全無幫助。」

秦雨瞳實在難以啟齒，紅著俏臉垂下頭去：「討厭，別問了！」

胡小天看到她的嬌羞模樣心中不禁一蕩，擁住她的嬌軀道：「究竟如何才能彌補缺陷呢？」

秦雨瞳低下螓首，鼓足勇氣道：「孕育生子，重塑經脈。」

胡小天聞言不禁哈哈大笑起來。

秦雨瞳惱羞成怒地抬起頭來：「笑什麼笑？」

胡小天道：「我倒是願意幫忙！」不過多少還是有些底氣不足，話說跟他發生親密關係的紅顏知己也不在少數，到現在顆粒無收，萬一自己藥不對症，豈不是害了秦雨瞳。

秦雨瞳直接用額頭抵在他的胸膛之上：「你好不要臉……」

胡小天道：「只要能救你，我不要臉也沒什麼關係，雨瞳，改日不如撞日，不如咱們現在就試試看。」

「誰跟你試……」

「你的意思是要跟我坦誠相見？」

「討厭啦……人家再也不要理你。」秦雨瞳想要推開胡小天，身軀卻軟軟的沒有半分力道。

兩人在密室之中，你儂我儂，纏纏綿綿之時。眉莊卻一個人孤零零坐在外面，她將周圍翻了個遍，也沒有發現可以啟動暗門的機關，無奈之下又去地洞之中探索了一遍，讓她更為失落的是這地洞中也沒有她盼望的出口，眉莊先是被任天擎無情拋棄，現在又被胡小天和秦雨瞳聯手設計，真正變成了孤家寡人，她機關算盡到頭來卻落到這樣一個結局，這讓她怎能心甘。

眉莊孤零零等了兩個時辰不見任何動靜，她心中不由得萌生出被所有人拋棄的孤獨感，或許胡小天和秦雨瞳已經找到出路逃了，至於任天擎，他壓根不會在意自己的死活，更何況他十有八九不知道方鼎下密室的存在。

眉莊思來想去，或許自己唯一的希望只能寄託在權德安的身上，權德安乃是永陽公主面前的紅人，他的失蹤應該會引起她的重視，說不定現在外面已經開始針對龍靈勝境進行搜尋了。

眉莊並沒有猜錯，雲瑤台的夜宴已經結束，天下無不散的筵席，七七不可能永遠將幾人都留在這裡，酒宴散後幾人先後告辭離去，洪北漠卻有意留到了最後。

七七道：「洪先生還有事嗎？」

洪北漠道：「也沒什麼事情，只是今晚好像沒有看到權公公。」

七七心中暗歎，洪北漠真是一個老狐狸，果然任何的細節都瞞不過他，看來自己今晚設宴的用意十有八九已經被他識破。七七的表情風波不驚：「洪先生難道忘了，酒宴剛開始我就派他去辦事了。」

洪北漠微笑道：「原是微臣不該問，可總覺得今晚的事情好像有些不對。」

七七秀眉微顰，面露不悅之色：「洪先生這話是什麼意思？」

洪北漠道：「難道殿下沒有發現今晚有人透著古怪？」

七七本以為洪北漠影射自己，可這句話卻又明顯和自己無關，本來她這場晚宴就抱有一定的目的，時刻小心謹慎，擔心露出破綻，反倒忽略了其他人的反應。她故作鎮定道：「誰？」

「任天擎！」

七七不解地眨了眨雙眸。

洪北漠道：「臣敢斷定今晚赴宴的另有其人！」

七七愕然道：「你是說任天擎乃是他人偽裝？」

洪北漠緩緩點了點頭道：「正是！」

七七內心一沉，洪北漠所說的事情如果屬實，那麼真正的任天擎必然去了別處，最大的可能就是去了龍靈勝境。權德安至今仍未歸來證明今晚的行動肯定遇到了麻煩，她必須當機立斷，以免事情敗露之後落入被動。

洪北漠恭敬道：「殿下，有什麼事還請對臣言明，臣永遠會站在殿下一邊。」

七七咬了咬櫻唇，終於做出決定，她低聲道：「本宮得到可靠的消息，任天擎勾結大雍燕王薛勝景，出賣大康利益。」

胡小天和秦雨瞳偎依在玉台之上，兩人雙手相握，四目相對，流露出無盡柔情，秦雨瞳柔聲道：「有沒有想過，我們可能永遠也出不去了？」

胡小天道：「生未同衾，死亦同穴！黃泉路上有你做伴倒也不算寂寞。」

秦雨瞳歎了口氣道：「終究是我拖累了你。」

胡小天搖了搖頭：「你說的那件事可是真的？」

「什麼事情？」

「〈天人萬象圖〉的事情。」

秦雨瞳沒想到這種時候他仍然惦記著那件事，紅著俏臉道：「就算是真的又有何用，想它作甚？」在她看來他們已經沒有重見天日的機會，唯有在這黯淡無光的密室之中靜待死亡，還好有胡小天和自己做伴。

胡小天道：「可是既然有希望總是要嘗試一下，說不定咱們試過之後，會讓你爆發體內的潛能，或許能夠發現一條逃生之路。」

秦雨瞳俏臉發燒，她冰雪聰明，猜到胡小天只不過是尋找一個藉口罷了，俏臉埋在胡小天的胸前默然不語。

胡小天道：「我只是建議，絕沒有其他的意思，我的人品你不是不知道，絕不是一個趁人之危的小人……」話未說完，嘴唇卻被秦雨瞳的櫻唇堵住，胡小天被秦雨瞳的熱吻給弄懵了，當伊人的熱吻雨點般落在他的唇上臉上，這廝方才漸漸反應過來。

秦雨瞳嬌柔的聲音在他耳畔道：「在我心中早已將自己當成了你的人，就算是死，也不會改變……」她的這句話簡直就是催情的良藥，胡小天哪還按捺得住，就算是死，也要快快活活的死，冰美人都作出如此的表示，自己再沒有點反應還算男人嗎？人生就是要盡可能的不留遺憾。

任天擎的車馬剛剛離開皇城，卻見前方有一名黑盔黑甲的蒙面騎士擋住了正中的道路，任天擎皺了皺眉頭，掀開車簾，卻見三名黑甲騎士從右側向自己的座車靠近，左側也是同樣，他放下車簾緩緩閉上雙目，側耳傾聽，在馬車的後方也同樣有鐵騎聲響起。

任天擎的嘴唇露出一絲冷酷的笑意，低聲道：「衝出去！」

負責駕車的車夫聽到他的吩咐，沒有任何的猶豫，揚鞭在兩匹馬的背上分別甩了一記響鞭，高喝道：「駕！」兩匹駿馬發出一聲嘶鳴，宛若兩道灰色的閃電拖拽著馬車向正前方衝去，九人從四個方向包抄而來，正前方只有一人，看上去應該是力量最為薄弱的一環，自然是首選突破的方向。

然而一個人若是敢獨自發起攻擊，必然擁有獨當一面的能力。

黑衣騎士全身都被黑色的甲冑包裹只露出一雙陰森的眼睛，看到車馬陡然加速之後，他反手從肩頭抽出斬馬刀，一刀劈落。

仲夏的夜晚本沒有一絲風，悶熱而潮濕，遠方池塘青蛙還在沒完沒了地叫著，斬馬刀劈出之後，這沉寂而沉悶的夜色似乎被突然劈出了一個缺口，每個人都聽到了風聲，尖銳的風聲，長刀破空的囂叫。

任天擎面部的肌肉抽動了一下，他聽到骨骼斷裂的聲音，聽到駿馬的哀鳴聲，聽到血液擠壓出體腔狹窄的縫隙向外高速噴出的聲音。他的雙手在座椅上輕輕一拍，身軀騰空而起，衝破車廂的頂部。

然而任天擎的身軀衝出車廂的剎那，就已經看到，空中一道黑色的魁偉身影俯衝而下，手中一根杯口粗細的玄鐵棍宛如泰山壓頂直奔任天擎的頭頂擊落。

任天擎手中雙槍十字交叉，擋住對方從天而降的重擊，任天擎竟然被這一擊砸得直墜而下，落地之時，雙腳陷入地面半尺有餘。

十名黑甲騎士將任天擎包圍在垓心，那名從天而降的黑甲武士陰沉沉望著任天擎道：「你不是任天擎！」

任天擎哈哈大笑，他環視這十名強大的黑甲騎士，輕聲道：「天機局龍組！我何德何能竟然可以勞動洪北漠出動他最精銳的力量，好！好！好！就讓我來領教你們的龍蛇四象陣！」

「你還不配！」

情況比七七預想中更加嚴峻，和洪北漠一起來到縹緲山之後，很快就發現龍耳入口已經封閉，洪北漠瞭解過狀況之後回到七七身邊，一臉凝重道：「有人從內部啟動了機關，斷龍鎖落下，從外部無法開啟，想要進入其中除非鑿出一條通道。」

七七自然明白斷龍鎖落下的意義，斷龍鎖一旦啟動就會封閉龍靈勝境的所有通道，同時龍靈勝境原有的機關都宣告失效。想要從外部開啟一條通道進入龍靈勝境，非但需要大量的人力，而且需要很長一段時間。根據洪北漠的初步估計，就算配齊工匠，全力掘進沒有十天半月也不可能打通，看到七七難以掩飾的關切，洪北漠已經猜到這龍靈勝境之中絕非困住權德安一人那麼簡單。

洪北漠故意道：「殿下，如果權公公被困在其中，就算現在開始營救，等到我們打通內部，只怕他也……」

七七心亂如麻，被困在龍靈勝境內的不僅是權德安還有胡小天，這兩人都是她生平最重要的人，假如這兩人都遭遇不測，那麼自己豈不是真正變成孤家寡人。她果斷道：「權公公乃是本宮至親之人，無論付出怎樣的代價，都要將他救出來。」

洪北漠已經明白了她的意思，點了點頭道：「臣必傾盡全力。」

雖然只是隔著一道牆壁，卻是兩重光景，孤獨讓眉莊感覺到時間變得格外漫長，自己向來爭強好勝，縱橫半生，想不到最後竟然不明不白地死在這裡。眉莊越想越是委屈，事到如今發洩的唯一方式只剩下尖叫嘶吼：「任天擎你這混帳！胡小天！秦雨瞳，我要將你們碎屍萬段，挫骨揚灰方解心頭之恨！」

眉莊夫人叫到聲音嘶啞終於開始接受現實，可就在她陷入絕望的時候，卻聽到轟隆隆的響動，關閉整整一天一夜的石門居然緩緩開啟。

眉莊夫人心中又驚又喜，全神戒備之時，卻見胡小天和秦雨瞳從裡面走了出來，胡小天自然還是一如既往的意氣風發，原本病怏怏的秦雨瞳卻如浴火重生般精神抖擻，只是秀靨之上帶著兩抹揮之不去的嫣紅，表現出前所未有的嫵媚與嬌羞。

眉莊夫人看到兩人出來，原本想要指責咒罵胡小天的話剛到唇邊又被她硬生生咽了回去，眉莊也不是傻子，自然懂得審時度勢，原本胡小天一個她就已經抵擋不住，現在再加上一個恢復正常狀態的秦雨瞳，她自問決計在兩人手上討不到任何好處。居然忍住心中的憤怒，對著兩人甜甜一笑道：「這麼久的時間，你們兩個究竟去了哪裡？偷偷摸摸做了什麼？」

言者無心聽者有意，秦雨瞳因她這句話而俏臉發熱。

胡小天道：「自然是尋找出去的洞口。」

眉莊道：「可曾找到洞口？」

胡小天笑瞇瞇向秦雨瞳看了一眼道：「找到了！可惜不是出路！」

秦雨瞳狠狠在他手臂上捏了一把。

眉莊又怎能知道他們之間發生了什麼，只是看他們兩人柔情蜜意，冷笑了一聲道：「想要打情罵俏還是等咱們出去之後再說，留給咱們的時間只怕不多了。」

胡小天故意道：「我們走了這麼久，你師兄居然都沒來救你？」

眉莊打量著秦雨瞳，秦雨瞳居然將雙眸垂了下去，生怕她看出自己的變化。

眉莊道：「看來你已經恢復了。」

胡小天道：「所以你最好將鳳凰甲乖乖奉還。」

眉莊呵呵笑道：「果然強勢許多，你當我怕你們不成？死又如何？無非是早晚罷了！」她斷定他們兩個並沒有找到出路，所以也表現得極其強硬。

秦雨瞳道：「你或許不怕死，可是你怕不怕求生不得求死不能？」

眉莊不屑望著秦雨瞳道：「秦雨瞳，你以為有了追魂笛就能控制一切？」早在從秦雨瞳身上扒下鳳凰甲之時，眉莊順帶著將她身上的物品一網打盡，當然不會放過她最為忌憚的追魂笛。

秦雨瞳本不想此時和眉莊矛盾激化，可是眉莊道：「有了男人果然和過去不同了，說話也硬氣了許多。」本來眉莊也沒有其他的意思，可秦雨瞳卻因她的這句話而羞憤交加，美眸之中藍光隱現。

眉莊忽然感覺到身上的鳳凰甲竟然開始收緊，開始還以為是自己的錯覺，可是周身感覺越來越緊，整套甲冑開始不斷向內收縮。

眉莊暗叫不妙，想不到這套鳳凰甲竟然和秦雨瞳有了心靈感應，宛如有生命一般，可以隨著秦雨瞳的意念而改變，用不了多久這套鳳凰甲就會成為自己的束縛，更讓她驚慌的是，鳳凰甲開始散發出淡藍色的光暈，隨之溫度也不斷提升。眉莊心中明白，除非自己馬上擊殺秦雨瞳，否則無法阻止情況繼續惡化下去。

可是胡小天就在秦雨瞳的身邊，想要動手根本沒有機會。眉莊在心中掂量後，迅速做出決斷，格格笑道：「真是小家子氣，區區一套甲冑，你當我稀罕嗎？」

胡小天笑瞇瞇望著眉莊夫人，提防她猝然發動攻擊，對秦雨瞳不利。

眉莊夫人怒道：「看什麼看？沒見過女人脫衣服？」

胡小天呵呵笑了起來，卻依然沒有轉身，目不轉睛地望著眉莊道：「其實你大可跳到地洞裡去脫。」

眉莊夫人幽然歎了口氣道：「我什麼風浪沒見過，還怕你這個小孩子？」她居然大大方方地將鳳凰甲脫下，雖然鳳凰甲內還穿著衣服，可都是貼身褻衣，曼妙身姿盡收眼底。胡小天心中暗讚，以眉莊的年紀能夠保養成這個身材實在是很不容易，不過比起秦雨瞳的完美身姿還是要差上一籌。

秦雨瞳接過鳳凰甲去暗處換上，眉莊看在眼裡恨在心裡，可是無奈力不如人，只能選擇忍氣吞聲。

胡小天道：「任天擎沒有再出現過？」

眉莊搖了搖頭，若是任天擎出現，自己何至於仍然困在這裡？

胡小天指了指前方的地洞道：「下面有什麼發現？」

眉莊道：「什麼也沒有，只是普普通通的一個地洞。」

胡小天向秦雨瞳使了個眼色，秦雨瞳會意，兩人一起沿著地洞向下攀援而去，他們對眉莊說的話並不信任，還是要親自探查一番。

這地洞上寬下窄，四壁的確沒有任何可疑的地方，其實眉莊在兩人進入密室之後已經反反覆覆檢查了多次，胡小天和秦雨瞳來到地洞底部，他以傳音入密道：「我們有兩個選擇，一是等外面的人鑿出一條通道過來救我們。」

秦雨瞳道：「想要從外面打通，只怕沒有十天半月根本不可能。」

胡小天道：「只要我們進入龜息休眠狀態，應該可以熬到那個時候。」

秦雨瞳道：「上次我們被困劍宮地下之時，你不是用光劍打通了一條通道？」

胡小天道：「那時的情況和現在完全不同，光劍雖然威力不小，可是光劍的能量絕對不可能將龍靈勝境這麼深的山體全部打通。」

秦雨瞳知道他說的都是實情，點了點頭道：「那怎麼辦？」

胡小天道：「光劍的最後一檔可以自毀引爆，將光劍內蘊含的所有能量一次性激發出來，威力必然奇大，說不定可以炸穿山體，炸出一條出路。」

秦雨瞳提醒他道：「爆炸的威力很難控制，也許會引發整個龍靈勝境崩塌，到時候我們就會被活活埋葬在地下。」

胡小天道：「這地洞應該是一個不錯的地方，假如我們在地洞底部引爆光劍，那麼就可以將爆炸控制在一定的範圍內，最大可能避免整個龍靈勝境發生崩塌。」

秦雨瞳道：「雖然可行，但是仍然非常冒險。」

胡小天道：「與其坐以待斃，不如放手一搏，咱們將爆炸控制在一定的範圍，而且你有鳳凰甲，我有翼龍甲防身，再加上我用護體罡氣護住咱們，應該不會有什麼大礙。」

秦雨瞳沉思片刻，的確除了胡小天的建議也沒有其他太好的辦法，於是點了點頭道：「就按你說的辦。」

兩人重新回到上面，眉莊看到兩人無功而返，不禁冷笑道：「我早就告訴過你們，這地洞內根本沒有其他的出口。」

胡小天道：「無論怎樣，總得嘗試一下。」望著衣衫輕薄的眉莊，胡小天心中暗忖，卻不知光劍自毀之後究竟威力幾何？眉莊能不能躲過這一劫？

秦雨瞳望著眉莊道：「當年你為何要害我娘親？」

眉莊呵呵冷笑道：「是她自甘墮落，那周睿淵只不過是一個凡夫俗子，師父派你娘前去只是為了利用他，卻想不到你娘當真愛上了他。」

「你撒謊！」

眉莊道：「我因何要撒謊？我雖然並不喜歡你娘，可是我也知道師父是她的親娘，那時候我又豈敢對她痛下殺手？難道我不要性命了？」

秦雨瞳沉默了下去，眉莊的這番話倒是符合常理，她咬了咬櫻唇道：「是不是任天擎？」

眉莊道：「你這妮子倒也心機深沉，我們本以為你什麼都不知道，想不到師父竟將所有的寶貝都傳給了你，這麼小年紀居然能藏得如此之深，真是讓人佩服。」

秦雨瞳道：「若是將一切坦然相告，你們又豈容我活到現在？」

眉莊點了點頭道：「任天擎雖然歹毒，可是他卻不會傷害你娘，因為他這一生只喜歡過一個女人，那就是秦瑟！」多年以來她對此一直耿耿於懷，過去一直以為正是因為師姐秦瑟的存在，所以任天擎才會拒絕自己的感情，可現在卻突然明白，即便是沒有師姐的存在，任天擎也不會喜歡自己，此人自私而冷酷。

眉莊道：「我過去一直以為秦瑟當真是因嫉妒憤而出走，可後來我發現，以她的智慧又怎能看不破這種事？師父該告訴過你當初派秦瑟接近周睿淵的目的吧？」

秦雨瞳沒有回答她的問題，可表情卻已經承認。

眉莊道：「師父想要探尋的就是這個龍靈勝境的秘密，秦瑟來到康都之後，最親近的兩個人，一個是周睿淵，還有一個卻是當時的太子妃！」

胡小天內心第一時間閃現出凌嘉紫的名字，莫非秦瑟之死也和凌嘉紫有關？

眉莊道：「害死你娘的其實就是我們的師父，若不是她讓秦瑟來到康都，秦瑟又怎會認識你爹？若不是她想要探察龍靈勝境，你娘又怎會引起他人的警覺？」

秦雨瞳怒道：「你住口，事到如今，你為何還要推卸責任？」

眉莊呵呵笑道：「不錯！事到如今我因何還要推卸責任？咱們三個早晚都要困死在這裡，我又何必撒謊騙你？當初師父的確讓我去引誘你爹，讓你娘生出誤解，可是她卻不知道，你娘對你爹情根深種，從來都未曾懷疑過他。你娘從小到大向來對師父言聽計從，唯有在這件事上違背了她的意願，甚至甘心冒著生命危險為周睿淵生下了你！」

第二章

驚天動地的爆炸

整個大康皇宮都為之震顫，
許多宮人缺乏準備而被這突如其來的震動掀翻在地。
黎明剛到，七七正在晨光下注目著瑤池那邊的進度，
到目前為止瑤池的水尚未抽走一半，
挖掘龍靈勝境打通內部的工程尚未開始，
她扶住水榭的廊柱，如果不是靠著廊柱支撐，恐怕也已經摔倒。

第二章

秦雨瞳咬著櫻唇，竭力控制著自己的感情，眼淚卻已經在眼眶中打轉。

眉莊道：「是不是很感動？」

秦雨瞳搖了搖頭道：「別說了！」

眉莊笑了起來：「你因何又不想聽？因為你害怕知道真相，因為你已經猜到，你也是害死你娘的兇手之一！」

「住口！」秦雨瞳尖叫道，淚水宛如決堤般湧出。

胡小天展開手臂將她擁入懷中，秦雨瞳撲入他溫暖的懷抱中無聲啜泣起來。

眉莊夫人歎了口氣道：「其實連我也不明白你娘因何要死，她縱然犯錯，可是師父不捨得殺她，我雖然能夠騙過你爹，但肯定騙不過她，她這麼聰明的人，為何捨得拋下自己的丈夫和襁褓中的孩子去選擇一條死路？」

胡小天道：「你這麼一說自己一點責任都沒有，算是洗白嗎？」

眉莊夫人不屑笑道：「我用得上這麼做？」她的目光落在胡小天的臉上：「你們兩人當年訂親其實是秦瑟的意思，當時誰都不明白因何她會幫你選一個傻子，可現在看來她的眼光果然獨到。」

胡小天心中暗歎，秦瑟這位素未謀面的丈母娘想來也是一位智慧超群的人物，既然眉莊否定了那麼多的人和她的死有關，那麼她的死或許和凌嘉紫有關係，也許秦瑟知道了凌嘉紫的秘密，也許凌嘉紫為了保住自己的秘密而不惜殺人。

胡小天道：「你知不知道他們跟你是不同的？」

眉莊夫人緩緩搖了搖頭，若非親眼看到任天擎斷臂後流出藍色的血液，眉莊也不知道這位師兄的身體構造竟然如此古怪，想起這大半輩子完全活在欺騙之中，眉莊內心中的挫敗感覺無法形容，自己本以為會是最終的勝利者，可現在看來無非是師父手中的一顆棋子罷了，即便是師父已經死去多年，自己仍然無法擺脫被利用的命運。

胡小天道：「興許咱們還有機會逃出去。」

眉莊搖了搖頭道：「沒可能了，我找遍了這周圍每一個角落，根本沒有逃生之路，你們有沒有留意這裡的牆壁，全都是黑金砂堆砌而成，堅逾金鐵，根本無法突破，就算外面果真有人營救咱們，只怕也攻破不了這道屏障。」

胡小天知道她說的也是實情，可凡事皆有可能，他將光劍取出，這柄光劍最早得自於龍靈勝境，現在又回到了龍靈勝境，如果不是到了山窮水盡的地步，胡小天是不捨得將之毀去的，可是光劍再寶貴也比不上人的性命。

眉莊不知他想要做什麼，還以為胡小天想要利用光劍在牆壁上挖掘出一條通道，緩緩搖了搖頭，認為胡小天根本是多此一舉。

胡小天並沒有隱瞞自己即將做的事情，他將自己的計畫對眉莊和盤托出。

眉莊聽完雖然覺得胡小天的計畫非常冒險，可是的確存在一定的可行性，只是現在對光劍爆炸的威力缺乏預估，若是光劍爆炸的威力不夠，只怕無法順利炸出一條通路，如果光劍爆炸的威力太大，只怕他們三個全都要灰飛湮滅。

眉莊道：「在爆炸之時，我們可以進入一旁的密室，密室應該可以抵擋爆炸氣浪的部分衝擊。」

胡小天卻搖了搖頭道：「說起來是這樣，可是如果我們進入密室，爆炸引發的坍塌形變或許會讓石室封閉，我們等於從一個墳墓進入另外一個墳墓。」這些後果他和秦雨瞳此前全都分析過。

胡小天指著那地洞道：「正常來說，爆炸引起的氣浪會因為地洞的導向多半向上衝擊，我們的頭頂是祭台，很可能會引起祭台坍塌，就算我們找不到其他的出路，也有可能重新回到祭台所在的石室。」

眉莊道：「也許上方所有的岩層一股腦全都坍塌下來，我們就會被活活埋葬在這裡。」

秦雨瞳道：「如果當真那樣，我們也只能自認倒楣。」

胡小天深表認同地點了點頭。

眉莊心中暗罵，你們兩人全都寶甲在身，唯有老娘身上沒有任何的防護，難怪此前強行將鳳凰甲索走，生死關頭，果然每個人心中想著的都只是自己。其實她也明白，自己跟他們兩個雖然暫時放下仇恨，可是如果能夠脫身，只怕第一件事就是將對方除掉，誰也不會在乎對方的死活。

胡小天道：「你以為如何？」

眉莊道：「就算我不同意，你也不會改變做法！」從胡小天篤定的目光，她已經意識到這件事勢在必行。

胡小天微笑道：「既然全都同意，那麼就這麼定了。」

眉莊本想跟他們走到一起，可轉念一想，若是爆炸當真引發坍塌，躲到哪裡也是無用，如果爆炸僥倖炸開了一條通路，逃生之後馬上就要面臨被他們兩人聯手擊殺的局面，所以還是遠離為妙，一有機會就儘快逃走，今日決不可戀戰，有了這樣的想法，她並沒有靠近兩人，反而選擇了遠離兩人的角落。

胡小天和秦雨瞳都已經猜到眉莊的心思，誰也沒有點破，其實也沒有那個必要，胡小天攬住秦雨瞳的纖腰，輕聲道：「準備好了嗎？」

秦雨瞳點了點頭，雙眸柔情似水地望著胡小天，雖然沒有說話，心跡卻已經完全融匯在目光之中，死就一起死，生就一起生，無論發生了什麼，她都會陪在胡小天身邊一起面對。

胡小天擁著秦雨瞳的嬌軀，來到預先選好的藏身之處，他擰動光劍，將光劍向地洞之中毫不猶豫地扔了下去，然後用身體護住秦雨瞳。

眉莊看在眼裡，心中湧現出一陣羨慕，生死關頭，秦雨瞳至少還有一個護著她的男人，反觀自己，自始至終孑然一身，自己的人生何其可悲。

短暫的靜默之後，突然聽到一聲驚天動地的爆炸，一股氣浪從地洞深處衝天而起，整個龍靈勝境都因為這劇烈的爆炸而地動山搖。

整個大康皇宮都為之震顫，許多宮人因為缺乏準備而被這突如其來的震動掀翻在地。黎明剛剛到來，七七正在晨光下注目著瑤池那邊的進度，到目前為止瑤池的水尚未抽走一半，挖掘龍靈勝境打通內部的工程尚未開始，她扶住水榭的廊柱，如果不是靠著廊柱的支撐，恐怕也已經摔倒。

守護在她身邊的慕容展等人慌忙圍了上來，七七伸手制止住他們繼續上前，冷冷道：「本宮沒事！」

眾人驚魂未定地向縹緲山的方向望去，看到攀附在縹緲山山體上巨龍的龍尾竟然因為震動而脫離了山體，宛如一座宮室般大小的龍尾從縹緲山頂轟然墜落，砸落在瑤池內，激起水花四濺，水花甚至飛濺到七七所在的亭台，宛如落雨。

七七也難以倖免，被水濺了一身，兩旁宮人慌忙過來為她擋水，可惜已太晚。

七七從一名宮人手中接過棉巾，擦去臉上的水漬，目光卻自始至終沒有脫離縹緲山的方向，芳心中擔憂不已，剛才的震動顯然是從縹緲山的方向傳來，那裡究竟怎麼了？距離胡小天和權德安潛入龍靈勝境已經過去了整整一天一夜，到現在仍然沒有他們的任何消息。七七心中產生了前所未有的牽掛和擔憂，她早已將權德安視為自己的親人，至於胡小天，她雖然不肯承認，可是他的音容笑貌卻早已深深鐫刻在她的內心深處，對她的重要性甚至超過了權德安。

七七強迫自己儘量不去想最壞的結果，自從兩人失蹤之後，她一直都在盡全力營救，然而從目前的狀況來看，事情正朝著越來越壞的方向發展。

儘管胡小天做好了心理準備，可仍然低估了光劍爆炸所產生的威力，在心底默默查到三十，一股來自地底深層的龐大力量在瞬間爆發，宛如地底巨獸咆哮，地動山搖，驚天裂地，爆炸的巨響通過地洞震徹在這黑暗幽閉的空間內，一股強大的氣浪沿著地洞直衝上方，撞擊在石室的頂部，然後宛如脫韁的野馬般向四面八方奔逸擠壓。

胡小天和秦雨瞳的身體如同秋風中的落葉，又如一隻無形巨大的手掌握住他們的身體，將他們重重向石壁上摔去，兩人緊緊相擁，就算是死，也要死在一起。

胡小天有些後悔自己的決斷，他並沒有料到光劍的爆炸竟然會擁有這麼大的威力，早知如此，自己就應該先行消耗掉一部分光劍的能量，可是現在後悔也沒有任何用處，即便是他們擁有護甲防身，也不可能完全抵禦爆炸引起的衝擊，胡小天似乎看到自己和秦雨瞳因爆炸衝擊而撞得粉身碎骨血肉模糊的景象，從此以後兩人就可以血肉相連永不分離。

就在胡小天做好準備要在石壁上撞個粉身碎骨的時候，牆壁卻先於他們被爆炸掀起的氣浪崩開，爆炸雖然只是瞬間，可短時間內卻發生了千變萬化。他們的身體周圍到處都是翻飛的巨大岩石，兩人在岩石的縫隙中翻騰，然後又像岩石一樣直墜而下。

爆炸引起的氣浪不但衝開了上方的祭台，而且還將地洞的底部炸開了一個大洞，秦雨瞳在氣浪的強大衝擊中已昏了過去。

胡小天用身體護住秦雨瞳，護體罡氣形成了第一層防禦，體外的護甲是第二層，他的身體不停和周圍的牆壁石塊碰撞，不停向下墜落，情況稍稍好轉之後，胡小天摁下左臂的按鍵，藏在身後的合金雙翼舒展開來，控制胡小天的身體旋轉降落，延緩他們下墜的速度。

沒過多久，他的雙腳就落在了實地之上，昂頭望去，卻見一物宛如泰山壓頂般落下，慌忙振翅向右前方飛去，剛剛脫離，就聽到身後傳來一聲巨響，卻是原來祭台上的那只方鼎重重墜落在地面之上，因為衝擊力太大，整只方鼎全都深深嵌入岩層之中。

胡小天驚魂未定，呼了口氣，如果不是他反應及時，只怕躲得過初一躲不過十五，沒被這場爆炸炸死，也要被方鼎活活砸死了。

爆炸引發的坍塌下陷許久方才平息，胡小天首先看了看秦雨瞳，秦雨瞳此時剛巧醒了過來，她剛才只是被氣浪衝擊得暈了過去，所幸傷得不重，這會兒已經完全清醒過來，兩人幾乎同時問道：「你有沒有事？」確信對方都沒有事情，彼此露出會心的笑容。

秦雨瞳望著胡小天灰頭土臉的狼狽樣子禁不住笑了起來，胡小天也哈哈大笑，秦雨瞳這才意識到自己比他也好不到哪裡去，一樣的灰頭土臉，一樣的狼狽。

秦雨瞳從胡小天的懷中站起身來，周圍到處都是灰塵瀰漫，縱然他們目力強勁，此時也看不清周圍的狀況，咳嗽了兩聲道：「這是哪裡？」

胡小天搖了搖頭，他全神貫注地留意周圍的動靜，爆炸引起的餘波並未完全平息，仍然不斷有石塊灰塵落地的聲音，胡小天關注的是眉莊的狀況，不知她有沒有像他們一樣僥倖逃過這場爆炸。不過胡小天並未聽到周圍有其他人的聲息，初步判定眉莊應該並不在他們的附近。

秦雨瞳清醒之後，發現他們現在所處的位置應該是地洞的下方，胡小天引爆光劍引起的衝擊波不但將上方有祭台的石室炸開，而且將地洞的底部直接洞穿，這龍靈勝境的工程遠比他們此前所見要浩大得多。

胡小天攀上一塊巨石，然後伸手將秦雨瞳拉了上去，摸了摸懷中，〈天人萬象圖〉仍在，不過那顆原本繫在身上的頭骨卻被爆炸衝擊得不知去向了。

胡小天從腰間取出一顆夜明珠，將黑暗的地下洞穴照亮，他們所在的地洞極其寬闊宏大，兩人走出了這片爆炸形成的亂石陣，看到前方的地面漸漸變得平整，向前方走了百餘步，看到一個銀白色橢圓形的建築，仔細一看竟然是一個小型的飛船，只不過這飛船損毀嚴重，基本上只剩下了一個空殼。進入其中，發現跟他在五仙教總壇找到的那個大致相同，估計是當年大康朝廷打下其中一架飛行器，俘獲兩名外星人，殺死那兩人之後，就將損毀的飛行器藏在了這裡。

不過這架飛行器損毀的程度極其嚴重，裡面根本沒有留下任何東西，事實也證明了胡小天的推斷，在距離飛行器不遠的地方，並排擺放著兩具水晶棺槨，棺槨上方都用符紙封印，透過水晶棺可以看到其中躺著兩具無頭骸骨。單從骨架的形態來看，這兩人生前也比普通人要高大得多。

胡小天想要打開棺槨，秦雨瞳道：「你做什麼？」

胡小天笑道：「看看裡面有沒有什麼特別的東西。」

秦雨瞳不無嗔怪道：「人都已經死了，你又何必驚擾他們，不如讓他們就此安息就是。」

胡小天這才想起，秦雨瞳的身上也擁有這些天外來客的血統，看到同類如此，生出兔死狐悲的心情也實屬正常。

胡小天道：「咱們好像從一個困境落入另外一個困境，或許能否逃出去的關鍵就藏在棺槨之中呢。」

秦雨瞳道：「應該不會，這符紙應該是為了鎮壓亡魂，大康朝廷視他們為惡魔一般，又怎會棺槨中留下逃生路線。」她挽住胡小天的臂膀道：「其實咱們總算比剛才好了許多，至少這裡比此前寬敞空曠了許多。」

胡小天微笑道：「我寧願和你留在那間狹窄的密室之中。」

秦雨瞳紅著俏臉啐道：「討厭，人家跟你說正經話呢。」

胡小天道：「我也是說正經話。」他望著水晶棺中的兩具骨骼道：「你說他們兩個會不會是一對夫妻呢？」

秦雨瞳搖了搖頭，照實說道：「我看不出來，不過有一點能夠斷定，他們臨時之前必然受到了不少的折磨。」雖然隔著水晶棺，她也能夠看出這兩人周身的骨骼有無數處斷裂，應該是被人打斷，然後又重新連接起來拼湊成為完整的骨架。

胡小天道：「奇怪！」

「有什麼奇怪？」

胡小天道：「此前我在五仙教總壇也曾經見到過一艘這樣的飛船，不過要比這個完整得多，我這套翼龍甲就是在其中發現。」

秦雨瞳道：「你是說這裡什麼都沒有？」

胡小天點了點頭道：「我總覺得應該還有東西收藏在這裡。」

秦雨瞳道：「找找看！」

兩人在四周搜索，雖然分開搜索會大大縮短時間，可是他們心中仍然提防眉莊會出現，所以不敢輕易分開。不過除了飛船和那兩具水晶棺槨之外，他們並沒有其他發現，最讓胡小天鬱悶的是，這地洞雖然比先前的廣闊了許多，可是仍然沒有找到逃生通道，可以說這次引爆光劍只是將他們從一個地洞蹦到另外一個地洞之中，無非只是變大了一些。

兩人折騰了半天也都累了，回到那飛船的空殼中稍事休息，算起來他們已經在龍靈勝境中被困了兩天兩夜，這段時間內他們滴水未進，換成常人只怕早已抵受不住，還好他們體質超常，雖然感到口渴饑餓，可是身體狀況並未受到太多影響。

秦雨瞳靠在胡小天肩頭，小聲道：「小天，其實有件事我並未對你說實話。」

胡小天道：「什麼事情？」

秦雨瞳充滿歉意道：「我明明可以清除夕顏體內的失心蠱，可是我……」想起這件事她不由得潸然淚下，若是他們逃不出去了，夕顏也會因為得不到及時救治而在沉睡中死去。

胡小天輕聲歎了口氣。

秦雨瞳含淚道：「對不起！」

胡小天道：「各有各的造化，就算咱們逃不出去，或許她也會逢凶化吉。」不過心中也知道這種可能性微乎其微，事情已經如此，他也不忍心責怪秦雨瞳。

秦雨瞳道：「當年如果我外婆不是為了保護她，也不會被任天擎和眉莊所害。是我的錯，不該將外婆的死遷怒到她身上，畢竟那時她……只是一個小孩子……」

胡小天擁住她的肩頭，輕聲道：「算了，過去的事情就不必再提。」

秦雨瞳梨花帶雨，心中歉疚不已，抬起頭來卻發現飛船頂部有一連串古怪的字，她心中一怔，從胡小天手中拿起那顆夜明珠，站起身來逐一研讀著上方的字。

胡小天還是有些自知之明，知道這些外星文字自己是一竅不通，所以也就沒湊那個熱鬧，盤膝調息，抓緊時間恢復精力，他的性情向來百折不撓，不到最後一步是絕對不肯放棄的。

秦雨瞳讀完上方的字，重新回到胡小天身邊，胡小天笑道：「如何？有沒有指明出路？」

秦雨瞳搖了搖頭道：「只是記載了當年發生的一些事情。」

胡小天道：「奇怪，怎麼不見眉莊的動靜，難道當真被炸死了不成？」

秦雨瞳道：「她只怕沒那麼容易死吧……」說到這裡，兩人同時望向對方，似乎突然想起了什麼，彼此目光發亮，同時道：「難道她已經逃了？」

兩人同時站起身來，向外面走去，他們忽略了一件極其重要的事情，只顧著搜索飛船附近，卻忽略了剛才爆炸留下的那一片狼藉，他們重新回到那片亂石陣中，搜尋到方鼎嵌入的位置，發現裂縫一直伸展蔓延到牆壁之上，牆上的縫隙竟然不停滴出水來，這一發現讓兩人都驚喜萬分，要知道縹緲山原本就建在瑤池之中，水從牆壁滲入，排除了地下水的可能，這裂縫應該和外界的瑤池相通。

胡小天抽出孤月斬，光劍已經引爆，身邊的工具也只有這支孤月斬，胡小天揚起孤月斬凝聚全力，照著牆壁就狠狠劈落下去，手起刃落，牆壁隨之裂開一個楔形的裂口，水從裂口中湧入，胡小天本以為還會出現湖水瘋狂湧入的情景，卻發現裂縫只有底部的一小部分有水流入，原來這條裂縫的底部幾乎平齊於外面的水面。

胡小天又驚又喜，心中難免又有些奇怪，他們現在所處的位置應該位於瑤池深處，卻為何外周無水？他在龍靈勝境中困了兩天兩夜，並不知外面已起了天翻地覆的變化，七七已經讓人開始著手抽乾瑤池內的湖水，現在水面已經下降了許多。

胡小天三下五除將裂口擴大，孤月斬雖比不上光劍使用稱手，可是威力比起光劍並不遜色，他很快就擴出一個可以容納成人出入的洞口。

秦雨瞳在胡小天打通洞口的時候，始終關注著身後的動靜，生怕眉莊潛伏在身後某處，伺機偷襲，還好這種狀況始終都沒有發生，兩人先後鑽出洞口，外面卻是夜色深沉暴雨如注，也幸虧這場雨給了他們兩人足夠的掩護。

胡小天雖然視線受阻，可是他的聽力並未受到太大的影響，聽到遠方傳來人聲，卻是工匠們仍然在冒雨抽乾瑤池。因為瑤池四周全都站著人，此前通往瑤池的幾個秘洞也因為水位下降而暴露，胡小天指了指上方，秦雨瞳頓時明白了他的意思，兩人沿著山岩攀爬而上，一直來到縹緲峰頂，縹緲峰的人工瀑布也已經被停下，雖然山下瑤池四周人聲鼎沸，可是縹緲峰之上卻處於無人駐守的狀態。

對外界而言這裡仍是皇宮禁地，七七放出消息，說老皇帝龍宣恩在此頤養天年，事實上龍宣恩早就死了，這縹緲峰除了兩個負責打掃的老太監就再也沒有其他人在。

胡小天和秦雨瞳兩人先後登上峰頂，此時雨越下越大，秦雨瞳附在胡小天耳邊道：「我們好像被困在這裡了，如何脫身？」

胡小天不禁笑了起來，他示意秦雨瞳抱緊自己，展開翼龍甲的雙翅，雙腳一頓，身軀已經筆直飛向烏雲密佈的夜空，風雨中他向秦雨瞳道：「光劍沒了，估計這次飛不太遠！你怕不怕？」

秦雨瞳抱緊了他：「不怕！」

「摔下去也不怕？」

「只要跟你在一起，死都不怕……啊！」

黎明到來，風雨依舊，洪北漠來到已經堅守了兩天兩夜的七七面前，望著她憔悴的面容，心中似有所悟，隱約覺得，也許被困在龍靈勝境中的不僅僅是權德安那麼簡單。

「公主殿下！」

七七點了點頭，目光卻仍然盯著水面下降大半的瑤池。

洪北漠關切道：「殿下還是保重身體要緊，不如這裡由微臣代為盯著，殿下先回去休息吧？」

七七搖了搖頭道：「沒有找到權公公之前，我哪裡都不去。」

洪北漠道：「對了，微臣已經查明了那個假冒任天擎的身分，他是五仙教教主眉莊夫人的愛徒榮石。」

七七冷冷道：「有沒有問出任天擎的下落？」

「正在審問！」

七七怒道：「任天擎這混帳膽敢欺騙本宮，此人居心叵測，裡通外國，幫我抓他回來，本宮要當面問個清楚。」

洪北漠不知七七因何對任天擎如此憤怒，任天擎和薛勝景勾結目前也只是她的一面之詞，並沒有確切的證據。難道任天擎的失蹤也和龍靈勝境的事情有關？其實那晚七七從任天擎手中訛走頭骨，任天擎就明顯心有不甘，因此而生出搶回頭骨的念頭也算正常。只是這妮子心機深重，利用這件事設下了不少的圈套。

就在此時慕容展快步向這邊走來，欣喜道：「公主殿下，剛剛工匠在臨近水面的山體上發現了一個洞口。」

七七聞言心中大喜，迫不及待道：「帶我去看看。」

秦雨瞳沐浴之後換上衣裙，對著銅鏡，望著鏡中的自己，她甚至不記得上次好好看鏡中的自己究竟是什麼時候，一直以來她對鏡子都有種莫名的恐懼，現在想想，或許是害怕面對真實的自己，或許她已經習慣戴上假面生活。回首過去，她從記事起就為了復仇而存在，她的內心負擔著太多的秘密，這些秘密沉重得幾乎就讓她透不過氣來。

望著鏡中的自己，秦雨瞳的俏臉飛起兩片紅霞，美眸中流露出無限羞澀，這種嬌柔嫵媚的表情縱然連她自己也是第一次見到。鏡中彷彿是一個完全陌生的自己，想起這次在大康皇宮中的凶險經歷，秦雨瞳心中非但沒有感到害怕，反而泛起柔情萬種。

房門被輕輕敲響，外面傳來胡小天的聲音：「我可以進來嗎？」

秦雨瞳站起身來，輕移蓮步來到門前，拉開房門，卻見胡小天也已經沐浴完畢，換上了一身藍色儒衫，丰神玉朗，風度翩翩，面對胡小天，秦雨瞳表現出前所未有的羞澀和忸怩，開門之後，螓首低垂，轉身走到窗前。

胡小天轉身將房門插上，來到她的身後展臂將秦雨瞳誘人的嬌軀擁入懷中，輕吻她精緻的耳垂，柔聲道：「都說一日不見如隔三秋，我方才半個時辰沒見到你，就彷彿過了一萬年那麼久。」論到甜言蜜語，這廝敢認第二，天下沒人敢認第一。

秦雨瞳明知這廝必然是甜言蜜語欺騙自己，可聽在耳中卻依然暖融融無比受用，嬌聲啐道：「你這騙子，盡會說虛情假意的話兒。」

胡小天道：「天地良心，我若是騙你讓我……」

秦雨瞳轉身用柔荑捂住他的嘴巴，擔心他發出什麼不吉利的誓言。

胡小天目不轉睛地望著秦雨瞳皎潔無瑕的容顏，看得秦雨瞳俏臉緋紅，啐道：「有什麼好看？你又不是沒有見過。」

胡小天道：「好看，越看越是喜歡，怎麼看都不夠。」低頭想要去吻她的櫻唇，卻被秦雨瞳捂住嘴巴，嬌嗔道：「你見到我除了這些事難道沒有正事要說？」

胡小天道：「我也不想，可是一想到天人萬像圖，就感到自己責任重大，必須要抓緊時間讓你懷上我的骨肉，方可重塑經脈，消除隱患。」這廝說得義正言辭。

秦雨瞳俏臉紅到了耳根，真是服了這廝，連這種事情他都能夠說得如此冠冕堂皇，她小聲道：「你沒有正事，可我卻有正事要說。」

胡小天點了點頭，秦雨瞳握著他的手，和他來到床邊坐下，輕聲道：「我想儘快回去，喚醒夕顏。」

胡小天道：「也好，你想什麼時候離開？」

秦雨瞳聽得真切，他說的是你而不是我們，頓時就明白胡小天必然無法和自己一起離開康都，他應該還有其他的事情要做。當即點了點頭道：「越快越好，明天一早我就離開。」

胡小天伸出雙手捧住她的俏臉，低聲道：「我還有些事情必須要留下來處理，暫時無法陪同你一起離開。」

秦雨瞳溫婉笑道：「是不是因為公主的事情？」

胡小天歎了口氣道：「不僅僅是因為她。」他站起身來緩步來到窗前，推開格窗，遠眺大康皇宮的方向，無論七七是否在這次潛入龍靈勝境的事情中有所保留，可總的來說她還是幫助了自己，權德安更是付出了生命的代價，這位老太監可以說是她身邊唯一值得信任的人。現在七七只怕還不知道這個消息，如果她得知一切只怕會遭到沉重的打擊。胡小天生出這個念頭絕不僅僅是因為他答應過權德安要保護七七，就算沒有這個承諾，他也不會對七七的事情坐視不理。

胡小天開始意識到自己和七七之間並非是那麼的單純，不僅僅是相互利用，這其中也有一些說不清道不明的情愫。他無法現在離開的另外一個原因是姬飛花，在大相國寺的時候，緣木大師曾經主動出示了姬飛花的光劍，明確告訴他姬飛花就在天龍寺，還讓他拿什麼《般若波羅蜜多心經》去換。姬飛花乃是胡小天生命中至關重要的人，他又怎能棄之於不顧？

秦雨瞳離去之後，胡小天決定公開現身，既然決定選擇和七七合作，那麼繼續隱藏身分也沒有了任何必要。

胡小天抵達康都的消息頓時傳遍朝野，他打著入朝面聖的旗號堂而皇之地出現在康都之中，而七七在得到消息之後，即刻就在勤政殿召見了他。

自從胡小天和權德安那晚進入龍靈勝境之後，兩人就如同石沉大海一般失去了音訊，雖然從縹緲山上找到了一個洞口，可是搜索仍在進行中，目前仍然沒有發現他們的蹤跡，這些天七七始終處於不安的狀態中，今日上午她方才回寢宮休息，夢中卻又幾度驚醒，午後起床，本想詢問搜索的最新狀況，卻接到鎮海王胡小天來到康都的消息。

七七開始的時候對這一消息抱著將信將疑的態度，直到確信胡小天已經前來參見，內心這才落實，她讓人宣胡小天前往勤政殿覲見，內心中有太多的疑問想要從他那裡得到解答。

然而七七又明白這件事不可操之過急，在人前必須要做些樣子，經過斟酌之後，她決定讓周睿淵和文承煥陪同，順便又叫上了在瑤池指揮搜救的洪北漠。胡小天在此時出現，剛好可以在人前排除潛入龍靈勝境的嫌疑，他選擇公開露面或許就是出於這方面的考慮。

胡小天昂首闊步走入勤政殿內，和其他朝臣不同，他並沒有穿著朝服，只是隨隨便便的一襲儒衫，雖然舉手抬足間瀟灑不凡，可是這樣的裝扮進入皇宮大內卻有藐視朝堂之嫌，進入皇宮胡小天並沒有花費太大的周折，先是亮出了自己的身分，再拿出當年七七送給他的五彩蟠龍金牌，別人眼中高不可攀的皇宮大內對他來說也就跟去鄰居家串個門兒那麼簡單。

選擇公開露面也是他在深思熟慮之後方才決定的，在龍靈勝境和任天擎的殊死一戰之後，繼續隱藏身分已經沒有任何意義，他要光明正大地出現在公眾眼光之下，他要重新在大康確立自己的權力和地位，對他來說這或許是最好的時機。

七七望著玉樹臨風的胡小天，芳心中百感交集，她無法否認，在這幾個日夜裡，自己無時無刻不在牽掛著他的安危，甚至擔心他多過權德安，看到胡小天平安無事，一顆心總算放下，可是權德安至今未歸，十有八九已經遭遇了不測，七七無法斷定權德安的失蹤是否和胡小天有關，她甚至開始懷疑胡小天的動機，開始懷疑他此前對自己說過的那番話全都是謊言。

胡小天躬身作揖道：「微臣胡小天參見公主千歲千千歲！」

「免禮，平身！」七七輕聲道，胡小天是她決定冊封的異姓王，按照規矩是不必向她行跪拜之禮的，七七打量著胡小天，很快又道：「賜座！」

雖然並非正式的朝會，可周圍還有洪北漠、周睿淵、文承煥三名重臣在場，這三人無論哪一個的身分地位都不次於胡小天，七七都未曾賜座，因此也可以看出她的厚此薄彼。

周睿淵和文承煥目光對視，彼此都看到對方眼中的無奈。

胡小天謝過之後，在右側坐下，與此同時宮人也多搬了幾張椅子出來，請洪北漠三人也坐下了，七七並未忽略這個細節。

眾人落座之後，七七道：「幾位愛卿全都是國之重臣，有什麼話只管暢所欲言，千萬不要拘謹。」

洪北漠微笑道：「王爺什麼時候到的？為何此前沒有聽到任何消息？」

胡小天笑道：「剛到不久，還沒有來得及落腳就趕來宮中參見公主殿下，以免殿下責怪我不懂禮數，藐視朝堂！」他又向七七作了一揖，表面上還是非常的尊敬，可七七卻不這麼認為，暗罵這廝虛偽，淡然道：「本宮可沒說過你什麼，你鎮海王名滿天下，誰不知道你的實力，我還以為你早已忘記是大康的臣子呢。」

誰都能聽出她這句話中充滿了指責，胡小天功高蓋主這是人所共知的事實，而這廝隨著羽翼豐滿早已不將朝廷放在眼裡，向來對朝廷的命令都是愛理不理，此前還曾經做過解除和永陽公主婚約這種大不敬的事情，不過自從永陽公主封他為王，等若是變相赦免了他昔日的罪責，後來還前往雲澤參加他的大婚典禮，彼此的關係也得到了改善。

在周睿淵看來，胡小天此時前來康都必然是因為局勢所迫，此前接收難民已形成了巨大的壓力，如果不能及時找到糧源，那麼胡小天的領地即將面臨巨大危機。

洪北漠卻覺得胡小天出現得太過突然，隱約覺得這廝的出現或許和新近發生的許多事情有關，可他又沒有任何證據。

胡小天道：「臣始終都是大康的臣子，這一點從未改變過！公主殿下若是質疑臣的忠心，又怎會將出使西川這麼重要的事情交給臣去做？」

文承煥呵呵冷笑了一聲道：「王爺原來是回康都交差來了，看來公主殿下所托非人，西川的局勢非但沒有得到緩和，反而變得更加惡劣了。」

胡小天微笑望著文承煥道：「太師的意思是，西川之所以落到今時今日的境地，完全是因為我的緣故？」

文承煥反問道：「王爺難道完成了公主交給你的使命？」

胡小天哈哈大笑，目光盯住文承煥，笑容卻倏然收斂，冷冷道：「西川出使，我胡小天是非功過自有公論，公主若是說我有罪，我甘心認罰，現在公主都未說我什麼，你跳出來橫加指責究竟是何居心？我跟你有何仇恨？你處處針對於我？」

文承煥氣得白鬍子都翹了起來，怒道：「你辜負殿下所托，未能完成西川使命，居然還理直氣壯，你知不知道何謂羞恥二字？」

胡小天道：「談到羞恥我倒想問問，西川危機之時，你又在哪裡？大康滿朝文武，難道找不出一名敢入西川出使之人？你文太師德高望重自然懂得羞恥，既然如此，你為何不主動請纓前往西川化解那場危機？」

「你……」

胡小天笑道：「過去常聽人說，年紀越大越是怕死，我還不信，現在我卻是完全相信了！」

文承煥怒道：「你血口噴人！」他憤然起身想要跟胡小天理論。

一旁周睿淵咳嗽了一聲道：「太師息怒，且聽聽殿下如何說。」

文承煥向七七抱了抱拳道：「殿下，老臣絕不是貪生怕死之輩，只要朝廷有所召喚，上刀山下火海，老臣絕不皺一下眉頭。」

胡小天歎了口氣道：「公主殿下是明白人，什麼人可用什麼人不可用，殿下心中清清楚楚，文太師雄心不老，只可惜心有餘而力不足……」

「你……」文承煥被這廝氣得差點沒把一口老血給噴出來。

七七聽到胡小天頂撞文承煥心中大感有趣，一雙美眸灼灼生光，這廝果然是舌燦蓮花，她輕聲道：「文太師忠君愛國本宮自然是知道的，可是胡小天受命於危難之中，在當時那種情況下敢於進入西川的確也是冒了不小的風險，有些事並非是人力所能挽回，西川的事情錯綜複雜，並不能將所有的責任都歸咎到他的身上。」

洪北漠心中暗歎，看來這妮子對胡小天果然餘情未了，處處回護著他。

七七目光轉向胡小天道：「你這次來只怕不僅僅是為了說明西川的事情吧？」

胡小天恭敬道：「殿下英明，這世上最瞭解我的人果然是殿下啊！」這句話無異於公然調戲七七。

幾名老臣充耳不聞，自覺將這句話過濾掉。

七七道：「瞭解二字本宮可不敢說，畫虎畫皮難畫骨，知人知面不知心，你心中想什麼，我又怎能知道？」

胡小天起身向七七深深一揖道：「微臣此時心中只有殿下啊！」

七七聽這廝如此直截了當的表白，俏臉不由得一熱。

洪北漠三人都有些聽不下去了，周圍還有人呢，你居然說這種話去欺騙一個情竇初開的小姑娘，還是不是人？

文承煥不失時機道：「鎮海王此番來京，王妃有沒有同來？」他是在提醒胡小天，你都結過婚了，別在這兒誘騙無知少女。

胡小天微笑道：「臣只是向殿下表白忠心罷了，各位大人不必做其他解讀！」

七七道：「忠心不是你說了算的，本宮也沒那麼容易被人蒙蔽，胡小天，你休要拐彎抹角地說那麼多，你此番前來的目的本宮清楚。」

胡小天道：「公主殿下運籌帷幄，微臣的那點心思自然瞞不過您，不過臣還有一些話想單獨跟公主殿下說呢。」

七七故意道：「本宮跟你之間沒有什麼秘密，有什麼話你只管說出來就是。」

胡小天笑道：「若是公事說了也就說了，可臣想說的是私事，公主殿下若是覺得方便說出來，那麼臣倒也無所謂。」這廝擺出一副死豬不怕開水燙的模樣。

洪北漠三人無不暗罵這廝無恥，想支開他們就是，何必拐彎抹角說什麼私事。

周睿淵率先起身告辭道：「既然如此，微臣先行告退！」

洪北漠隨後起身，雖然文承煥對胡小天看不過眼，可他也是明白人，早就看出永陽公主對胡小天餘情未了，想要利用西川的事情扳倒胡小天應該沒有任何可能。

胡小天道：「洪先生留步！」

洪北漠微微一怔，不知胡小天叫住自己作甚，轉身微笑望著胡小天道：「王爺有什麼指教？」

胡小天道：「今晚洪先生有沒有空，我想去洪先生府上請教一些事。」

洪北漠笑道：「王爺遠道而來，自當洪某為王爺接風洗塵，那我就先回去，備好酒菜，恭候王爺大駕光臨。」

等到幾人離去之後，胡小天方才回到七七身邊，卻見七七俏臉緊繃，表情冷酷，胡小天道：「公主殿下，微臣有要事相告。」

七七揮了揮手，兩旁宮人盡數退了出去，胡小天側耳傾聽周圍動靜，確信這勤政殿內再也沒有其他人在，方才道：「讓殿下為微臣擔心了！」

七七緩步走下王座來到他的面前，盯住他的雙目道：「權公公在哪裡？」

胡小天歎了口氣，緩緩搖了搖頭。

他雖然沒有說話，可是七七從他的回應中已經猜到了結果，眼圈瞬間紅了，下意識地挺直了背脊，抿了抿嘴唇道：「為何你會安然無恙？」

胡小天以傳音入密道：「任天擎和眉莊在背後跟蹤我們，突然偷襲，權公公死在任天擎的手裡。」

七七深深吸了一口氣，用以控制內心悲傷的情緒。胡小天知道她心中難過，所以也沒有急於往下說，給她一個平復情緒的時間。

七七道：「我猜到出了事情……我本不該答應你的要求的……」她心中無限懊悔，如果沒有答應胡小天前往龍靈勝境的要求，或許權德安就不會死。

胡小天看到她的樣子，心中湧起無限憐愛，伸出手去想要擁住她的肩頭安慰一下，卻被七七凌厲的眼神制止，七七一字一句道：「你去那裡究竟想做什麼？你到底有什麼目的？」

胡小天道：「你們是不是已經發現那兩具水晶棺槨了？」

七七聞言一怔：「什麼棺槨？」

胡小天本以為自己逃生之後，很快那洞口就會暴露，負責搜查的人一旦進入龍靈勝境內部，首先就會發現那艘廢棄的飛船和那兩具棺槨，看七七的表情，她應該對這一切並不知情。胡小天這才將自己在龍靈勝境的經歷簡單說了一遍，只是對秦雨瞳的事情略過不提，如果七七知道秦雨瞳也在場，還不知會作何感想，現在這種狀況下還是盡可能不要讓她生出疑心才好。

七七越聽越是心驚，按照胡小天的說法，任天擎進入龍靈勝境似乎通過另外的道路，看來進入龍靈勝境的道路原本就不止一條。至於那艘廢棄的飛船和棺槨，她並沒有親眼見到，甚至連聽說都沒有，顯然洪北漠在這件事上對她有所隱瞞。想起現在連最疼愛自己的權德安都已經死去，自己身邊哪還有可信之人？七七一顆心如同墜入冰窟，冰冷之後繼而產生了一種孤獨絕望的情緒，她緩緩坐了下去，臉上出現了從未有過的彷徨無助的表情。

胡小天伸出手去輕輕拍了拍她的肩頭，低聲道：「你還有我！」

七七抬起頭來，雙眸之中滿是淚水，她緩緩搖了搖頭道：「你不屬於我，過去不屬於，現在不屬於，永遠也不會屬於我！」說完這句話，兩行晶瑩的淚水無可抑制地落下。

胡小天望著淚流滿面的七七，心中充滿憐愛，卻不知應該如何安慰。

七七悄悄擦乾淚水，輕聲道：「你可以走了，我不需要你的憐憫！」

胡小天道：「如果我要走，逃出龍靈勝境的時候就悄聲無息地離開豈不更好，我既然決定留下，既然決定光明正大地出現在這裡，就會對你負責到底……」話未說完，臉上已經挨了七七一記響亮的耳光。

胡小天明明可以避開她的擊打，可是卻沒有做出任何的迴避動作。

七七含淚道：「天下間任何人都可以說負責二字，唯獨你沒有資格！當年你去東梁郡之前，你答應過我什麼？你在庸江站穩腳跟，風流快活之時，可曾記得這康都皇宮之中還有一個等著你解救的女子？你每次派人前來，我都以為你是為了救我而來，可是你可曾真心給我寫過隻言片語？除了利用我為你做事，你可曾想過我的處境？」

胡小天道：「想過！」

「撒謊！」七七尖聲叫道，又揚起了手掌，可是這一巴掌卻始終沒有落下去，這廝的臉皮實在太厚，剛才那一巴掌打得雖然響亮，可是他臉上卻不見絲毫的痕跡，反倒震得自己的掌心好不疼痛，竟然有些紅腫了。七七望著這廝的樣子，一時間悲從心來，淚水止不住地流下。

胡小天道：「當初我若是將你救去東梁郡，你又怎會有機會登上大康王座？」就算是現在他也不認為七七是一個甘心相夫教子的女人，這妮子一直野心勃勃，從小就擁有著極強的權力欲，或許她曾因自己動情，可是她很難為自己改變。

七七柳眉倒豎，鳳目圓睜，緊咬銀牙道：「你竟然這麼看我？」

胡小天道：「我去東梁郡之時，正是朝廷對你我猜忌最重的時候，皇上肯定不會讓你隨同我一起離去，留你在康都就是為了對我進行制衡。」

七七冷笑道：「他顯然失算了，沒有料到我對你根本無關緊要，更沒有料到你胡小天是個無情無義的混帳！」

胡小天並沒有因為她的指責而生氣，微笑道：「他若是覺得你對我重要，或許你根本無法活到現在。」

七七道：「你永遠都有講不完的道理！」

胡小天道：「你我之間根本沒有是非對錯，何必非要分出勝敗？」

七七因他的話而沉默了下去，過了一會兒方才歎了一口氣道：「不錯，有些事根本沒必要分個勝敗。」她和胡小天之間之所以發生了那麼多的事情，究其原因還不是因為自己的性情太過要強，若是自己凡事肯稍讓一步，或許他們現在的關係又會是另外一番情景，可一切都已經成為過去，如今胡小天已經贏取了龍曦月，自己卻依舊孑然一身，究竟是他辜負了自己還是自己的強勢讓他死了心？現在答案已經不重要了。

七七調整了一下情緒，方才道：「他走得痛不痛苦？」

胡小天不忍她傷心，所以並沒將權德安死的詳情向她說明，只是歎了口氣道：「他被任天擎暗算，因為事發倉促，並沒有來得及反應，所以也算不得痛苦。」

七七點了點頭。

胡小天安慰她道：「每個人都會有一死，無非是早晚而已。」

七七反唇相譏道：「因何死的那個人不是你？」嘴上雖然說得冷酷，可卻不禁捫心自問，如果死的是胡小天，那麼她會不會比現在還要傷心。死者已矣，雖然傷心，卻不能被悲傷蒙住心智，眼前最為迫切的事情卻是要面對現實，化解可能到來的危機。七七靜靜望著胡小天，權德安雖然走了，可至少胡小天還在自己的身邊，他本可以悄無聲息地一走了之，卻選擇留下，而且公然出現在皇宮之中，須知胡小天此番現身也是冒著極大的風險，這其中的原因很可能是為了自己，在他心底深處應該還是關心我的。七七想到這裡，充滿悲傷的內心中升騰起些許的安慰。

七七道：「任天擎有沒有和你一起逃出？」

胡小天道：「任天擎陰狠歹毒，為了剷除我，他不惜將眉莊夫人和我一起困住，我也是沒有其他的選擇，方才引爆光劍炸開了一個缺口，從那裡逃出。」

七七秀眉微顰道：「這麼說任天擎或許已經逃掉了。」

胡小天點了點頭道：「很有可能。」

七七不免擔心道：「這麼說我們的事情他已經知道了？」任天擎若是看穿自己和胡小天之間的聯盟，此事或許已經傳到了洪北漠的耳中。

胡小天道：「這倒不用擔心，他短期內不會對咱們造成威脅，我斬斷了他的一條手臂，在傷勢調養好之前他應該不敢輕易露面，只不過……」

「不過什麼？」

胡小天道：「龍靈勝境中收藏的那顆頭骨卻被我不慎失落，我擔心或許會落在他人的手中。」

七七淡然笑道：「那顆頭骨就算落在他人手中也沒什麼用處，你不用擔心。」

胡小天道：「任天擎居心叵測，他不但想盜走頭骨，而且還和大雍燕王薛勝景勾結，我們就可以利用這件事治他一個裡通外國之罪，順便徹查玄天館。」

七七冷冷望著他，雖然她也認同胡小天的想法，可心中卻在懷疑胡小天提出這個建議的動機。

胡小天道：「你始終還是不相信我。」

七七咬了咬櫻唇道：「此話怎講？」其實她心知肚明，如果相信胡小天，她就不會派權德安一同前往，也不會讓權德安帶去兩個假的頭骨用來混淆視聽，想到這裡七七心中一陣內疚，歸根結底權德安還是死在了自己的疑心下，如果自己從一開始就信任胡小天，或許權德安就不會死。

胡小天道：「有句話我始終沒有問過你，那頭骨中究竟藏著什麼秘密？」他說完又覺得自己問得太過唐突，這麼重要的事情，七七自然不會輕易告訴他。

七七道：「頭骨中包羅萬象，其中最多的就是天相圖。」

胡小天道：「洪北漠之所以對你如此恭敬，全是因為這頭骨，你知不知道？」

七七點了點頭道：「各取所需，相互利用，在我眼中你和他並沒什麼不同。」

胡小天道：「你知不知道洪北漠在皇陵中做什麼？」

七七沒有說話。

胡小天道：「你自然知道，這幾十年來大康國庫中的銀兩源源不斷地流入到了皇陵之中，這座皇陵之修建，別說是整個大康，縱觀古今中外也沒有如此規模。」他停頓了一下道：「洪北漠找到了那艘當年沉沒在棲霞湖的飛船，這些年來一直著手維修建造，所以才耗去了大量的人力和物力。」

七七道：「你說的如此肯定，莫非是你親眼所見？」

胡小天道：「我雖然沒有親眼見到，可是我敢斷定洪北漠這些年一直都在為這件事而努力，這個人曾經是楚扶風的徒弟，也算得上聰明絕頂學貫古今的精明人物，只可惜單憑他的力量始終無法完成維修飛船的任務，而能否維修成功的關鍵卻掌握在你的手中。」胡小天目光灼灼盯住七七白璧無瑕的面孔。

七七輕聲道：「說下去。」

胡小天道：「我一直都想不通，為何當初龍宣恩會對你如此寵愛，龍燁霖卻對自己的女兒充滿畏懼和忌憚，這些事看起來不合常理，直到最近我方才明白，他們怕的並不是你，而是你的母親。」

第三章

回　家

胡小天道：「你將頭骨中的秘密說給他聽，又是為了什麼？
你知不知道如果他當真修好了那艘飛船的後果？」
七七道：「他想回家！」
在她心中也有一個不為人知的秘密，每當夜深人靜的時候，
腦海中總會幻化出一個奇幻美麗的世界，
七七對自己所出生的這個世界第一次萌生出疏離的感覺，
她隱隱覺得這裡並不屬於自己，而這種想法卻又讓她感到惶恐。

七七呵呵笑了一聲，內心卻泛起波瀾，胡小天知道的事遠比自己預想中要多。

胡小天道：「被困在龍靈勝境的這幾天裡，我仔細梳理了前前後後的過程，再加上權公公所說的一些事情，我大概已經掌控了一些脈絡。」他自然不會將七七乃是凌嘉紫孕育七年方才誕生的事情告訴她。

七七道：「他都跟你說了些什麼？」

胡小天道：「你娘活著的時候，龍宣恩、龍燁霖、洪北漠、任天擎、權德安，這一個個心機過人的人物全都被她所掌控，這些人無不對你娘充滿忌憚。」

七七冷冷道：「如果真像你所說，為何無人知曉這些事？為何我娘不登上大康皇位，卻甘心做一個太子妃？」

胡小天微笑道：「人性不同，有人生來就野心勃勃，有人卻機鋒暗藏。」

七七冷哼一聲，胡小天這野心勃勃顯然說的是自己，他是說自己的娘親活著的時候隱藏頗深，表面上只是一個柔弱的太子妃，可實際上卻掌控大康權柄，將這一個個位高權重的人物玩弄於指掌之間。

胡小天根本沒有去留意七七的反應，他輕聲道：「凌嘉紫在世的時候，皇陵就已經開始修建，我想這件事必然瞞不過她，洪北漠或許只是她手中的一顆棋子，龍宣恩也是，本來凌嘉紫已經掌控了所有一切，可是她卻並沒有想到一點。」

七七道：「什麼？」

胡小天道：「她沒有料到自己會這麼早離去。」種種跡象表明凌嘉紫是難產而死，這一點鬼醫符刓曾有過說明，只是後來又證明鬼醫符刓所說的多半都是謊話。對於凌嘉紫的死因胡小天尚不清楚，他低聲道：「凌嘉紫死後，她曾經精心佈置的一切就脫離了原有的軌道，所有人都開始各自為政，昔日合作的幾人也因為凌嘉紫的死去而開始分化，甚至產生矛盾。」

七七道：「聽起來好像頗有道理，只可惜你根本是異想天開，一派胡言。」她向胡小天走近了一步，怒視他道：「你自己心機深重，所以才會將這世上所有人都當成了陰謀家，我娘乃是這世上最善良的人，她的悲慘命運，完全是像你一樣的臭男人一手造成的。」

胡小天尷尬咳嗽了一聲道：「你好像也從未見過她吧？」

七七道：「我雖然沒有見過她，可是她的樣子，她的聲音，伴隨我從小長大，無論你信或不信，我可以清楚知道她的樣子，也是她教會了我無數的事情。」

胡小天忽然想起七七能夠讀懂頭骨內部蘊藏的資訊，或許凌嘉紫的記憶通過遺傳方式的傳承留給了七七，只是有種選擇性遺傳，一個母親顯然會將自己最好的形象展示在兒女的面前，她不可能將自己做過的所有壞事全都遺留給七七知道，七七得到的記憶或許也是片面的。

七七怒視胡小天道：「我決不允許任何人在我的面前詆毀我的母親！」

胡小天從心底歎了口氣，暗忖，這妮子對凌嘉紫倒是回護的很，不過他也無意詆毀凌嘉紫，無非是想要通過層層剖析讓七七認清事實，七七的母親是凌嘉紫無疑，可是她的父親呢？她的生身父親絕不可能是龍燁霖，龍宣恩也沒有可能，以胡小天目前的瞭解，天命者的後代中，七七的血統或許是最為純正的一個，這是姬飛花和秦雨瞳都無法與之相提並論的，她們兩人或多或少都存在缺陷，天人萬像圖的存在正是為了彌補這個缺陷。想到這裡胡小天不由得想入非非，秦雨瞳的缺陷需要自己幫忙彌補，姬飛花呢？是不是也需要自己幫忙彌補？

七七憤怒的聲音讓這廝重新回到現實中來：「你為何不說話？」

胡小天道：「我只是在想，究竟是怎樣出色的男人才配得起凌嘉紫這樣的女人！」

七七因他的話而氣得滿臉通紅，可是這個問題同樣困擾著她的內心。曾經她一度以為自己的父親是龍燁霖，而後來龍宣恩又親口告訴她，他才是自己的生身父親，母親雖然遺留給她不少的記憶，可是其中並沒有關於自己父親的半點資訊，她也懷疑過天龍寺的明晦，洪北漠所說的往事又似乎支持這一點。七七怒道：「不許你再侮辱我的母親！」

胡小天歎了口氣：「我絕沒有冒犯先人的意思，其實看到你，就能夠聯想到她當年的樣子，七七，我真的有些擔心了。」

七七餘怒未消道：「你擔心什麼？」

胡小天道：「你那麼出色，這天下間又有誰才能夠配得上你呢？」

七七鳳目圓睜：「與你無關！」

胡小天道：「咱們畢竟也有過婚約，我又怎能忍心看著你孤獨一生呢。」

七七有種衝上去狠咬他一口的衝動，可是不等她衝上去，胡小天已經率先衝了過來，展開臂膀就將她擁入懷中，低聲道：「你心中的痛楚我懂得，若是你想哭，就趴在我懷中酣暢淋漓地哭上一場。」

七七點了點頭，果然順從地低下頭去，然後張開嘴巴，狠狠咬向胡小天的肩頭，這一口分明是抱著要咬下一塊肉的勁頭，可是她咬住的卻是胡小天堅韌的內甲，非但沒有咬掉胡小天的皮肉，反而差點沒把門牙給硌掉了。

「唔……」七七忍不住叫出聲來。

胡小天明知她吃了暗虧，卻還裝出一副憐香惜玉的樣子：「想哭就哭吧，哭上一場會好過一些……」

惱羞成怒的七七屈起長腿照著胡小天的胯下就狠狠頂了過去，她絕非一個弱女子，從權德安那裡學會了不少的武功，尤其是防身之術，下手陰狠。胡小天慘叫一聲，捂著襠部直挺挺倒了下去，七七下手雖狠，可憑她的手段又怎能傷到自己，胡小天根本就是在做戲。

如果是對仇人做戲，根本是給對方一個趕盡殺絕的機會，可七七不是他的仇人，看到偷襲得手，先是感到心頭一爽，然後看到倒在地上，蜷曲著身子，捂著褲襠痛苦呻吟的胡小天，不免有些擔心起來。

「你少裝蒜，以為騙得過我嗎？」七七對這廝的狡猾領教了無數次。

胡小天慘叫道：「你……好毒……痛死我了……」他做戲做足，潛運內力，額頭之上頓時遍佈黃豆大小的汗珠，臉色也是蒼白如紙，毫無血色，七七看到他的模樣，芳心頓時慌亂起來，在他面前蹲了下去，小聲道：「你……你要不要緊，不如我扶你坐起來歇一歇。」

胡小天痛苦道：「只怕是碎了……你好毒，這下將我活生生頂成了太監……」

七七咬了咬櫻唇道：「要不我傳太醫幫你看看？」

胡小天道：「此事豈可讓他人知道……哎呦，痛死我了……可能真碎了……」

七七道：「碎了就碎了，大不了我召你入宮，封你當內務府總管。」雖然嘴硬，心中已經開始後悔了，自己剛才的確是被這廝激怒，所以才下手沒輕沒重。

胡小天道：「你懂個屁！男人可以不要性命，但是絕不可丟掉根本。」這貨想要站起身來，七七自知理虧，居然被他罵了也沒有反駁，默默攙扶他站起身來。看到胡小天仍然是一副愁眉苦臉的樣子，關切道：「我傳太醫，他們不敢亂說的，誰敢說我就砍了他的腦袋。」

胡小天道：「就憑你手下那幫庸醫……哎呦喂……還不如我自己……」

七七這才想起胡小天可不就是醫生，且醫術高明，於是點點頭道：「也好！」

胡小天道：「你幫我將腰帶解了……」

「什麼？」七七柳眉倒豎頓時就要發作起來，可是看到胡小天痛苦的樣子又不像作偽，更何況是自己惹的禍，雖然猜到胡小天很可能是在利用這件事來捉弄自己，可也只能暫時低頭，幫他將腰帶解了，心中暗忖，我偏要看你有多無恥，難不成你當真敢當著我的面將褲子脫了？

胡小天看到七七低頭伺候自己心中暗暗得意，他當然也明白過猶不及的道理，若是做得太過分，反倒讓七七看不起，於是道：「你轉過身去。」

七七道：「為何？」問完之後方才意識到這廝的意思，紅著俏臉轉過身去。

胡小天悄悄將衣服穿好了，口中卻道：「壞了……你好狠，這是要讓我斷子絕孫……」

七七偷偷轉過身去，看到這廝還在那裡裝腔作勢，氣得她抬起腳照著胡小天的屁股踢了過去，冷不防被胡小天一把抓住足踝輕輕一扯，七七驚呼一聲，身體失去平衡，仰首向後方地面倒去，胡小天及時出手將她擁入懷中，笑瞇瞇望著她道：「原來你多少還是關心我的。」

七七怒視他道：「你再不放手，我馬上叫人將你推出去砍了。」

卻想不到胡小天這次居然聽話，雙手一鬆，七七失去他的支撐頓時四仰八叉地跌了下去，雖然離地不遠，可也被摔得頭昏腦脹，她揉著纖腰道：「你混蛋……」

胡小天嬉皮笑臉道：「是你讓我放手的，可不能怪我。」

七七道：「我讓你去死你怎麼不去？」

胡小天向她伸出手去，卻被七七一巴掌打開。

胡小天道：「想要渡過眼前的難關，唯有你我攜手，在你心中或許不認為我是什麼好人，可是比起其他人我至少還值得你信任。」他又將手伸了過去。

七七這次沒有拒絕，握住他的手，在他的幫助下站起身來，她整理了一下蓬亂的雲鬢，這世上除了胡小天再也沒有其他人敢對自己這個樣子，七七雖然對胡小天橫眉冷對，可心中卻明白自己壓根沒生他的氣，意識到跟這廝之間必須要保持一定的距離，不然吃虧的只能是自己，悄悄走回王座，緩緩坐下，感覺屁股一陣疼痛，卻是剛剛被這廝給摔的，心中暗叫倒楣，偷偷吸了一口氣，平復了一下心情方才道：「你剛剛說洪北漠和我不同？」

胡小天主動湊了上來，七七惡狠狠瞪著他，試圖用眼神將之逼退，卻想不到這廝根本不怕自己，依然來到了她的身邊，湊近她的耳朵，壓低聲音道：「不錯！」

七七伸出手去，用手指抵住他的心口，一臉嫌棄道：「你離我遠些，我又不聾，聽得到你說什麼。」

胡小天道：「隔牆有耳，我是怕別人聽去。」其實他無時無刻不在留意周圍的動靜，若是有任何的可疑之處，他才不會說這麼多的事情。

七七道：「他的目的究竟是什麼？」

胡小天道：「我雖然不清楚他的目的，可是我卻知道他當初成為楚扶風的弟子完全是因為金陵徐氏的關係。」

七七內心一凜：「你是說他和金陵徐氏有聯繫？」

胡小天道：「我在查，此事還未明朗之前，我也不敢輕言他們之間的關係。」不過胡小天的這番話已經成功讓七七產生了疑心，如果洪北漠果然如同胡小天所說，並非天命者的後代，那麼他的動機絕不會跟自己相同。七七道：「洪北漠真正感興趣的只是皇陵中的那件東西。」

胡小天道：「你有沒有親眼見到過？」

七七秀眉微顰，她緩緩搖了搖頭。

胡小天道：「耳聽為虛，眼見為實，你都沒有親眼見到過，又怎知他這些年究竟做了什麼？」

七七道：「你又知道？」

胡小天道：「你將頭骨中的秘密說給他聽，又是為了什麼？你知不知道如果他當真修好了那艘飛船的後果？」他料定洪北漠不可能將所有的秘密全都告訴七七，兩人之間的關係是相互利用，自然談不上彼此信任。從七七的表現來看，她一直對洪北漠都是抱有戒心的，可是七七同樣不信任自己，相比較而言自己最大的優勢，就是七七心底深處對他還存在著情愫，想要扭轉眼前的局勢，首先就要獲得七七的信任，在這一點上連史學東都看得清楚明白。哪裡跌倒還需哪裡爬起來，當初兩人因愛生恨，現在要做的卻是由恨轉愛。舊情復燃說起來容易，可真正要將這把火燒到你中有我我中有你的境界可不是那麼容易，更何況他面對的是多智近妖的七七。

七七道：「他想回家！」美眸中的目光突然變得迷惘，在她心中也有一個不為人知的秘密，每當夜深人靜的時候，腦海中總會幻化出一個奇幻美麗的世界，彷彿聽到一個聲音在不停地呼喚她，七七對自己所出生的這個世界第一次萌生出疏離的感覺，她隱隱覺得這裡並不屬於自己，而這種想法卻又讓她感到惶恐。

胡小天低聲道：「他是不是說，只有你才能帶領他們回去？」

七七沒有回答他的問題，盯住胡小天的雙目，低聲道：「你是不是想要分化我和洪北漠，利用我來對付他？」

胡小天搖了搖頭道：「如果他只想著修好那艘飛船離開這個地方，永遠不再回來，那麼我跟他大可相安無事，可事情絕非你想像中那麼簡單。」

七七知道他所說的都是實情，輕聲歎了口氣道：「這世上再沒有人像權公公一樣真心對我！」說到這裡，想起權德安生前對自己的諸般好處，鼻子一酸，險些落下淚來，可是她的性情又極其堅強，在胡小天面前更加不會輕易落淚。

胡小天道：「我雖然未必能夠像權公公那樣無微不至地照顧你，可我保證絕不會害你。」

七七冷冷道：「你的保證對我來說一錢不值。」

胡小天道：「你雖然不相信我，可是你卻不能不面對眼前的現實，除非你我聯手，否則你和我都很難過得了這一關。」他壓低聲音道：「這世上不僅僅你一個人能夠讀懂頭骨中蘊藏的資訊，如果洪北漠找到了另外一個人，那麼你的處境就會變得危險。」

七七抿了抿櫻唇：「你在威脅我嗎？」

胡小天搖了搖頭道：「我是真心想幫你。」

七七道：「還有誰能夠讀懂頭骨內蘊藏的資訊？」

胡小天道：「除了你之外，我還見過兩個，只是現在我還不方便透露她們的名字。」

七七點了點頭，她忽然想起了那顆在龍靈勝境中失蹤的頭骨，如果胡小天所說的一切屬實，那麼那顆頭骨或許會成為一個隱患。

胡小天道：「任天擎帶來的那顆頭骨還在不在你的手中？」

七七警惕道：「你想幹什麼？」

胡小天道：「匹夫無罪懷璧其罪，我只是擔心那顆頭骨會給你帶來麻煩。任天擎雖然手臂斷了，可是他的背後定然還有其他的勢力存在。」

七七秀眉微顰道：「其實我從那顆頭骨中感受不到任何的資訊。」

胡小天道：「看來那些頭骨中的資訊必須要由死者的後代才能解讀，你和那顆頭骨並無任何的血緣關係，所以才出現了這種狀況。」

七七道：「依你之見，我應當如何處理這件事？」

胡小天心中暗忖，那顆頭骨是自己從五仙教總壇找到，按照他的推測，七七雖然無法解讀頭骨中的資訊，可是秦雨瞳應該可以，畢竟秦雨瞳很可能和這顆頭骨的主人擁有血緣關係，在他看來自然是將頭骨交給自己最好，可是如果提出來，七七必然懷疑自己居心不良。

七七見他沉默不語，輕聲道：「不如我將頭骨交給你好不好？」

胡小天道：「你不怕我據為己有？」

七七呵呵笑了起來：「你拿去又有什麼用處？既然我無力保管那顆頭骨，別人我又信不過，看來唯有交給你才是最正確的選擇，我把頭骨交給你，然後將消息廣為散播出去，如果有人想要貪圖這顆頭骨，只管去找你。」

胡小天道：「你這是坑我啊！」

七七道：「剛才是誰說要保護我來著？好像有些人是時候挺身而出了。」

胡小天並沒有料到七七當真將那顆頭骨交給了自己，七七望著那顆頭骨，輕聲道：「如果不是因為這件東西，權公公也不會慘死。」

胡小天將信將疑道：「你當真將這顆頭骨交給我？」

七七道：「就知你貪得無厭，你去洪北漠那裡做客，自然不能空手去，把這顆頭骨帶去，讓他代為保管，天機局內有一座七寶玲瓏樓，讓他將頭骨收藏其中。」

胡小天道：「你不怕洪北漠吞了頭骨？」

七七道：「我和你一起過去，七寶玲瓏樓雖然是他主持建成，可所有的設計圖紙卻是我一手畫出，除了我之外，沒有人能夠自如進入其中。」

胡小天這才知道七七還有打算，以為她將頭骨交給自己看來只是空歡喜一場罷了，卻不知她何時在天機局建造了這樣一座小樓？

七七道：「有些東西並不適合收藏在皇室之中，你說得對，匹夫無罪懷璧其罪，為了極可能減少我的風險，唯有在別處另外建起一個保險的地方，我思前想後，唯有天機局最為適合，這七寶玲瓏樓乃是我從頭骨中得到，繪製成圖，讓洪北漠在天機局內修建，用來存放一些重要的東西，雖然位於天機局內，可是洪北漠卻沒有開啟的辦法。」

胡小天暗讚這妮子心機深重，不過和洪北漠這種老狐狸相處，的確凡事都要多一個心眼。看來自己對七七的擔心是多餘的，即便是沒有自己的幫忙，她也不會輕易被洪北漠控制。

七七將頭骨拋給了胡小天，胡小天伸手接住，可是在他雙手抓住頭骨的剎那，頭骨卻陡然藍光大盛，胡小天的腦海瞬間一片空白，空白過後，眼前出現了一頭青面獠牙宛如小山般的巨獸向他飛撲而來，胡小天嚇得一個激靈，竟然將頭骨失手掉在了地上。

七七的表情充滿了詫異，她也看到了胡小天抓住頭骨之後，頭骨發出的藍光，連自己都毫無反應的頭骨，居然在胡小天的手中有了感應，難道他也和自己一樣，擁有天命者的血統？

胡小天驚出了一身的冷汗，他並非是第一次接觸到這顆頭骨，此前根本沒有半點反應，這次卻是怎麼了？連胡小天都有些糊塗了，難不成自己也有天命者的血統？轉念一想似乎又沒有任何可能。

他喘了口氣，躬下身去，小心翼翼去撿那顆頭骨，這次學了個乖，先是用手指碰了一下，毫無反應，然後才將頭骨抓住，奇怪的是，這次居然一點反應都沒有了，胡小天心中暗忖，這事兒怎麼如此邪乎？難不成是因為天人萬像圖的緣故？因為自己和秦雨瞳有了那種關係，所以自己也從秦雨瞳那裡得到了某種神秘力量，比如對頭骨有了反應？可剛才的反應也是稍閃即逝，現在這顆頭骨就靜靜躺在他的手中，連一丁點兒的光芒都見不到。

七七的雙眸中充滿了狐疑，可是她並沒有發問，她對胡小天的性情也算了解，只要是這廝不想說的事情，怎麼問他也不會開口，其實事情已經擺明，胡小天十有八九和自己一樣，都是天命者的後代。

胡小天從七七的表情已經猜到她在懷疑什麼，這種事情實在是不好解釋，總不能跟她說，自己剛才的靈光閃現是因為和秦雨瞳那啥之後獲得的丁點兒能力，說出來她也不會相信，說不定還會觸怒七七，乾脆將錯就錯，讓她以為自己是天命者的後代也好，至少讓七七誤以為他們兩人同根同源，在心底上容易靠得更近一些。

如果說胡小天的到來是計畫之中，永陽公主的前來卻是預料之外。洪北漠並沒有想到七七會來，而且還送來了一個燙手山芋，幾經輾轉，任天擎送來的那顆頭骨最終還是送到了天機局，不過七七只是借這裡保管，並非是要交給他。

七七前往七寶玲瓏樓的時候，洪北漠將胡小天請入觀天樓內，酒宴已經準備好了，一位妖嬈嫵媚的紅裙女郎靜靜候在桌邊，胡小天遠遠就認出那是葆葆。

洪北漠今晚的安排顯然飽有深意，他對葆葆和胡小天之間昔日的關係其實是清楚的，讓葆葆來這裡伺候，正是因為胡小天的緣故，只是他並未考慮到永陽公主會親自前來。

胡小天望著妖媚動人的葆葆，微笑道：「姐姐，好久不見了，你出落得真是越發美麗了。」

葆葆嬌羞一笑，當著洪北漠的面自然不敢傾訴衷腸，只是看到情郎，心中已經是幸福滿溢。

洪北漠道：「不知公主殿下什麼時候才會回來。」目光投向右前方的七寶玲瓏樓，那座小樓雖然是他主持修建，可是所有的機關卻是七七設立，就連他也沒有能力破解機關進入其中。

胡小天道：「不用等她，她說讓咱們開懷暢飲，若是我喝多了，她負責送我回去。」

洪北漠微笑點頭，從胡小天的話中他已經領悟到了其中的意思，看來胡小天此番來京已經和七七冰釋前嫌，或許兩人已經舊情復燃。他向葆葆看了一眼，葆葆會意，走過來為兩人斟滿酒杯。

洪北漠端起酒杯道：「王爺今晚能來，讓天機局蓬蓽生輝，老夫就以這杯薄酒來表達歡欣鼓舞之情。」

胡小天笑道：「洪先生實在是太客氣了，本王先乾為敬！」他倒是痛快，仰首將杯中酒一飲而盡。

葆葆馬上走過來為他們滿上第二杯。

胡小天笑瞇瞇望著葆葆：「姐姐不如一起坐下來喝幾杯。」

葆葆搖了搖頭道：「奴婢不敢！」

洪北漠道：「既然王爺都說了，葆葆，你只管坐下陪王爺多喝幾杯。」

「是！」葆葆這才來到胡小天身邊坐了下去。

胡小天望著葆葆感慨道：「當年我和姐姐相識於大內之中，那時姐姐對我照顧頗多，小天不敢忘了姐姐對我的好處。」他端起酒杯主動敬葆葆一杯。

葆葆紅著俏臉看了看洪北漠，洪北漠微笑撫鬚示意她只管自便。葆葆陪著胡小天飲了這杯酒，起身道：「葆葆不敢耽擱義父和王爺聊天，還是先行告退。」

洪北漠笑道：「你去吧，我和王爺的確有些話想單獨說呢。」

葆葆向兩人告辭之後，匆匆離去。胡小天的目光追逐著葆葆的倩影，拿捏出有些失落的樣子。

洪北漠意味深長地望著他道：「王爺好像對我這個乾女兒與眾不同呢。」

胡小天嘿嘿笑道：「不瞞洪先生，昔日本王在宮中做假太監的時候跟葆葆姐姐好得很，嘿嘿，好得很……」反正他們的關係也瞞不過這隻老狐狸，索性向他挑明，等到合適時機開口將葆葆要走，不過得想出一個讓這老狐狸不好拒絕的理由。

洪北漠也笑了起來：「王爺此番前來京城，不知有何要事？」

胡小天道：「為了西川的事情。」他緩緩落下酒杯道：「西川地震，數十萬難民湧入我管轄的領地，僧多粥少，我的困境洪先生應該明白，所以我只能來向朝廷求援了。」

洪北漠微笑道：「朝廷怎麼說？」他心中暗罵，此前胡小天根本就是割據自立，雖然接受了鎮海王的封號，可是在實際上根本不受大康的控制，現在遇到了麻煩卻又想起來找支援了。

胡小天搖了搖頭道：「公主殿下到現在還沒給我答覆，若是她不肯幫我，我可真要山窮水盡了。」

洪北漠道：「王爺出使西川，結果並不理想啊！」

「可不是嘛，這趟出使非但沒有達到目的，反而險些將性命丟在那裡，其實西川已經掌控在了天香國手中。」

洪北漠道：「老夫的眼光比不得王爺，國家大事可不敢妄言。」

胡小天道：「洪先生乃是三朝元老，放眼朝內，能像洪先生這樣任憑風浪起穩坐釣魚台的還沒有第二個。」

洪北漠淡然笑道：「那是因為朝廷都知道洪某淡泊名利，一個沒有野心的臣子又怎會遭到朝廷的懷疑呢？」他話鋒一轉道：「王爺也非尋常人物，尊父做出了那麼大的事情，王爺非但沒有受到牽連，反而一路高升，位極人臣！」

胡小天暗罵這廝哪壺不開提哪壺，臉上卻沒有表現出絲毫怒容，笑瞇瞇道：「那還全都仰仗皇上聖明，分得出忠奸，辨得清黑白。」

洪北漠點了點頭：「老夫聽說西川的事情和尊父好像也有些關係呢。」

胡小天道：「自從我娘去世之後，我和他就斷絕了關係，此事天下皆知，洪先生想必也應該知道吧？」

洪北漠歎了口氣道：「血脈相連，骨肉親情卻是沒那麼容易斬斷。」

胡小天道：「聽起來洪先生應該是一個很看重感情的人！」

洪北漠聽出他話裡有話，輕聲感慨道：「任何人都會有自己的感情。」

胡小天道：「我外婆前來參加我婚禮的時候，曾經提到過洪先生。」

洪北漠因這句話而突然變得面無表情。

胡小天道：「洪先生的底，我多少還是清楚一些的。」

洪北漠盯住他的雙目：「王爺今晚來此就是要告訴我這件事？」

胡小天道：「我只是感到奇怪，一個像洪先生這樣的能人，居然在一件事上努力了數十年都未成功。」

洪北漠唇角擠出一絲笑容道：「時也命也！」

胡小天搖了搖頭，他向洪北漠探了探身：「那是因為你一直都選錯了合作的對象。」他拿起酒壺，將桌上的兩杯酒斟滿。

洪北漠的目光在那兩杯酒上掃了一眼，低聲道：「你想要什麼？」

胡小天輕聲道：「這大康的江山始終還需要一個男人來當家作主，洪先生學究天人，又怎能不知道我想要什麼？」他步步為營，將洪北漠引入自己精心設計的圈套，他要讓洪北漠認為自己真正感興趣的是大康的江山社稷。

洪北漠的手指在桌面上輕輕敲擊了一下，卻並未急於去拿酒杯，低聲道：「你知不知道現在身在何方？只要我一聲令下，你就見不到明天的太陽。」

胡小天道：「洪先生想要什麼，我不清楚，我也不感興趣，我只知道洪先生想要的絕不是大康的江山，在這一點上，你我並無衝突。」他停頓了一下道：「各取所需，皆大歡喜。」

洪北漠的表情恢復了剛才的平靜，雙目深沉如海：「你能給我什麼？」

胡小天道：「天下間能夠影響到公主的只有我，我可以讓她跟你繼續合作，我也可以從中作梗！」

洪北漠呵呵笑了起來，他的手毫不客氣地指點著胡小天道：「壞蛋！這種損人不利己的事情你也要做？」

胡小天笑瞇瞇道：「其實你們在雲瑤台赴宴的那晚，我也去了龍靈勝境。」

洪北漠臉上的笑容再度消失，胡小天的話很好解釋了為何七七會表現得如此緊張，當時洪北漠就懷疑其中另有玄機，現在這廝坦然相告，看來他這次過來已經做好了萬全的準備。

洪北漠自然發現了那個位於水面下的洞口，他低聲道：「看來你在下面遇到了不小的麻煩。」

胡小天歎了口氣道：「龍靈勝境另有密道，我進入其中的時候，任天擎和眉莊夫人守株待兔。」

洪北漠點了點頭：「挖掘仍在繼續，他們是不是已經死在了裡面？」

胡小天道：「往往壞蛋都沒那麼容易死，不過權德安已經死了。」停頓了一下又補充道：「被任天擎所殺。」

洪北漠道：「當晚我就發現任天擎有些不對，所以我讓人跟蹤，將他拿住。」

「有沒有查出那冒名頂替的人是誰？」

洪北漠緩緩搖了搖頭道：「他嘴硬得很。」說完，他端起桌上的那杯酒，主動跟胡小天碰了碰：「王爺若是有誠意，老夫就會有興趣。」

胡小天道：「我自然誠意滿滿。」兩人共同飲了這杯酒。

胡小天道：「大康皇宮之中原本有兩顆頭骨，另外一顆現在就在胡不為的手中，至於公主殿下放在七寶玲瓏塔內的那顆頭骨，最早乃是我從五仙教總壇所得，後來被任天擎和眉莊聯手搶去。」

洪北漠歎了口氣道：「胡不為的實力今非昔比，天香國、西川、紅木川全都落在了他的掌控之中。」換成過去，胡小天知道了那麼多的內幕，洪北漠產生的第一個想法或許就是將之除掉滅口，可現在形勢不同，胡不為的強勢崛起讓他不得不考慮聯合胡小天。

胡小天道：「他雖實力不凡，可只要我們聯手應對，實力也不會落在下風。」

洪北漠緩緩搖了搖頭，唇角露出一絲苦笑道：「你並不瞭解徐家，胡不為之所以敢做出這些事情，必然是獲得了徐家的全力支持。」

胡小天心中暗忖，徐家就算再厲害也不過是一個大富之家罷了，至多是富可敵國，難道徐家在軍事上也能夠和一國抗衡？

洪北漠道：「你應該見過老太太的樣子，她長得什麼樣子？」他並沒有問徐老太太跟胡小天說什麼，而是問老太太長得什麼模樣。

胡小天道：「鶴髮童顏，頭髮全白，可是看她的樣子至多也就是十五六歲。」

洪北漠輕聲道：「無論她跟你說了什麼，我都敢斷定那是假話。」

胡小天笑了起來：「其實她只是說一些內疚的話，還說她曾有一個親弟弟般的人，後來背叛了她。」

洪北漠的瞳孔驟然收縮，唇角的肌肉隨之抽搐了一下，然後他呵呵笑了起來：「你有沒有想過，一個商人之家憑什麼和朝廷對抗？這些年來，為何沒有人敢去招惹徐家？」

胡小天心中一動，如果不是徐老太太擁有過人的實力，那麼就是因為她或許握住了朝廷的把柄。

洪北漠低聲道：「她是我今生所見最可怕的女人……」說到這裡他忽然停了下來，又似乎想起了什麼。

胡小天道：「凌嘉紫呢？」

洪北漠有些錯愕地望著胡小天，看來胡小天瞭解的內情遠比自己預想中要多。

兩人的談話並未繼續進行下去，因為七七從七寶玲瓏樓回來了。

兩人同時起身向七七見禮，七七掃了他們一眼，又看了看桌上的酒菜，淡然道：「看來你們聊得很是盡興，本宮沒有打擾到你們吧？」

洪北漠慌忙道：「沒有，沒有，我和王爺也只是隨便談談，殿下若是不嫌棄，請上座，微臣已經讓人備好了酒菜，這就換過。」

七七卻搖了搖頭道：「算了吧，到現在權公公仍然下落不明，本宮可沒有喝酒的心情。」

洪北漠道：「殿下不必擔心，我已經讓人全力挖掘，相信很快就能夠水落石出。」目光偷偷瞥了胡小天一眼，難道這廝沒有將權德安遇害的消息告訴七七？要說權德安乃是永陽公主身邊最忠誠的人物，他的死對七七必然是一個巨大的打擊。洪北漠旋即又暗叫不妙，七七失去了權德安這個依靠，必然要另外找一個可以信賴的對象，從她對胡小天的態度來看，應該是兩人已經冰釋前嫌，難怪胡小天會有那麼大的底氣來找自己合作。

胡小天微笑道：「公主殿下就算心情不好，也多少要吃一些，如果餓壞了身體，豈不是讓微臣擔心。」

七七聽他這麼說，目光居然軟化了下來，胡小天很紳士地為她拉開了椅子，請她入座。

七七這邊坐下，那邊葆葆就引著侍從過來將酒菜全都換了一遍。

洪北漠起身為七七倒酒，七七雙目望著繁星滿天的夜空，心中暗忖，聽說地上每死一個人，天空中就多一顆星星，不知這滿天繁星之中有沒有屬於權德安的那顆？黑天鵝絨般的夜空中群星閃爍，七七仿若看到權德安慈和關切的目光，內心不由得感到一陣傷楚。她伸手端起酒杯，卻被胡小天制止。

胡小天道：「你還沒吃晚飯，空腹喝酒對身體不好。」

七七本想反唇相譏，要你管我，可是話到唇邊卻又咽了回去。

胡小天將酒杯拿過，一飲而盡，替她將酒喝了。

洪北漠看到此情此境心中暗歎，看來兩人果然舊情復燃，胡小天剛才說可以影響到七七，應該毫無疑問了，他讓人送來一碗銀耳燕窩粥。

七七喝完了那碗粥，輕聲道：「洪先生，我準備將頭骨放在七寶玲瓏樓的事情廣為散播出去。」

洪北漠知道她打的是什麼主意，這顆頭骨放在這裡是想當一個誘餌，任天擎失去頭骨必然不會甘心，十有八九會過來盜取，而七七這樣的做法，也規避了風險，將所有的麻煩都引到了天機局。他恭敬道：「此事老臣來安排。」

七七點了點頭又道：「任天擎勾結大雍燕王薛勝景，出賣大康利益，實乃亂臣賊子，罪不容誅，本宮準備徹查玄天館，這件事……」她的話尚未說完，胡小天已經抱拳請纓道：「臣願前往！」

七七道：「也好，洪先生日理萬機公務繁忙，這種小事原用不上他出手。」

洪北漠心中暗歎，你根本是在趁機幫助胡小天樹立威信，雖然只是一件小事，已經可以看出七七正在賦予胡小天越來越多的權力，而胡小天也明顯積極介入朝政，不過玄天館應該沒什麼秘密，在大康只不過是任天擎用來掩飾身分之用。

胡小天護送七七返回皇宮之時已經是夜深人靜，途徑瑤池之時，兩人同時停下腳步，舉目望去，瑤池的水已經抽乾，圍繞縹緲山四周有百餘人仍在搜尋，在瑤池岸邊有皇宮大內侍衛駐守巡視，慕容展也在其中。

看到永陽公主親臨，慕容展慌忙上前去見禮。

七七擺了擺手，示意他不要驚動太多人，低聲詢問目前搜查的情況。

慕容展道：「通往內部的通道都被斷龍鎖封閉，想要打通還需要一些時間。」

七七從胡小天那裡已知道了權德安的事，對龍靈勝境挖掘的最終情況也沒有什麼興趣，紫蘭宮就在不遠處，她讓胡小天不必繼續送了，在宮人陪同下先行回去。

第四章

妻子的出身

周睿淵大驚失色，如果不是聽胡小天說出此事，
他直到現在都不清楚其中的關係，震驚之餘又難免自責，
自己對妻子的事情一無所知，如果胡小天所說的一切屬實，
那麼妻子秦瑟就是五仙教教主的女兒，而她和任天擎、眉莊是師兄妹，
想起溫柔嫻淑的妻子竟然出身五仙教，周睿淵簡直是不可思議。

胡小天和慕容展兩人恭送七七之後，彼此看了對方一眼，自從兩人一起出使西川，到現在他們還是第一次見面。

星光之下，慕容展面容慘白，灰白色的瞳孔流露出冷漠的光芒：「西州一別，不知王爺去了何處，卑職為王爺擔心了好一陣子，後來方才聽說王爺平安返回的消息，只是沒想到這麼快又在康都見到。」

胡小天笑道：「看到我活著出現，慕容統領是不是很失望？」

慕容展白眉皺起：「王爺此話怎講？」

胡小天哈哈大笑：「跟你開個玩笑，慕容統領千萬不要當真。」五仙教總壇歸來之後，他從影婆婆那裡知曉了慕容展的不少秘密。這些秘密連慕容展自己都不知道，對慕容展，胡小天抱有極大的疑心，種種跡象表明，慕容展極有可能與胡不為勾結。

慕容展道：「不早了，王爺還是早些回去安歇吧。」他並不願意和胡小天單獨相談。

胡小天卻道：「不急，慕容統領最近有沒有飛煙的消息呢？」

慕容展聽他又提起自己的女兒，臉上頓時流露出不悅之色。

胡小天道：「天香國最近發生了不少的事情，據我所知，實際的權力已經被胡不為掌控。」

慕容展自然明白他的意思，天香國現在的大權實際上已被胡不為掌控，太后龍宣嬌權力被架空，更不用說她那本就是傀儡的兒子楊隆景，而慕容飛煙和蘇玉瑾這兩個和自己有著密切關係的人全都屬於龍宣嬌的陣營，也就是說她們現在的處境不妙，他淡然道：「吉人自有天相，飛煙已經大了，她的事情輪不到我來過問。」

胡小天微笑道：「兒行千里母擔憂，當爹的終歸是狠心一些，換成是我，我一定放心不下。」

慕容展道：「王爺又不是我，怎知道我心中的想法。」

胡小天歎了口氣道：「咱們認識了這麼久，衝著飛煙，咱們也算不上外人。」

慕容展心中暗罵，這臭小子又占我便宜，我女兒又沒嫁給你，你跟我又有什麼關係？冷冷道：「在下不敢高攀！」

胡小天道：「據我說知，天香國國師蘇玉瑾乃是出身於五仙教，不知慕容統領跟她是如何相識？又是如何成為了夫妻？」

慕容展面露慍色，他和蘇玉瑾的事很少有人知道，至於蘇玉瑾的出身，瞭解的人更是少之又少，卻不知這小子是從何處查到。他冷哼道：「王爺在調查我嗎？」

胡小天微笑道：「我和飛煙早晚都是一家人，對於她的事我自然要關心些。」

慕容展有生之年還從未遇到過如此憊懶皮厚之人物，怒道：「你……」

胡小天道：「其實這天下間根本沒有什麼查不出的秘密，我甚至連慕容統領的父母是誰都查得清清楚楚了。」

慕容展勃然大怒，右手已經將劍柄緊緊握住，灰白色的瞳孔迸射出凜冽殺機，連他自己都不知道親生父母究竟是誰，這廝又怎會知道？說出這種混帳話是故意要激怒自己嗎？

胡小天卻並未被他的氣勢所嚇退，平靜道：「盤廊廟的普濟師父將你養育成長，你的武功劍法卻是另外一個人所教，你到現在都不明白，為何那人教會你武功之後，竟然出手將盤廊廟的僧人上上下下殺了個乾乾淨淨。」

慕容展身軀劇震，雙目中的憤怒變成了一種不可思議的困惑，以胡小天的年紀他又怎麼可能知道這些事，而且說得如同親眼所見一樣，不對，當年知道這件事的人都已經死去，本不應該傳出來。

胡小天道：「你師父殺了那些僧人，你殺了你師父，所以你這一生始終都活在內疚和痛苦中對不對？」

慕容展咬牙切齒道：「你再敢胡說八道，我絕不會客氣。」

胡小天笑瞇瞇道：「你若是當真認為我在胡說八道，那麼只當今晚的事情沒有發生過，可是我的話還沒有說完呢。」他懶洋洋打了個哈欠，向慕容展抱了抱拳，大步離去。

慕容展望著胡小天的背影，心中又是惶恐，又是吃驚，又是懊惱，當真是五味俱全，他甚至有些後悔自己沒能按捺住自己的脾氣，應該聽這廝把話說完。

胡小天離開皇宮之後，徑直去了尚書府，這是七七的安排，這座尚書府曾經是胡家老宅，歷經查抄清算，後來因為胡小天和七七定下婚約而在原有的基礎上返修改建成為駙馬府，最後卻又因為兩人婚約的解除而閒置。

不過七七並未因為胡小天的所作所為而遷怒於這裡，一直以來都派人在尚書府內看護，在胡小天被封鎮海王之後，朝廷御賜了一幅鎮海王府的匾額，胡家過去的一些下人也被招來繼續負責維護這裡的一切，胡小天過去一直聽說過，可是他卻沒有來這裡看過，畢竟當初負責翻建的是洪北漠，他懷疑洪北漠居心不良，在這座府邸留下後門地道之類，不過後來通過梁英豪的排查，證明這座府邸並無問題，洪北漠做事向來考慮周全，沒有十足的把握，自然不會輕易出手。

來到鎮海王府前，看到門前站著兩名武士，他們提前從宮裡得到了消息，知道主人今晚會來王府入住，所以都在門前靜候。

胡小天進入王府之後，沿途下人僕婦列隊相迎，這其中多半都是熟悉的面孔，胡小天心中暗忖，這七七倒也有心，單從這件事的安排來看，她心中始終都還在記掛著自己。

整座府邸經過翻修重建之後，和昔日已經有了很大不同，胡小天對這裡原本就沒有什麼歸宿感，沐浴之後，早早安歇。

這一覺睡得極其安穩，一直到日上三竿，胡小天方才從睡夢中醒來，起身拉開房門，卻看到一個熟悉的身影候在外面，胡小天定睛一看卻是梁大壯。

梁大壯滿臉堆笑道：「少爺醒了！」

胡小天眨了眨眼睛，這才想起梁大壯最近被他派去鳳儀山莊負責山莊和母親墳塚的維護，只是這廝消息居然如此靈通，自己剛剛露面，他就到了。

胡小天道：「你何時過來的？」

梁大壯道：「昨個，公主殿下昨晚派人去山莊那邊告知，說三日之後要前往祭拜主母，小的方才知道少爺來了，擔心其他人粗手笨腳，伺候不好少爺，所以我才連夜趕了過來。」

胡小天笑道：「你這頭腦倒是變得越來越靈光了。」

梁大壯道：「跟在少爺身邊久了，多少也學到了一些，少爺，您先歇著，我去給您準備熱水。」

胡小天點了點頭，走出門外在陽光下舒展了一下雙臂，心中想起姬飛花的事情，不知她現在處境如何？天龍寺的那幫和尚有沒有難為她，緣木大師讓自己拿《般若波羅蜜多心經》去交換，只是現在八字還沒有一撇，自己壓根不知道那心經藏在何處？看來應該找七七去問問，興許能從她那裡得到一些消息。

胡小天洗漱完畢，用完早飯，正準備入宮的時候，卻得到通報，大康丞相周睿淵前來拜會。

胡小天只能暫且打消了入宮的念頭，親自來到前廳相迎。

落座之後，周睿淵笑道：「老夫不請自來，還望王爺不要見怪。」

胡小天呵呵笑道：「周丞相，在朝廷你我是同殿為臣，可私下裡，您確是我的世伯，小天心中始終都將您當長輩看待，而且丞相愛國愛民，乃是國之棟樑，小天對世伯的人品一直敬重得很。」

周睿淵笑道：「愧不敢當！」接過下人送上來的香茗，嗅了嗅茶香，復又將茶盞放下：「好茶！」

胡小天也聞了聞，一旁梁大壯笑瞇瞇道：「這是公主殿下特地讓人送來的明前綠眉。」

胡小天瞪了梁大壯一眼，顯然責怪他多嘴，梁大壯訕訕笑了笑，悄悄退下。

周睿淵微笑道：「公主殿下對王爺果然恩寵有加啊！」

胡小天抿了口茶道：「不知丞相過來有何指教？」

周睿淵道：「也沒什麼要緊事，只是想問問王爺封地最近的狀況。」

胡小天歎了口氣道：「不妙啊，一下子湧來了那麼多西川難民，僧多粥少，眼看就要面臨糧食短缺的窘境，不瞞丞相，我此番前來京城就是求援來了。」

周睿淵微笑道：「那老夫就要恭喜王爺了。」

「何喜之有？」

周睿淵道：「王爺看來還不知道，今晨公主殿下已經決定，增援王爺二十萬石糧食，以緩解難民的壓力。」

胡小天的確沒有聽七七說過，雖然他知道說服七七的難度不大，可是沒想到七七已經同意，周睿淵顯然就是此事的執行者。

胡小天面露喜色道：「如此說來果然是大喜事了。」

周睿淵道：「實不相瞞，朝中一直對此事意見不同，殿下這次也頂著很大的壓力，可謂是力排眾議。」

胡小天道：「說起來此事我深感不解，我乃大康臣子，我的封地也是大康的一部分，生存在那片土地上的百姓自然也是大康的子民，難道那些反對的大臣早已將我當成了外人？」

周睿淵心中暗笑，這小子居然還在裝腔作勢，滿朝文武誰又將他當成忠臣看待？不過此一時彼一時，過去朝廷將他列為亂臣賊子，可是時局變化之快讓人接應不暇，轉眼之間，他不但搖身一變成為了大康鎮海王，而且又似乎重新得到了永陽公主的信任。周睿淵對大康早已失望，如果不是念著社稷蒼生，他才不會在丞相的位子上待下去。他端起茶盞，飲了口茶道：「公主下令在大康全境查封玄天館，聽說已經將此事交給了王爺處理。」

胡小天這才明白周睿淵前來的真正目的，周睿淵和玄天館之間的聯繫應該是秦雨瞳的緣故，他所關注的應該只是秦雨瞳而非玄天館的其他人。

胡小天點了點頭道：「確有其事。」

「不知什麼緣故？」

胡小天道：「丞相難道不知道任天擎的事情？現有證據表明，任天擎勾結大雍燕王薛勝景出賣大康利益，實乃裡通外國之罪。」

周睿淵故作驚詫，倒吸了一口冷氣：「可有確實的證據？」

胡小天才不信他對此一無所知，意味深長道：「丞相看來對任天擎的真正身分還不瞭解，他其實出身於五仙教，乃是五仙教主眉莊夫人的師兄！」

周睿淵聽到眉莊夫人的名字，臉色勃然一變，此乃他心中的一道疤痕，胡小天的話等若揭開了他的傷疤，頓時又鮮血淋漓。

胡小天知道周睿淵擔心什麼，輕聲道：「其實丞相就算不來，我也打算去找您，有人托我送給你一樣東西。」他從腰間取出一個錦囊，放在茶几之上然後緩緩向周睿淵推了過去。

周睿淵接過，展開錦囊，卻見其中放著一顆平安扣，內心頓時激動了起來，他自然認得這顆平安扣。

胡小天道：「你且放心，雨瞳去了東梁郡，她的安全自然不會有任何問題。」

周睿淵抿了抿嘴唇，向胡小天點了點頭，雙目中流露出些許的安慰。他將平安扣收起，得知女兒平安無事，內心的石頭也算放下，他低聲道：「大雍和黑胡都派來了使臣，現在兩國交戰正急，人康反倒成為了他們爭先聯盟的對象。」

胡小天道：「公主什麼意思？」

周睿淵道：「黑胡使臣已經抵達，人雍的使臣還在途中，不過公主現在還沒有馬上接見他們的意思。」

胡小天點了點頭道：「此事我會問叨公主的意思。」

周睿淵起身道：「老夫還有要事在身，先行告辭了。」

胡小天道：「伯父請留步。」

周睿淵停下腳步，微笑道：「王爺還有什麼事情？」

胡小天終下定決心道：「小侄心中有些疑問，冒昧之處還望伯父不要責怪。」

周睿淵重新坐了下去，輕聲道：「不知王爺想問的是公事還是私事？」他一生閱人無數，從胡小天的口風中已經察覺到接下來的問題必然會非常棘手。

胡小天道：「我此番去西川的時候，發現了一個秘密。」

周睿淵心中暗忖，這小子知道自己的一些秘密，當初他曾經利用眉莊的事情來要脅自己，想起眉莊，周睿淵心頭隱隱作痛，如果不是因為這個女人，妻子也不會含恨而終。

胡小天道：「伯父的家事我多少瞭解了一些，雨瞳和您之所以反目的原因，我也清楚。」

周睿淵嗟歎道：「全都是她告訴你的？」

胡小天搖了搖頭道：「她又怎會說？伯父並不知道她心中藏有多少的秘密，又是為何進入了玄天館。」

周睿淵道：「連我都不知道她為何要堅決進入玄天館學習醫術，難道……她早就知道任天擎的秘密？」

胡小天點了點頭道：「伯父知不知道前任五仙教秦教主其實是雨瞳的外婆？」

周睿淵聞言大驚失色，如果不是聽胡小天說出此事，他直到現在都不清楚其中的關係，震驚之餘又難免自責，自己對妻子的事情一無所知，如果胡小天所說的一切屬實，那麼妻子秦瑟自然就是五仙教教主的女兒，而她和任天擎、眉莊都是師兄妹，想起溫柔嫻淑的妻子竟然出身五仙教，周睿淵簡直是不可思議。

胡小天這才將當年的一切娓娓道來，這其中多半都是周睿淵並不清楚的事情，自從妻子死後，他一直深感自責，認為是自己酒後亂性，做出了對不起妻子的事情，方才令她憤而自盡，這些年來周睿淵始終活在內疚之中，可是聽胡小天說出整件事的來龍去脈，周睿淵方才知道妻子當初為了保護他們父女承受了怎樣的壓力，而更讓他難過的是，女兒小小年紀就已經將仇恨的種子埋在心中，忍辱負重投身玄天館，為的是查清母親的死因，為她復仇。周睿淵聽胡小天說完，已經是老淚縱橫，愧不能言，手中緊緊握住女兒委託胡小天送給他的平安扣，心中百感交集。

胡小天安慰他道：「伯父，有些事是根本無力挽回的，就算您提前得知了真相，你也做不了什麼。」

周睿淵緩緩點了點頭道：「我明白，我知道！」

玄天館已經被查封，這座大康首屈一指的醫館完全失去了昔日的風光，胡小天來到玄天館門前的時候，正看到一隊武士壓著玄天館的坐館郎中和弟子從裡面出來，為首一人胡小天認得，乃是曾經和他一起去過天龍寺護駕的左唐。

左唐看到胡小天，馬上笑顏逐開地迎了上來，他提前就已經收到了消息，朝廷讓鎮海王胡小天親自督辦查抄玄天館的事情，其實他開始的時候也不相信，畢竟近些年來胡小天在大康都被視為反賊，可這天說變就變，沒曾想轉眼之間，朝廷又幫助胡小天平反，非但封他為王，而且委以重任。反倒是一直受朝廷尊重的任天擎落難，現在連玄天館也受其連累，被徹底查辦，胡小天搖身一變成了這件事的負責人，當真是計畫不如變化，看得左唐這種小人物眼花繚亂，羨慕胡小天手眼通天之時，又不由得感慨任天擎一落千丈的命運，同時更覺得朝堂凶險，當真不是普通人能夠玩的。

左唐恭恭敬敬道：「卑職左唐參見王爺千歲千千歲！」

胡小天笑道：「無需自報家門，我怎會忘了你？」

左唐因這句話感到滿面榮光，嘿嘿笑道：「幾年不見，王爺風采依舊，相貌越發英俊，身材越發偉岸，氣質越發高貴，待人仍是那麼和藹，讓小的如沐春風。」

一連串的馬屁拍得胡小天暈乎乎的，不過他的頭腦足夠清醒，呵呵笑道：「左唐啊左唐，我只當你說的是真心話。」

「自然是真心話。」左唐發現今天胡小天只帶了梁大壯隨行，以他今時今日的身分，顯然是刻意保持低調了。

胡小天向哭聲震天的玄天館弟子看了一眼道：「誰讓你把他們都綁起來了？」

左唐道：「不是說要查辦奸細，徹查玄天館嗎？」

胡小天道：「只是要徹查，並非要如此大動干戈，此事因任天擎而起，和普通玄天館弟子並無關係，且玄天館在大康向來口碑不錯，你們如此大動干戈會搞得人心惶惶，在未查明確實罪證前，玄天館的弟子也不是什麼罪犯，豈能捆綁他們？」

左唐連連稱是。

此時京兆府尹洪佰齊的人馬也已經到來，他們負責配合此次查辦玄天館的行動，聽聞胡小天來了，洪佰齊慌忙過來參見，十年河東十年河西，想當年胡小天只不過是戶部尚書府家的衙內，洪佰齊那時就已經是京兆府尹，而現在胡小天已經貴為大康唯一的異姓王，而洪佰齊仍然在原地踏步，心中難免感慨萬千。

胡小天跟洪佰齊見過之後，吩咐他將這些玄天館的人好生安置，對於那些沒有疑點的晚輩弟子和館內雜役當即予以釋放，其他的人也鬆綁之後就近安排暫住，配合調查，說穿了也就是軟禁。

胡小天並不認為任天擎會將他的秘密告訴這些門人，至於裡通外國，出賣大康利益也不過是胡小天強加在他頭上的罪名，任天擎的眼光斷然不會短淺如此，至於燕王薛勝景應該只是任天擎利用的一顆棋子罷了。

洪佰齊讓人將玄天館的門人雜役，該遣散的遣散，該帶走的帶走，又讓人將圍觀的百姓驅散，暫時封住通往玄天館的路口。

如今玄天館內所有人都已經被驅離，整個醫館內空空蕩蕩，胡小天長驅而入，左唐安排手下四處搜尋，搜查有無可疑之處，當然最重要的目的乃是要搜尋任天擎的罪證。

胡小天也不心急，在後院找了片陰涼的地方坐下，玄天館內草藥眾多，單單是藥庫就夠這幫武士清點一陣子的了。胡小天傳令下去，讓那幫武士務必要仔細清點，不得隨意損壞玄天館內的物品。

這邊粱大壯給他沏了壺好茶，扯了張躺椅，胡小天躺在樹蔭下，享受著徐徐清風，一邊飲著清茶，愜意無比，只覺得人生逍遙莫過於此，其實他最初來到這個世界上想要的就是這種生活。如果身邊再多幾位紅顏知己，膝下再多幾雙兒女那麼該是多麼愜意完美的人生。忽然覺得功名利祿又沒那麼重要，七七野心很大，想當女王，隨她去就是，就算她當上女王，在自己面前還不得輾轉逢迎的份兒？

想到這裡胡小天不由得露出一絲會心的笑意，鼻息間卻嗅到一陣香風，自然的花香中又似乎混合了某種少女體香的芬芳，沁人肺腑，惹人遐思，將右眼睜開了一條縫兒，看到一個妖嬈的身姿正款款走向自己，卻是葆葆。

胡小天復又將眼睛閉上，裝作毫無察覺的樣子，卻聽葆葆悅耳的聲音在耳邊響起：「天機局葆葆參見王爺千歲千千歲。」

胡小天嗯了一聲，仍然沒有睜開雙目，梁大壯湊在他耳邊道：「少爺，天機局來人了。」

胡小天道：「那你還不出去？」

梁大壯訕訕笑了笑，敢情這位爺是嫌自己在這裡多餘，馬上低頭哈腰地退了出去，順便將院門守好。

等到梁大壯走了，葆葆婷婷嫋嫋來到胡小天身邊，嬌滴滴道：「當了王爺連看都不願意看人家一眼了嗎？」冷不防胡小天一把抓住她的手臂，將她拉得失去平衡，撲倒在胡小天懷中，躺椅因突然多了一個人的份量，失去平衡迅速搖盪起來。

葆葆伏在胡小天的懷中，媚眼如絲，俏臉緋紅，櫻唇嬌豔欲滴，俯下身去，輕輕印在胡小天的嘴唇之上，這輕輕一吻，卻將胡小天的激情點燃，這廝緊緊擁住葆葆的嬌軀，上下其手，葆葆被他摸得嬌軀酥軟，啐道：「你這混帳，光天化日之下竟敢調戲民女。」

胡小天笑了一聲，他放開葆葆，倒不是因為光天化日之下的緣故，不知為何，他總是擔心梁大壯那貨會在關鍵時刻闖進來，壞了自己的好事。

葆葆從他身上爬了下去，整理了一下秀髮，一臉嬌嗔地望著胡小天，目光中卻是滿滿的愛意。

胡小天仍然在躺椅上晃來晃去，雙臂枕在腦後，靜靜欣賞著眼前風情無限的美人兒。

葆葆道：「有什麼好看，又不是沒有見過？」

胡小天道：「心熱，越看越是心熱！」

葆葆格格笑了起來，在他額頭上戳了一記道：「瞧你那急色的熊樣兒，好歹也是大康鎮海王，能不能莊重點？」

胡小天乾咳了一聲坐起：「葆葆姑娘找本王有什麼事情？」

葆葆道：「說你胖你就喘，還真擺起王爺的派頭了，也沒什麼要緊事，義父知道你要徹查玄天館，於是讓我送一幅圖給你。」

胡小天從她的手上接過地圖，展開一看，洪北漠讓她送來的這張圖乃是玄天館的建築結構圖，將玄天館內部的每一間房屋，每一間密室全都標記得清清楚楚，這樣一來省卻了不少的功夫。

胡小天道：「這玄天館也是洪北漠所設計？」

葆葆搖了搖頭道：「天機局對大康重要的建築都會做一番勘查，基本上大康城內所有重點建築的構造圖全都被我方掌控。」

胡小天點了點頭，這其中自然也包括自己現在所住的鎮海王府，他仔細看了看這張玄天館的結構圖，指了指右上角的地方，這裡應當是玄天館的東南角，從地圖上來看，此處有一個地窖。

葆葆道：「這座地窖當初就有，據說是他用來存放冰塊之用。」

胡小天道：「去看看。」

葆葆笑道：「我跟你一起去。」

胡小天叫上梁大壯，三人一起來到地窖入口處，左唐等人也已經發現了這座地窖，只是門前被銅鎖鎖住，他們正準備稟報胡小天看看是不是要將之打開。

胡小天點了點，示意他們開鎖。

馬上有一名壯漢走出，雙手揚起大鐵錘，只是狠狠一錘就將銅鎖砸開，四名武士合力方才將地窖厚重的銅門推開。

雖是三伏天，仍感覺到鋪面一股冷森森的空氣吹來，眾人精神全都為之一震。

左唐向胡小天示好道：「王爺請稍後，容我率人前去探路，確保安全之後王爺再來。」

胡小天呵呵笑了起來：「你當我害怕啊？」

左唐笑道：「王爺英雄虎膽，天下間哪有您害怕的事情？」

梁大壯一雙小眼睛橫了左唐一眼，顯然對這廝溜鬚拍馬的行徑看不慣，可這也不過是五十步笑百步，他拍馬屁的時候比左唐更加媚態十足。

胡小天道：「這樣吧，大壯，你們都在外面守著，我們兩人進去看看就是。」

梁大壯自然明白，胡小天口中的兩人不包括自己在內。於是眾人各司其職，左唐率領那些武士繼續去查抄玄天館，梁大壯則老老實實候在地窖門外。

胡小天和葆葆兩人沿著地窖的台階向下方走去，約莫下了二十餘步台階，前方又現出一道木門，這道木門顯然起不到什麼防護作用，應該是隔絕外界熱氣，避免冰窖內冷氣逸出，門上也沒有上鎖，胡小天推開木門，看到木門背後用棉布包裹，果然是為了起到隔熱作用。

將木門重新關上，胡小天笑道：「這裡面果然涼快，你冷不冷？要不要我把衣服脫了給你穿？」

葆葆瞪了他一眼道：「那你穿什麼？」

胡小天道：「跟你在一起，穿不穿都無所謂。」

葆葆禁不住格格笑了起來，主動挽住他的手臂道：「你呀你，是不是色鬼投胎？心中除了這些事就沒有別的好說？」

胡小天歎道：「此事怪不得我，要怪只能怪你太過誘人，連我定力這麼好的人見到你都會把持不住。」

葆葆笑道：「好一句把持不住，只怕你見到任何一個女人都會把持不住。」兩人邊說邊走，前方又出現了第三道門，這卻是一道石門，門上刻滿了花紋，像圖案，又像是某些特定的符號。葆葆道：「圖形鎖！」她秀眉微顰，圖形鎖不可硬破，若是排列出錯，很可能會將大門鎖死，更有甚者還會啟動隱藏的機關。

胡小天在這方面並無專長，不過他想到葆葆出身天機局，又是洪北漠的乾女兒，想必在機關解密方面有所專研，且看她能不能破解這道石門。

葆葆的確從洪北漠那裡學到了不少機關解密方面的本領，圖形鎖方面也專門研究過，可是眼前石門上的圖形鎖卻讓她一籌莫展。

胡小天擔心打擾到她，特地向後退了幾步，等了好一會兒，卻見葆葆搖了搖頭，顯然被石門上的圖形鎖難住，她輕聲歎了口氣道：「我從未見過這樣的機關，或許要請義父過來才行。」

胡小天道：「他若是來了，有什麼好事豈不是全都讓他獨佔了。」心中暗忖，無非是一道石門罷了，大不了自己一拳將石門打穿，再不行就召集人手將石門鑿開，可是他的目光再度投向石門的時候，卻感覺那一個個的圖案在眼前變幻起來，那些符號組成的圖案從平面變得立體，我靠，居然是三維立體畫！胡小天走了過去，伸手將石門上的圖案重新排列。

葆葆提醒他道：「小心，不要亂動，萬一觸動機關就麻煩了。」不過她很快就意識到胡小天可不是亂動，他似乎已經看透了答案，將石門上的圖案重新排列，沒過多久，就聽到石門發出一陣吱吱嘎嘎的聲音，緩緩向右側平移。兩人舉目望去，不僅僅是這道石門，在後方還有兩道石門同時開啟。每一道石門的厚度都在五尺左右，如果強行破除，不知要花費多久的時間，更何況還可能會觸發隱藏的機關。

葆葆驚喜道：「你真是無所不能，連圖形鎖你都懂得。」她以為胡小天是深藏不露。

胡小天卻是一頭霧水，連他自己都不知道為何能夠看到答案？仔細一想應該是和秦雨瞳春風一度的緣故，自己稀裡糊塗就從秦雨瞳那裡得到了她的本事，此前他看到頭骨有反應，現在又無師自通地解開了圖形鎖，任天擎的本事自己可不懂，想來想去也只有秦雨瞳能夠做到，剩下的也只有這個合理解釋了。這些事他當然不會跟葆葆交代，嘿嘿一笑道：「我的長處還多著呢，以後你留著慢慢領教。」

葆葆望著胡小天，一臉的崇拜，兩人向裡面走去，前方就是用來存放冰塊的洞窟，這洞窟雖然不小，可是因為堆滿冰塊的緣故，並沒有剩下太多的空間，其中只是留下幾條通道，用來行走和搬運冰塊。

兩人在冰窟內搜尋了一圈，並沒有任何的發現，這裡除了冰塊就是冰塊，卻不知任天擎為何要設下那麼多的機關？

葆葆卻突然抓住胡小天的手臂，胡小天向她望去，卻見葆葆偷偷指了指前方的地面，胡小天舉目望去，卻發現地面之上竟然有一滴藍色血跡，胡小天內心一怔，他向葆葆使了個眼色，示意她無須聲張，傾耳聽去，卻並未聽到任何的聲息和動靜，葆葆指了指上方，他們已經將下面搜查了一遍，並沒有看到任何人的影子，也就是說可能藏身的地方只能是在冰塊上方。

胡小天點了點頭，兩人同時躍起，落在層層疊疊的冰磚之上，只在不遠處看到一套衣服，緩步來到衣服旁邊，那套衣衫應該男子所穿，其中少了一條袖子，胡小天馬上辨認出這套衣服應該屬於任天擎，失去的衣袖乃是因為被自己用光劍斬斷了手臂，衣服旁邊也有一些藍色血跡，不過從血跡凝結的情況來看，時間已經很久，看來任天擎在逃離皇宮之後，曾經來過這裡。

胡小天心中暗忖任天擎應該不是從冰窖的正門進入，換句話來說，除了他們兩人剛才進入的道路，這裡一定還有其他的道路和外界相通。展開葆葆送來的那張地圖，地圖上卻並未做出標記。

葆葆道：「居然有人的血液會是藍色。」

胡小天沉聲道：「任天擎，他應該已經走了。」站在他們目前的位置可以將整個冰窟盡收眼底。

葆葆抓起那套衣服聞了聞，秀眉顰起道：「他為何要留下這件衣服？」

胡小天經她一問也不由得感到奇怪，不錯，任天擎為何要留下這件衣服？他明明可以儘量消滅證據，可為何會如此疏忽？他的目光向四周望去，一切看起來似乎毫無異常，忽然想到昔日和葆葆在皇宮酒窖中的種種旖旎往事，心頭不由得一熱，正準備跟葆葆好好敘舊之時。

而此時葆葆卻驚呼道：「蟲子！」

胡小天低頭望去，但見腳下冰磚的縫隙之中湧出數以千萬計的紅色透明小蟲，一個個只有芝麻般大小，密密麻麻，卻瞬間已經填滿了所有冰縫，看上去猶如血液在冰磚的縫隙中流動，胡小天攔住葆葆的纖腰，準備向下跳去，卻看到下方的地面之上，那紅色的小蟲迅速擴展開來，地上已經沒有落腳之處。

紅色小蟲蔓延的速度奇快，而且這些小蟲似乎對胡小天並無畏懼，迅速向他所處的位置蔓延擴展。

「上面！」葆葆指了指頭頂的位置，她揚起右手，一隻袖箭深深射入上方岩層，袖箭尾端有一根鋼絲繫在她的護腕之上：「抱著我！」葆葆大聲道。

胡小天抱緊了葆葆，她足尖在冰磚上用力一蹬，帶著胡小天一起身體猶如蕩秋千般向他們方才進入的通道飛掠而去，身在半空之中，卻見地面上紅色小蟲也在以驚人的速度向外擴展，兩人的身體飛蕩到了盡頭，葆葆放棄鋼絲，胡小天抱著她借勢向前方繼續滑翔，搶在紅色小蟲蔓延到出口之前，率先回到了石門之外，他迅速排列上方的圖案，三道石門緩緩關閉，那紅色小蟲蔓延的速度終於還是稍晚了一步，被石門封死在冰窟之中。

看到石門徹底封閉，葆葆方才長舒了一口氣，她和胡小天對望了一眼，都有些驚魂未定。

胡小天心中暗罵，這任天擎好不歹毒，他一定算準了玄天館會遭到查封清算，於是在這冰窟之中故布疑陣，只等引君入甕，剛才幸虧是自己和葆葆兩人進入冰窟，如果興師動眾，只怕這次會死去不少人。

葆葆心有餘悸道：「他居然懂得驅馭毒蟲。」

胡小天道：「他原本就出身五仙教，又有什麼稀奇。」

兩人的目光同時向石門望去，石門嚴絲合縫，紅色小蟲並沒有一隻從裡面鑽出來。胡小天看到石門上的圖形鎖，心中卻是一動，通常情況下普通人肯定是無法開啟這道圖形鎖的，任天擎在裡面設下圈套應該是對付自己人的，胡小天眼前不由得浮現出秦雨瞳的倩影，自己之所以能夠解開圖形鎖，是因為從秦雨瞳那裡得到了她的一些知識，天人萬像圖在幫助修復秦雨瞳體內缺陷的同時，也可以將她所掌握的一些東西潛移默化地傳給自己，換句話來說，在不知不覺中兩人的身體同時發生了改變，否則自己也不可能開啟這複雜的圖形鎖。

葆葆道：「如果冰窟只是一個圈套，應該也不會有什麼重要東西藏在其中。」

胡小天點了點頭，任天擎既然來過這裡，就算原本有重要的東西，他也已經拿走了，豈會留下來白白便宜別人，他低聲道：「咱們上去吧！」

兩人重新來到地窖外面，看到梁大壯仍然老老實實在門外守著，這廝決計想不到剛才胡小天和葆葆兩人在冰窟中的凶險經歷，咧著大嘴笑道：「少爺在下面可發現什麼寶貝？」

胡小天搖了搖頭，此時左唐也初步清點完畢向這邊走了過來，胡小天讓他們將地窖填土封死，這是為了避免以後那些紅色小蟲爬出來害人，雖然下方已經用石門封閉，可畢竟還是多一道保險更加安全。

左唐瞅到胡小天單獨在場，悄悄走了過來，恭敬道：「王爺，剛才清點了一下，這玄天館中還是有不少的寶貝。」

胡小天笑道：「都有什麼寶貝，說來聽聽。」

左唐道：「有名人字畫，有奇珍古董，有名貴藥材。」

胡小天點了點頭。

左唐又壓低聲音道：「小的準備了兩本帳目，一本給朝廷送上去，還有一本準備留給王爺封存。」

胡小天笑瞇瞇道：「這兩本帳簿是不是差別很大啊？」心中已經明白這廝是要借著這個大好時機給自己送禮了。

左唐眉開眼笑道：「其實任天擎只是一個郎中，也沒什麼價值連城的寶貝。」

胡小天心中暗笑，他可不是見錢眼開的人，只不過這些東西就算他不拿，往上一繳也未必能夠全都進入國庫，大康的官場他清楚得很，經過官吏層層扒皮，最後收入國庫的只不過是一些廢銅爛鐵，與其被中間的官吏貪墨了，不如自己留下，反正這大康也遲早都是自己的，他微笑道：「你辦事，我放心！」

左唐馬上會意，笑道：「謝王爺！」給人家送禮還要說謝，左唐的臉皮也非同一般。

此時一名武士拿著一樣東西走了過來，向胡小天行禮道：「王爺，我們在任天擎書房之中發現了這樣東西。」

胡小天結果一看，心中不禁大喜過望，卻是一本《般若波羅蜜多心經》，不過心中的喜悅也是稍閃即逝，這本佛經一看就沒有太久的歷史。

那武士道：「此乃皇家之物，任天擎膽敢私藏皇室之物，實乃欺君之罪。」其實他們也沒覺得怎麼重要，只是看到上面蓋有藏書閣的印璽，而且還加蓋了皇室的印璽，這就表明這本佛經乃是皇室收藏，往往這些東西是不可能外流的，所以武士當成罪證呈給了胡小天。

胡小天道：「很好，賞銀百兩。」他將這本心經收好了，剩下的工作無非是徹查清點，這種無聊的事情他才懶得去做，於是決定打道回府。

來到門前，葆葆向他告辭，她也不能久留，還要去向洪北漠交差，胡小天將她送到路口，低聲道：「你若是覺得厭煩了，不如我向洪北漠開口將你要過來。」

葆葆笑道：「怎麼？你把我當成什麼了？東西一樣想要就要？」

胡小天搖了搖頭道：「不是，我只是擔心他會對你不利。」

葆葆咬了咬櫻唇道：「其實義父對你我之間的關係清楚得很，過去你們對立之時他都未曾利用我要脅過你，現在你們既然選擇合作，他更加不會害我，我這個人性子自由慣了，不喜歡老老實實守在你的身邊，更不喜歡伺候別人。」

胡小天笑道：「你來我身邊自然是我伺候你。」

葆葆皺了皺鼻子，神情可愛至極：「信你才怪，我才不要給你做妾。」

胡小天道：「自然不是妾，一定讓你做老婆，在我眼中沒有高低大小之分。」

葆葆嫣然笑道：「妻不如妾，妾不如偷，我寧願像現在這樣。」

胡小天道：「你的意思是願意跟我偷……」

葆葆已經翻身上馬：「想得美……」

胡小天舉目望去，這妮子已經縱馬遠去，只留下一連串銀鈴般的歡快笑聲。

回到鎮海王府，馬上有家人遞上拜帖，卻是黑胡北院大王完顏烈新剛才來過，胡小天曾經和此人有過一面之緣，上次在自己大婚的時候，黑胡派觀禮團前來恭賀，為首的就是這位北院大王，當時還送給了胡小天一尊送子觀音的造像，不過似乎也沒什麼效果，胡小天到現在也沒有成功讓任何一位紅顏知己懷上身孕。

因為剛才胡小天去了玄天館，所以完顏烈新剛好跟他錯過，於是留下拜帖，約好了明晚再來拜會。

胡小天稍事休息之後，獨自一人去了大相國寺，雖然他並未找到《般若波羅蜜多心經》的原件，不過手頭上有這件東西，至少可以跟緣木討價還價一番。現在他和那天身分又有了不同，他已經公開在大康露面，而且得到了七七的鼎力支持，他要讓緣木明白一件事，跟自己對抗就是跟大康朝廷對抗，如果當真激怒了自己，當年天龍寺被朝廷覆滅的事情完全可以重來。

緣木大師仍然在昔日和胡小天會面的那間禪室內接見了他，胡小天也不多說，掏出那本《般若波羅蜜多心經》放在了他的面前。

緣木的目光只是向那本佛經上掃了一眼，然後緩緩搖搖頭道：「不是這本！」

胡小天道：「只有這本了！」

緣木淡然道：「既如此，施主請回吧！」

胡小天道：「大師將我當成什麼人？召之即來揮之即去嗎？」

緣木道：「貧僧只是一個出家人，豈敢對王爺無禮，我佛凡事都講個緣分和造化，既然我和施主無緣，也只好如此了。」

胡小天道：「大師可不是普通僧人，誰見過一位出家人膽敢要脅朝廷命官？」

緣木的表情風波不驚：「施主此言差矣，貧僧何嘗要脅過您？」

胡小天冷笑道：「你以我朋友的性命作為條件脅迫我為你找到這本心經，我信守承諾，你現在卻說不是這本，真當我是三歲孩童，任你耍弄嗎？」

緣木大師輕聲歎道：「貧僧一直以為施主是明白人，這樣的一本心經一看就知道最多不超過十年歷史，又怎麼可能是太宗皇帝親筆所書？老衲雖老，可還不至於老眼昏花。」

胡小天道：「大師既然這麼說，想必那本心經你一定是親眼見過的，那麼大師可否說得明白一些，你想要的心經究竟是什麼樣子？」

緣木意味深長地望著胡小天道：「你明明已經得到了靈犀佛骨，又怎會不知道心經的下落？」

胡小天心中一怔，這老和尚認準了自己知道《般若波羅蜜多心經》的下落，還說什麼靈犀佛骨，他所謂的靈犀佛骨一定就是那顆龍靈勝境中的頭骨，難道七七知道心經的下落？看來只有問她才會搞清這件事。

胡小天道：「大師可否告訴我凌嘉紫的一些事情？」

緣木眉頭皺起，雙目緩緩閉上，他顯然不願意回答胡小天的這個問題，低聲道：「施主還是請回吧。」

胡小天道：「三百年前天龍寺被朝廷的大軍層層包圍，當時的皇上下令焚毀天龍寺，無數佛經典籍被搬空，直到現在也少有人能夠明白，天龍寺究竟犯了什麼過錯？當時天龍寺丟失的佛經典籍不在少數，為何你們獨對這本心經念念不忘呢？」

緣木一言不發，彷彿對胡小天的話充耳不聞。

胡小天道：「高宗皇帝重建天龍寺，據說將所有查抄的典籍全都歸還給了你們，為何單獨留下了這本心經？我查閱了無數資料，發現天龍寺重建乃是在棲霞湖遭遇天火之後，不知這兩件事有無聯繫？」

緣木仍然如同入定一般，對胡小天的話毫無反應，只不過這次他並沒有出聲讓胡小天儘快離去。

胡小天道：「你不說話，我只當你默認了。當年楚扶風為何要在天龍寺留下一尊長生佛？他留下長生佛的同時是不是也同樣留下了許多秘密在天龍寺？」其實這些問題早已困擾胡小天許久，他當著緣木的面全都說了出來。

緣木輕輕轉動手中的念珠，雖然依舊閉著雙目，顯然他已經將胡小天剛才所說的這番話全都聽了進去。

胡小天道：「您是得道高僧，本應該看破紅塵俗世，因何又會對一本佛經念念不忘？其實就算你們不用我朋友的性命作為要脅，只要提出要求，我自然會盡心盡力地幫你去辦，畢竟當年你曾經在靈音寺救過我的性命，我欠你一個莫大的人情，可是你偏偏要用這樣的手段。」

緣木喟然長歎道：「施主當初答應過我，可是這些年來你卻從未兌現過自己的承諾。」

胡小天道：「萬事皆空，你連一本佛經都放不下，還怎麼立地成佛？」

緣木點了點頭道：「施主教訓得是，貧僧今生成佛無望了！」深邃的雙目凝視胡小天，攝人的威壓從四面八方向胡小天壓迫而去，若是換成別人只怕已經在緣木的威懾之下匍匐在地，可是胡小天卻毫不畏懼，直面緣木：「大師好強的殺氣！」

緣木輕聲道：「因為我有心魔！」

胡小天哈哈大笑：「大師倒也坦誠！其實成佛成魔全在一念之間，不悟和緣空全都是現成的例子。」他目光炯炯注視緣木道：「大師難道不知地獄的存在嗎？」

「我不入地獄誰入地獄？」

胡小天微笑道：「捨生取義固然可以立地成佛，可是若是因為你的緣故連累整個天龍寺落入萬劫不復的深淵，那麼大師的罪孽將永世無法洗清。」

緣木雙目中的光芒突然黯淡了下去。

胡小天道：「楚扶風創立了天機局，他的弟子是洪北漠，當年我曾經陪同皇上一起去天龍寺禮佛誦經，那時洪北漠的目的是想要從天龍寺得到《乾坤開物》的丹鼎篇。皇上去天龍寺只不過是一個幌子，楚扶風是不是留下了什麼秘密在天龍寺？不然洪北漠何以會如此用心？」

緣木平靜道：「你為何不去問洪北漠？」

胡小天道：「有些事我總是看不透，似乎接近了答案，又似乎總差一點。」

緣木道：「既然觸不可及又何必勉強自己？」

胡小天道：「本來我不喜歡麻煩，可是大師如今都已經將刀架在了我的脖子上，我縱然再懶惰也不得不開動腦筋了。」

緣木聽到這裡，唇角居然露出一絲難得的笑意：「施主都想到了什麼？」

胡小天道：「永陽公主是不是明晦的女兒？」

突然的問題讓緣木為之一怔，他緩緩搖了搖頭道：「施主何必去污蔑一個西去之人？」

胡小天道：「大師認不認得凌嘉紫？」

緣木淡然道：「見過，可是不熟。」

「既然並不熟悉，大師緣何會認定她是這世上最為狠毒的女人？又為何會認定她害死了你的徒弟？」

緣木在胡小天一連串的質問下竟然失去了一貫的淡定，他怒道：「貧僧何嘗說過……」話音剛落，自己幡然醒悟，上次在胡小天前來的時候，自己的確說過。

胡小天的目的才不是要他承認，只是步步緊逼讓老和尚亂了陣腳，他微笑道：「和大師相見之前，我一直以為凌嘉紫是位溫柔嫻淑，集智慧和善良於一身的女人，可是自從聽到大師對她的評價之後，我方才意識到，這位太子妃或許是天下間最高明的人物，洪北漠、任天擎、權德安、慕容展、龍燁霖、龍宣恩，這一個個的厲害人物都和她有過交集，可是每個人都對她的事情諱莫如深，應該不是尊敬而是害怕。」他停頓了一下望著緣木道：「大師是我認識第一個說她狠毒的人，以大師的胸懷本不該對一個女人如此苛刻，所以我思前想後，這件事只有兩個可能。」

緣木竟又將雙目閉了起來，似乎不想聽胡小天再說下去，卻又沒有出言制止。

胡小天道：「一是因為明晦的緣故，你認為她害死了你最心愛的徒弟，所以才會對她如此仇恨，可我後來又想，明晦就算和凌嘉紫有私情，這件事錯也不在一人，更何況凌嘉紫已經死了，大師為何還會難以釋懷？」胡小天說到這裡突然止住不說。

緣木靜靜等待，可是手中念珠轉動的速度明顯加快了許多。

胡小天道：「除非是大師深受其害，所以才刻骨銘心……」

「住口！」緣木暴吼一聲，鬚髮豎起，神情駭人之極。

胡小天剛才也是連蒙帶猜，再加上點異想天開胡說八道，卻想不到居然當真戳中了緣木的痛處，看到老和尚幾近猙獰的面孔，胡小天心中暗歎，姥姥的，讓我猜中了，敢情緣木當年也被凌嘉紫傷過，而且傷得很深。凌嘉紫啊凌嘉紫，你究竟是怎樣一個人，居然讓這一個個人物全都跪倒在你的石榴裙下，到現在影響仍然不滅。只是你如此厲害，卻又為何死去？天下能夠害死你的人只怕不多吧？

胡小天微微一笑：「大師不要動怒，其實我只是胡說八道。」

第五章

石榴裙下死

七七俏臉緋紅，啐道：
「你這句話不知對多少女人說過，當我那麼容易上當嗎？」
胡小天道：「女人若是一生一世都沒有男人願意騙她，
那該是一種怎樣的悲哀，你那麼好強，縱然我想騙你，
你也一定會讓我死心塌地地喜歡上你，讓我無法自拔，
讓我甘心死在你的石榴裙下。」

緣木已經意識到了自己的失態，他強忍住憤怒，向胡小天緩緩點了點頭道：「施主，老衲再給你三天時間，三日之後，若是還見不到那本心經，你就等著為你的朋友超度吧！」

胡小天平靜點了點頭：「大師，如果我的朋友有一絲一毫的損傷，那麼我向你保證，我會將天龍寺乾乾淨淨從這個世界上抹去，不會留下一草一木。」

緣木道：「真要如此，你勢必會付出慘重的代價！」

胡小天離開禪室，看到明鏡就站在門外恭候，身後傳來緣木的聲音道：「明鏡，你代我送送王爺。」

明鏡做了個請的手勢，在前方為胡小天引路，走到前方路口，明鏡本想直接帶著胡小天往前殿去，卻想不到胡小天居然指著塔林的方向道：「我想從這裡走。」

明鏡道：「這條路並非近途。」

胡小天道：「我這人向來就喜歡捨近求遠。」他才不管明鏡怎麼想，已經舉步走了過去，明鏡無奈，只能快步跟上他的腳步。

胡小天大步流星，壓根沒有等他的意思，這塔林他也不是第一次過來，對其中的道路非常清楚。

明鏡已經猜到他的目的，身後道：「王爺，那座佛塔已經不在了。」

胡小天停下腳步呵呵笑了起來：「明鏡師父此話怎講？本王只是選擇從這裡經

過，又沒有其他的目的。」

明鏡心想你騙鬼呢，兜了一個圈子捨近求遠，難不成就是因為喜歡？這胡小天還真是任性，心中雖然充滿了猜疑，可表面上卻沒有半點流露，輕聲道：「是小僧多想了。」

胡小天道：「明鏡師父，明晦是您的師兄啊！」

明鏡微笑道：「不錯，只可惜我和師兄卻無緣相見。」

胡小天本想從明鏡那裡旁敲側擊得到一些關於明晦的消息，這明鏡應該是有所警覺，直接封死了胡小天的提問。

胡小天舉目望向前方，卻見塔林樹立，想要從中找到本屬於明晦的那座佛塔還頗有些難度，他故意道：「明晦是緣木大師的親傳弟子吧？」

明鏡點了點頭。

胡小天道：「不知他生前做了什麼錯事，緣木大師會一掌將佛塔擊碎？」

明鏡道：「其實我師兄的佛骨並不在這片塔林之中，師父的這一掌，只是想將真相告訴公主殿下罷了。」

胡小天微笑道：「你知不知道緣木大師跟我談些什麼？」

明鏡搖了搖頭道：「不知道，也不想知道，小僧只想做好自己的本分，師父的事情斷然不敢過問的。」

胡小天望著明鏡道：「你應該比明晦要懂得做人，面對你這樣玲瓏八面的弟子，就算是我也捨不得殺你。」

明鏡因他的話而微微一怔，然後笑道：「王爺說笑了！」

胡小天回到鎮海王府，本想洗個澡再前往宮中參見七七，向她詢問有關《般若波羅蜜多心經》的事情，剛剛來到後花園的露天水池內泡進去，梁大壯就過來通報，說是永陽公主到了。

胡小天此時只穿著一個緊身褲衩，這水池乃是鎮海王府中胡小天的唯一設計，當初洪北漠在翻修駙馬府的時候曾經徵求過胡小天的意見，胡小天就在後花園處畫了一個長約二十丈，寬約十丈的池子，並非眾人認為的蓮花池或者魚塘，而是用雲石砌成的游泳池。

胡小天自從入住鎮海王府之後，這裡被重新清理，引來潔淨泉水，胡小天每天都要在泳池中游上數十個來回。聽聞七七到來，胡小天笑道：「也不是外人，你讓她進來就是。」

梁大壯看著胡小天的這身裝扮，雖然胡小天身材健美，可畢竟來的是公主，在這樣的狀況下見她是不是有不敬之嫌，他多嘴道：「少爺要不要換身衣服？」

胡小天瞪了他一眼。

梁大壯知道再多嘴肯定挨罵，慌忙去傳達他的命令。

沒過多久，七七就跟著梁大壯走了進來，看到在泳池中如同一條魚兒一般自由徜徉的胡小天，七七心中不由得有些羨慕，羨慕之餘還有些牙根兒癢癢的，想想自己忙於諸般公事，日理萬機之時，這廝居然如此逍遙快活，頓時氣不打一處來，冷冷道：「胡小天，你倒是自在啊！」

胡小天笑道：「人生得意須盡歡，好不容易才有了休息的機會，自然要好好享受生活。」他在泳池中掉了個身，舒展雙臂愜意仰泳，陽光下，周身肌肉線條健美勻稱，古銅色的肌膚散發出金屬般的光澤。

七七擺了擺手，梁大壯和那幫宮人全都退了出去，她緩緩來到泳池邊，心中暗歎，這駙馬府陽光燦爛，花木叢生，住在這裡，比起陰森昏暗的皇宮心情自然會暢快得多。

胡小天雙目望著七七道：「你是應該出來走走，臉色蒼白，目光黯淡，一看就是在宮室內待久了，很少見到陽光的緣故。」

七七冷哼一聲道：「要你多管！」

胡小天道：「生命在於運動，你現在年輕還不覺得，想要永保青春，就必須從現在開始堅持。平時跑跑步，爬爬山，游游泳，哪怕是抽空做個瑜伽也行。」

七七當然聽不懂瑜伽是什麼，只是將目光一橫，望著逍遙自在的胡小天，一臉的鄙夷。

胡小天游到岸邊，雙手趴在岸上，抬起頭仰望著七七，陽光正強，他下意識地瞇起雙眼，現在的七七顯得高高在上。

七七忽然抬起腳向這廝的肩膀踹了過去，心中暗忖，讓你得意，我一腳把你踢進去。她只想著出口氣，卻疏忽了自己面對的是胡小天，這廝可不會管她是誰，七七一抬腳，他就已知道她的目的，任憑七七一腳蹬在他肩頭，然後一探手牽住七七的纖手，一拖一帶，七七頓時失去平衡，嬌呼一聲，噗通就跌進了泳池之中。

胡小天哈哈大笑，瞬間已經游開數丈的距離，他才不擔心七七的水性，當初七七跟他一起潛入龍靈勝境，水性絕不次於自己。

七七一身長裙被水全都沾濕，整個人如同落湯雞一般，先是感到憤怒，可是看到胡小天的樣子，心中那點怒氣卻又煙消雲散，她抹去臉上的水漬道：「胡小天，信不信我殺了你？」

胡小天笑道：「想殺我？那也得先追上我再說！」他說完已經向前方游去。

七七哼了一聲，在水中扯落了長裙，胡小天看到她的動作心中暗歎，這小妮子還真是豪放啊，可七七長裙褪去之後，方才看到她裡面穿著一套珠光閃爍的內甲，仔細一看，這套內甲完全是用細小的珍珠製成。胡小天過去並未見過，七七這套內甲名為珍珠霞光甲，乃是皇宮收藏的至寶之一，冬暖夏涼，而且可以抵禦刀劍護衛身體，稱得上不可多得的稀世珍寶。

胡小天卻見七七脫去長裙之後猶如一條美人魚一般向自己飛速追趕而來，心中嘖嘖讚歎，他轉身就逃，兩人在水中你追我逃，他們的水性都是絕佳，在泳池內兜來轉去，連續追了數個來回，胡小天故意裝出力不從心的樣子，越游越慢，七七生性好強，憋足了勁一定要追趕上他，看到胡小天速度變慢，心中大喜，探出手去想要抓住胡小天的足踝，卻想不到胡小天陡然在水中轉了個圈兒，竟然繞行到她的背後，展開臂膀將七七擁入懷中。

七七雖然穿著珍珠霞光甲，可是被這廝抱在懷中難免也是嬌軀一震，更何況這廝只穿著一個褲衩，幾近全裸。她掙脫開胡小天的懷抱，兩人在水下四目相對，胡小天伸出手去，捧住她的俏臉，緩緩湊近她的櫻唇。

七七芳心怦怦直跳，抬腿似乎要有所動作，胡小天擔心她又要故技重施，偷襲自己的下三路，雙腿在水中夾緊，七七看到他如此反應，露出忍俊不禁的表情，然後用力推開了他，玉腿一蹬，浮出水面，剛剛趴在岸邊，就聽到身邊水聲陣陣，卻是胡小天也跟著她浮了上來，兩人目光相遇，七七俏臉緋紅，整個人猶如出水芙蓉般動人，她小聲道：「就憑你剛才的所作所為，我就能誅你九族！」

胡小天笑道：「我現在無親無故，縱然想誅我九族，也得容我生出來再說，要不你幫幫忙？」厚著臉皮又湊了過去。

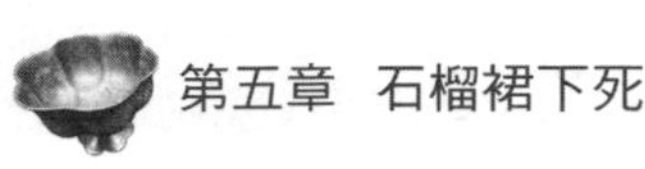

七七一把將他推開，雙手一撐爬了上去，就勢坐在泳池邊緣，瞪了胡小天一眼道：「我這個樣子如何見人？你去幫我將衣服找回來。」

胡小天抱拳道：「遵旨！」翻身潛入水下，不多時已經找到七七的衣裙，重新游了回來。

七七已經來到岸邊涼亭中坐下，珍珠霞光甲將她的嬌軀勾勒得玲瓏有致，遠遠望去內甲之上果然蒙上了一層七彩霞光，比起這套內甲，胡小天更加關注的還是內甲包裹下美好的肉體，小姑娘果然長大了，這體型也是凸凹有致，過去一直如同飛機場般平坦的胸部，現在看起來居然也有了一丁點的起伏，雖然只是那麼一丁點的起伏，卻看得胡小天心頭一熱。

七七的目光落在他的身上，看到這廝褲衩緊貼在身上，雙腿間讓人臉紅心跳的一坨，如同受驚一般趕緊將目光望向別處，耳根卻已經完全變成了紅色。

胡小天從她的反應意識到了什麼，自己也覺得不妥，拿起一旁準備好的浴袍穿上，然後又拿起一件，來到七七身後為她披在肩頭，七七卻又如同被蛇咬了一般尖叫起來。

胡小天也跟著叫了一聲。

七七怒道：「你叫什麼？」

胡小天道：「還不是你突然叫起來把我給嚇得。」

七七橫了他一眼，看到他穿上了浴袍，內心才開始變得坦然起來。她也將浴袍穿好了，胡小天遞給她一條棉巾，讓她將水淋淋的頭髮裹上。叫來了梁大壯，梁大壯看到永陽公主這副打扮，心中暗歎，這位刁蠻公主肯定被胡小天給拖下水了，這位少爺哦，可真是害人不淺。

胡小天對梁大壯耳語了幾句，梁大壯轉身去了，沒多久就端了一個水晶杯出來，水晶杯內裝著橘黃色的冰鎮橙汁兒，還插著兩根蘆葦。

七七本以為是筷子，等梁大壯走後，不屑地切了一聲道：「一個杯子，一副筷子，你還真是小氣。」

胡小天道：「沒見過世面，這不叫筷子，這叫吸管，來嘗嘗冰鎮鮮榨果汁。」他遞給七七一個吸管，七七雖然表面上不服氣，可她儘管貴為公主卻從未嘗試過這樣的新鮮玩意兒，學著胡小天的樣子將吸管含在嘴裡輕輕一啜，甘甜酸爽的橙汁吸入口中，感覺周身每個毛孔都透著舒爽，兩人共用一個杯子，你吸一口，我吸一口，胡小天恍惚間如同回到了前世時光，望著出水芙蓉般的七七，心中暗歎，若是給這小妮子換上一身比基尼，那該是怎樣的風情滋味，不過這丫頭胸小，估計穿上的效果會大打折扣。

七七看到他盯著自己發呆，瞪了他一眼道：「你看什麼看？」

胡小天道：「好看才看，你若是生得跟隻大馬猴似的，我才懶得看你。」

七七啐道：「你才是大馬猴呢！」

胡小天笑道：「你跟一隻大馬猴鴛鴦戲水，還共飲一杯，口味倒是夠重。」

七七道：「遇到你這種無恥之人，我也無話好說。」

此時梁大壯又送果盤進來，七七充滿警惕地望著梁大壯，胡小天道：「他一直都跟著我的，你見過，若是擔心他胡說八道，大不了將他滅口就是。」

梁大壯把果盤放下，嚇得撲通一聲跪下：「小的是個瞎子，什麼都看不見。」

七七白了胡小天一眼道：「誰說要滅口了，好好的你嚇他作甚。」

梁大壯才抬起袖子擦汗，卻聽七七又道：「擔心他胡說，把舌頭割了就是。」

梁大壯嚇得慌忙磕頭：「公主饒命，公主饒命！」

胡小天哈哈大笑：「公主跟你開玩笑呢，沒我吩咐任何人不得進來。」

梁大壯這才爬起來倉皇離去。

七七望著胡小天道：「我的樣子像是在開玩笑嗎？」

胡小天拿起一根香蕉剝好皮後強塞到七七的嘴中：「吃東西，你說那麼多話，應該補充點能量了。」

此時天色漸漸黯淡了下來，陽光被烏雲緩緩遮蔽，胡小天皺了皺眉頭，看來一場風雨就要來臨，盛夏的天氣果然說變就變。

七七卻想起了自己還給他的那顆碧玉貔貅，小聲道：「我還給你的東西你沒有帶著？」

胡小天道：「總不能時時刻刻都帶在身上。」

七七咬了咬櫻唇，面露不悅之色。

胡小天卻又把話鋒一轉道：「那貔貅雖然無法時刻帶著，可是我卻時時刻刻把你放在心裡，只怕今生今世是趕都趕不走了。」

七七俏臉緋紅，啐道：「胡小天啊胡小天，你這句話不知對多少女人說過，當我那麼容易上當嗎？」

胡小天道：「女人若是一生一世都沒有男人願意騙她，那該是一種怎樣的悲哀，你那麼好強，縱然我想騙你，你也一定會讓我死心塌地地喜歡上你，讓我無法自拔，讓我甘心死在你的石榴裙下。」

七七道：「你還真當自己是塊寶。」

胡小天微笑道：「這點自知之明我總還是有的，換成別人這樣對你，多少顆腦袋也不夠你砍，天下間也只有我才能讓你如此寬容吧？」

七七心中暗忖，你倒還算明白，我對你那麼好，你卻背棄我另娶他人，想到這裡，內心頓時又變冷了。

胡小天從她表情的微妙變化已經猜到她此時的心情，輕聲道：「別說是你，過去有很多事情連我自己都不明白，只有經過之後方才懂得什麼值得珍惜，你說對不對？」他的手輕輕覆蓋在七七的手背之上。

七七並沒有將手抽走，盯住他的雙目道：「你的話的確說到了我的心裡，可是我也明白，往往你說這種話，想要打動我的時候，就是想騙我幫你辦事的時候，說吧，現在又想利用我做什麼？」

胡小天歎了口氣，伸手指了指七七道：「這種時候，你居然說這種話，實在是太讓我傷心了，太讓我失望了！」

七七撚起一顆葡萄，餵到胡小天的嘴裡，柔聲道：「你這個人從骨子裡就是一個騙子，當局者迷旁觀者清，謊話說得太多，往往會把自己都騙了，我只是喜歡說實話，其實我話還沒有說完，雖然你騙我千百遍，可是在我心中始終都沒有記恨過你，所以你無論開口讓我幫你做什麼，我想我還是不會拒絕。」

胡小天聽到這裡內心這個爽啊，這算是對我的表白嗎？任你虐我千百遍，我卻待你如初戀，小妮子厲害啊！你也是個騙子，連我這個老司機居然都被你感動。

胡小天伸手將七七的柔荑再度握住，七七望著他，微笑等待著他提出要求，心中暗道，裝！可著勁兒裝，最後還不是要露出你的狐狸尾巴。

胡小天道：「那我也不瞞你，要不你今晚留下來陪我住！」

七七俏臉通紅，她無論如何也想不到這廝會提出這個要求，用力摔開胡小天的手，抄起果盤中的葡萄照著胡小天的臉上就砸了過去。

胡小天抬手擋住：「明明是你讓我說的。」

七七道：「胡小天，你分明是存心故意，羞辱我是不是？」

胡小天哈哈大笑，笑聲卻被一聲悶雷打斷，這會兒功夫，空中已是烏雲密佈。一個炸雷平地響起，驚得七七站起身來。

胡小天道：「果真要下雨了，咱們回屋說話。」

七七點了點頭，也停下跟他打鬧，兩人一起回到房內。剛剛進入房間，外面就下起了瓢潑大雨。胡小天似乎想起了什麼：「壞了，你的衣服我忘記拿進來了。」

七七沒說話，心中只當他是存心故意。

胡小天請她坐下，然後吩咐下人去準備晚餐，七七原本並沒有想待那麼久，只是來到這裡之後，時間就由不得自己掌控，現在連老天都要挽留自己了，不過她也意識到，自己雖然可以掌控朝堂，可是和胡小天一起的時候卻完全處於被動。

她小聲道：「我今晚肯定是要回去的。」

胡小天笑道：「你想多了，我剛才只是開個玩笑。」他遞給七七一杯熱茶，此時有雨絲隨風飄入房內，胡小天去關了窗子，室內頓時變得昏暗，他來到桌前將燭火點燃，輕聲道：「今天我去了趟大相國寺。」

七七哦了一聲，臉上的羞澀頃刻間褪去，整個人瞬間回到現實中來，胡小天終究還是有正事要說。

胡小天道：「你還記不記得此前你我前往那裡的時候，緣木當著我們的面將佛塔擊碎？」

七七點了點頭，這件事也始終困擾著她，那老和尚必然知道不少的內情，只是從他的口中想要問出實情也沒那麼容易。她也不知道那天隨同權德安走後又發生了什麼，不過胡小天既然這樣問，想必他已經查到了什麼。

胡小天道：「緣木乃是明晦的師父，他應該對當年太子妃的事情有些瞭解。」

七七神情凝重，太子妃就是她的母親凌嘉紫，當年究竟發生了什麼也是她最想知道的，她低聲道：「看來我有必要親自去會會他！」

胡小天搖搖頭道：「你去見他他也未必肯說，不過他倒是提出了一個條件。」

「什麼條件？」

胡小天道：「他想要《般若波羅蜜多心經》，也答應了我，只要我能夠將當年太宗皇帝手抄的那本心經送到他的面前，他就會將他所知道的事情說給我聽。」

七七秀眉微顰，緩緩踱了幾步，低聲道：「《般若波羅蜜多心經》？太宗皇帝手抄的心經乃是孤本，早已毀了，卻不知他為何認定了心經在我這裡？」

胡小天聽她這麼說不由得有些失望，如果當真如七七所說，看來最後只剩下強闖天龍寺一條道路可行了。他輕聲道：「我也不知道他為何會這麼想，不過他說靈犀佛骨就在宮中，有靈犀佛骨的地方必有心經！」

七七道：「他口中的靈犀佛骨難道就是頭骨？」

胡小天點了點頭。

「他怎麼會知道頭骨的事情？」

胡小天隱瞞了光劍一事，搖了搖頭道：「我也不甚清楚，不過這老和尚應該知道的事情不少。」

七七道：「那本心經雖被毀了，不過我記憶中倒是有心經的內容，和現在我們通常看到的那本，內容有不少出入。」她閉上雙眸，陷入沉思之中，過了一會兒又道：「我應該可以將太宗皇帝當年手書的那本心經絲毫不差地默寫出來。」

胡小天大喜過望：「真的？」

七七點點頭道：「我也不明白為何，好像那心經一直都印在我的腦海之中。」

胡小天道：「或許是你母親遺留給你的記憶。」

七七聽他提到母親，不由得沉默了下去，午夜夢迴，母親的身影時常浮現在她眼前，可是她對母親卻有太多不瞭解，胡小天曾說，母親是一個極其厲害的人物，可真要如此，她又怎會含恨死去？又為何在大康歷史上沒有留下絲毫痕跡？

門外響起梁大壯的聲音，卻是他按照胡小天的吩咐送衣服過來，別看王府不小，女人的衣服也不少，可並沒有適合七七穿的衣服，僕從下人的衣服自然是不敢送來的，徵求過胡小天的意見之後，才送了為胡小天準備的衣服，雖然是男裝，不過都是新的。

胡小大將門拉開一條縫，把衣服接了進去，梁大壯低聲道：「少爺，宮裡來人了，說有急事通報。」

胡小大點了點頭先把衣服給七七遞了過去，然後他出門來到風雨廊下，向梁大壯道：「什麼人過來的？」

「尹箏尹公公！」

胡小天點了點頭，尹箏倒也不是外人，這小太監過去跟隨龍宣恩，也沒少給自己通報消息，為人也算得上八面玲瓏。趁著七七換衣服的空兒，他剛好先見見這個小太監，不知這廝此番過來究竟有什麼急事。

胡小天讓梁大壯將尹箏帶到前方花廳，尹箏走入廳內，身上已經淋了不少的雨水，看起來有些狼狽，剛剛來到胡小天面前，撲通一聲就跪倒在了地上，尖著嗓子道：「奴才尹箏叩見王爺千歲千歲千千歲！」

胡小天在宮裡混過一段時日，對這些太監的舉止做派再清楚不過，別看他們地位卑微，可是這些人審時度勢的本事絕對是超人一等，什麼人得勢，什麼人不可得罪，什麼人失寵，什麼人需要敬而遠之，他們全都明明白白，這幫太監可以稱得上宮廷晴雨錶。

今天並非正式的場合，梁大壯也是他的心腹，按理說尹箏沒必要搞得那麼誇張隆重，可他偏偏就表現得如此奴顏婢膝，胡小天稍一琢磨就明白了其中的道理，不僅僅是因為尹箏當奴才當慣了，這廝過去一直都是伺候老皇帝的，如今龍宣恩已經死了，只是在七七的授意下壓住他的死訊秘而不發，尹箏這種昔日皇上身邊的人自然也隨之被冷落，這廝應該還不是知道深層秘密之人，不然早就已經被滅口了。

胡小天沒有猜錯，尹箏早已不是皇帝身邊的貼身小太監，自從老皇帝病重之後，他也就被派到了別處，在宮中的地位自然是一落千丈，太監雖然沒了命根子，可在宮裡把權利看得比性命都重要，所以尹箏想方設法想接近永陽公主，重拾昔日的地位，苦於一直沒有機會，今天總算得到了一個通風報訊的差事，前來通報的也不是什麼大事，不過能夠來到鎮海王府，還能見到胡小天這位新近翻紅的故人，這廝自然不會放過這個難得的機會。

胡小天微笑道：「我當是誰，原來是尹公公，你我都是老兄弟了，何必行此大禮，起來吧！」

尹箏聽到胡小天仍然稱自己為老兄弟，心中的激動難以言表，他站起身來道：「王爺千歲何等身分，奴才豈敢跟您稱兄道弟。」

胡小天微笑道：「患難見真情，你我相識於微時，那份友情卻是最為可貴。」

尹箏道：「王爺當真是義薄雲天，就衝著您這句話，奴才為您赴湯蹈火，在所不辭，縱然萬死也毫無遺憾。」

胡小天道：「你忠心皇上就好。」

尹箏心想老皇帝早不知變成什麼樣子了，雖然都說老皇帝在縹緲山靈霄宮養病，可誰也未曾見過這老頭子一面，只怕早已死了，他可不敢提起老皇帝的事情，只是點頭。

胡小天道：「尹公公從宮裡來，到底有什麼急事？」

尹箏道：「是這樣，剛才縹緲山有了一些發現。」

「什麼發現？」

「發現了一具屍體，從衣服和隨身物品來看，應該是權公公。」

權德安被殺之時胡小天就在現場，他自然不會感到意外，他真正擔心的卻是七七的反應，雖然他已經將權德安的死訊告訴了七七，可畢竟死不見屍，如今屍體已經找到，對七七而言必然會遭受又一次的打擊。

胡小天點了點頭道：「還有沒有其他的發現？」

尹箏道：「目前只是發現了一具屍體，在驗明身分之後，他們就讓小的即刻前來通報。」說到這裡他停頓了一下道：「公主殿下她……」他其實是在徵求胡小天的意見，自己應不應該當面向七七稟報。

胡小天道：「此事我來處理，你先回去，讓他們將權公公屍體好生保護。」

「是！」尹箏其實還有些話想說，表情欲言又止。

胡小天知道這廝內心中打的算盤，拍了拍他的肩頭道：「身在宮中要學會耐得住性子，以後少不得你的好處。」

尹箏因胡小天的這句話而眉開眼笑，躬身行禮道：「多謝王爺，多謝王爺！奴才對王爺必忠心耿耿，用一生來回報王爺知遇之恩。」

胡小天讓梁大壯送他離去，考慮了一下，還是應該將這個消息告訴七七，他轉身回到住處，看到七七已經換好了衣服，站在風雨廊處觀雨，雖然七七身材高挑，可畢竟身材纖瘦，自己的這身衣袍對她而言還是寬大了一些。

胡小天來到她的身邊，七七的目光卻仍然盯著外面飄飄灑灑的落雨，輕聲道：「什麼事情？」

胡小天歎了口氣道：「宮裡來人了，說縹緲山那邊有了新發現。」

七七道：「是不是權公公的遺體找到了？」

胡小天點了點頭道：「是！」

七七黑長的睫毛忽閃了一下，兩顆晶瑩的淚珠兒順著皎潔的面頰滑落。

胡小天安慰她道：「人總有一死，有輕如鴻毛，有重如泰山，權公公雖然離去，可是他也沒有辜負當初的承諾，將你撫育成人。」

七七黯然道：「我欠他實在太多。」

胡小天心中暗忖，權德安之所以對七七如此，窮其一生來保護她，甚至不惜性命，絕不是因為七七的緣故，而是因為凌嘉紫，沒有凌嘉紫或許權德安早已死了，更不會有以後的地位和輝煌，其實權德安只是在報恩，從這一點來說，權德安也當得起忠肝義膽。無論權德安過去做過怎樣對不起自己的事情，可是他的出發點都是為了維護七七的利益，在龍靈聖境內如果不是權德安臨死前抱住任天擎，自己也沒那麼容易斷去他的一條臂膀，胡小天在心底還是欽佩這個老人。

胡小天道：「你覺得欠他，所以更要好好活下去，只有你過得幸福，權公公才會含笑九泉。」

七七轉向胡小天道：「他臨終之前是不是讓你照顧我？」

胡小天點了點頭，確有其事，他也沒有隱瞞的必要，他低聲道：「其實就算他不說，我一樣會做！」

七七搖了搖頭：「我不信！」

胡小天道：「日久見人心，時間會證明一切。」他並沒有急於表白，可這樣的態度恰恰讓七七無話好說。其實他們彼此之間都欠缺信任，縱然關係有所緩和，可在短期內畢竟無法做到心心相映。

七七道：「我想回宮。」

雨仍然下得很大，胡小天明白她的心意，點了點頭道：「我陪你過去。」

七七的座駕在暴雨中駛入了皇城，一路之上她都沉默不語，胡小天知道她心情不好，於是也沒有打擾她，只是靜靜陪在左右，現在的七七需要的並不是安慰，也許只是有人陪伴在她身邊，讓她冷靜下來給情感一個充分的緩衝空間。

七七在進入皇宮的剎那卻突然改變了主意，她向胡小天道：「我不去了，你代我處理一下。」

胡小天點了點頭，他能夠想像到權德安如今的慘狀，若是讓七七看到他的樣子，對她的內心無疑又是一場深重的折磨，七七讓自己過去，也意味著她對自己的信任，胡小天伸出手去握住她的柔荑，寬慰她道：「你回去休息吧，我會將權公公的後事處理妥當。」

七七有些疲憊地閉上雙眸，螓首一歪靠在胡小天的肩頭，此時她忽然意識到原來自己的內心仍然柔弱，在這種時候尤其需要一個堅實的肩膀去依靠，慶幸的是，胡小天就在她的身邊。

雨並沒有變小的跡象，短時間內被抽乾水的瑤池，湖底又已被雨水覆蓋，那些因失去水分而變得萎靡的荷花，在雨水的浸潤中又迅速恢復了昔日的勃勃生機。那些沒日沒夜打通龍靈勝境的工匠仍繼續工作，這幾天他們的最大成就就是找到了權德安的屍體，如今屍體已被運到了瑤池岸邊，一處臨時搭起的遮雨棚內。

慕容展和專門趕來的太醫仵作全都在雨棚內驗屍，胡小天抵達這裡的時候，剛好看到一名太醫捂著嘴巴衝了出來，剛剛出來就躬身嘔吐起來，由此可以推斷出權德安的那具遺體帶給他的衝擊和影響。

胡小天走入雨棚內，馬上就聞到一股腐臭的氣息，他屏住呼吸，用袖子遮住口鼻，裡面的幾人全都用布蒙住了口鼻，只露出一雙眼睛。儘管如此，胡小天還是一眼就認出了慕容展，他的白眉白髮，灰色雙眸在任何時候都顯得與眾不同。

慕容展沒有說話，抱拳表示行禮，其餘幾人也紛紛躬身向胡小天行禮致意。

胡小大走近那具屍首，屍首比他想像中更加不堪，應該是權德安被殺之後，部分遺體又被巨石砸中，剩下的只不過小半截身體，也是從服裝和隨身攜帶的物品上判斷出他的身分。

胡小大仔細辨認了一下，確信這具屍體就是權德安，點了點頭，轉身來到雨棚外面，走入不遠處的水榭之中。

慕容展也隨後跟了進來，拉開蒙住口鼻的藍布，沉聲道：「王爺。」

胡小天長歎了一口氣道：「太醫和仵作怎麼說？」

慕容展道：「我們剛才仔細檢查過，屍體應該是權公公無疑。」他拿出一個藍色布包，展開藍布，其中現出一塊鑲金烏木牌，這牌子皇宮裡面的太監都會人手一塊，別的不說，單從這塊牌子已經可以斷定權德安的身分。

胡小天想起權德安臨終前拚死和任天擎一戰的情景，心中也不由得感歎，老太監縱然早就沒了命根子，可他的做派仍然不失為一個真正的爺們，他向慕容展道：「公主殿下有令，權公公的後事就交由我來處理，既然已經確認了他的身分，還是早日將權公公下葬。」

慕容展道：「公主殿下原來說過，找到權公公的遺體第一時間通報於她。」

胡小天道：「跟我說也是一樣，權公公碧血丹心，忠心不二，公主殿下因為他的事情好不傷心，慕容統領難道想驚嚇到公主嗎？」

慕容展沒有說話，他也明白，如果讓七七見到權德安現在的遺容，說不定會嚇出毛病來。

胡小天道：「我去請示公主殿下，權公公忠心耿耿，護主有功，想必朝廷會追諡他一個名號。」

慕容展道：「權公公的遺體已經找到，卻不知搜尋行動還要不要繼續下去？」

依著胡小天的意思，這龍靈勝境自然沒有搜查的必要，玄天館冰窟內的情況表明任天擎已經逃脫，至於眉莊夫人，她是死是活也無關緊要，權德安的遺體也已經找到了，龍靈勝境裡面應該也沒有什麼重要的東西，此前發現的飛船和那兩具無頭骸骨，估計已經讓洪北漠給搬走，只是不知這廝為何沒有上報。

胡小天沉吟了一下道：「等我請示公主之後再說。」

慕容展道：「那卑職敬候王爺的消息。」

胡小天來到紫蘭宮，七七果然還在等著，見到胡小天回來，迫不及待地迎了上去：「如何？」

胡小天點了點頭，將權德安的腰牌出示給她，七七看到腰牌，眼圈頓時紅了，她伸手接過腰牌，抿了抿櫻唇道：「權公公的後事有沒有安排？」

胡小天道：「已經讓人去中官塚尋找最好的地方，將權公公風光大葬。」

七七道：「算了，他生性不喜張揚，那中官塚乃是掩埋歷朝歷代宮人的地方，權公公活著做了一輩子的太監，想必死後不願和那些宮人為鄰。」

胡小大道：「你的意思是……」

七七道：「將他焚化之後骨灰送回故里吧，落葉歸根也算是圓了他一個心願。」她遞給胡小天一縷秀髮，這縷頭髮卻是來自於她，七七道：「從我年幼時起，權公公就每天為我梳頭，每次我看到落髮總會發脾氣，現在想想自己當年實在是任性，以後再也沒有人為我梳頭了。」說到這裡，心中一酸，淚水再度落了下來，其實七七的性情極其堅強，在他人面前絕不會掉一滴眼淚，可是現在只有胡小天，她也搞不清楚自己為何那麼的脆弱。

胡小天伸出手去，輕輕落在她的秀髮之上，低聲道：「還有我。」

七七知道他的這句話安慰的成分更多一些，擦乾淚水道：「你將我的這束頭髮和權公公的遺體一起焚化了，也算是我們主僕一場的情分。」

胡小天心中暗忖，這小妮子也並非是冷酷無情六親不認，至少對權德安的這份感情是真的，如果她能夠拿出對權德安的心思對自己，那麼興許可以變成一個不錯的小女人。

七七道：「對了，這次大雍和黑胡都派來了使臣，你幫我接待一下。」

黑胡那邊的使臣胡小天已經知道是完顏烈新，他今日也送上了拜帖，只不過因為胡小天出門兩人剛巧錯過，明天晚上完顏烈新還會前來拜會，至於大雍那邊的使臣，胡小天卻不知是哪一個，他低聲道：「大雍那邊的使臣是誰？」

七七道：「長公主薛靈君。」

胡小天皺了皺眉頭，他和薛靈君可是打了不止一次的交道，這個女人的心機也是相當深沉，自從上次薛靈君在大雍出賣自己，間接害死了柳長生，胡小天對她的印象就一落千丈，就算大婚的時候薛靈君前來觀禮，胡小天對她也是愛理不理。

七七意味深長道：「你和薛靈君是老相識了，此番重逢想必心中歡喜得很？」

胡小天望著七七禁不住笑了起來。

七七冷冷道：「有什麼好笑？」

胡小天道：「你怎麼滿嘴醋味？」

七七呵呵笑道：「一個人盡可夫的蕩婦罷了，我怎會吃她的醋，再說……」她盯住胡小天的雙目道：「若是哪個女人為你吃醋，不被酸死也被撐死了！」

第六章

西瑪公主

完顏烈新道：「我們也不知道為何，西瑪公主認定了你，要非你不嫁。
其實像王爺這樣的英雄人物，三妻四妾本來就是很正常的事情，
我家公主向來開通，應該也不會要求什麼名份。」
胡小天懵了，完顏烈新居然主動提出要送西瑪公主給自己做小，
這份禮物可不小，禮下於人必有所求，他為何會送那麼一份大禮給自己？

無論七七想還是不想，有些閒話還是如雨後春筍般冒升出來，自從胡小天公開露面，入住鎮海王府之後，沒過多久文武百官就已經明白，永陽公主和胡小天應該是舊情復燃，看來過不太久就能聽到兩人的好消息了。

而永陽公主的種種作為也充分表現出她對胡小天的信任，她先是將查抄玄天館的事情交給胡小天負責，然後又將接待大雍、黑胡兩邊特使的人物也交給了他，大康朝臣還有時間去揣摩未來證據的變化，謹慎選擇以後的靠山。可是對前來大康的特使而言，拜會鎮海王胡小天卻是繞不過的一道坎兒。

大雍特使長公主薛靈君因為大康內部政局的變化而感到有些頭疼了，在她出使之前，大康和胡小天之間還是一種私下對立的關係，彼此之間並無太多的交流，可是她來到康都就聽說胡小天和永陽公主的關係突然破冰，非但破冰，而且速度之快，馬上就從冰雪消融到了春暖花開。

薛靈君並不是一個輕易相信謠言的人，不過她這次卻認為可信度頗高，畢竟她在胡小天的大婚之上見過七七，也故意出口挑唆，可是那小妮子卻極其老道，輕易就識破了她的用意，從那時起，薛靈君就從心底深處生出一個想法，胡小天和七七之間很可能會舊情復燃，可她又覺得胡小天和七七兩人都是擁有很大野心之人，這樣的兩個人想要和好只怕會面臨重重阻力，在胡小天設計奪走鄖陽和西川東北之後，她以為兩人之間復合的可能性微乎其微，可事實卻和她的想法相左。現在胡小天不僅堂而皇之地出現在康都，而且永陽公主還對他委以重任，連接待使臣的事情全都交給了他。

這對薛靈君來說可不是什麼好消息，她原本想好的計畫不得不重新推翻，此番談判的對象從七七變成了胡小天，而她寧願面對人小鬼大的七七，也不願去面對嬉皮笑臉的胡小天，面對胡小天的時候，她居然會產生一種抬不起頭來的感覺。

無論感覺差到何種地步，該面對的始終都要面對，薛靈君明白自己此行的目的乃是為了大雍的未來，自從她和李沉舟聯手奪權之後，大雍並未像他們想像中走向強盛，他們的實力還未足以横掃朝野。此次來康都之前，李沉舟特地交代過，讓她前往拜會大康太師文承煥，在處理大康和大雍之間關係的問題上，文承煥一直都是主和派，而且兩國之間的多次談判，文承煥都親身參與。薛靈君來到康都之後，經過一番斟酌，決定還是先從胡小天這裡開始。畢竟這裡是別人的地盤，從她進入大康的疆域開始，她一舉一動或許都在別人的監視之中。

胡小天早就料到薛靈君會首先前來拜訪自己，他也沒有為難薛靈君，讓梁大壯將她請到後花園。

以薛靈君的身分，胡小天就算沒有迎出大門，怎麼也要在二門等候，可今天胡小天的舉動明顯有些失禮了，薛靈君暗自琢磨，這胡小天應該是故意沒有出迎，看來這廝仍然記恨著自己過去的事情。

跟著梁大壯走入後花園，這一路上所見的精緻讓薛靈君暗自讚歎，江南果然物華天寶，風景宜人，進入這鎮海王府一步一景，所到之處無不賞心悅目，前方聽到匆匆水聲，卻是假山之上一條銀龍版的三疊瀑布飛流直下，雖然瀑布的規模不大，可是夏日裡能夠得見此景也讓人心曠神怡，瀑布的水流注入水潭，然後又從水潭蜿蜒流入鵝卵石鋪成的小溪，薛靈君知道這一切都是人工所為，心中不禁嘖嘖稱奇，循著那條小溪向前方行走，進入一片蒼翠欲滴的竹林，竹影搖曳，清涼異常，彷彿酷熱的暑氣完全被隔絕在外。

薛靈君沿著竹間小道婀婀而行，前方有梁大壯為她引路，身後是金鱗衛統領石寬。換成薛靈君和胡小天反目之前，她應該不會讓石寬同行，可這次卻並沒有拒絕石寬同來的要求，也是因為她心中底氣不足的緣故。

薛靈君輕聲道：「當真是一處清幽雅致的所在，王爺還真是懂得享受呢。」

梁大壯微微一笑，還沒等他說話，竹林深處就傳來一串爽朗的大笑聲：「君姐還是改不了在背後說我壞話的毛病呢。」

只聞其聲不見其人，薛靈君聽到胡小天的笑聲，心跳的節奏居然變快。

拐過前方的修竹，眼前豁然開朗，卻見那小溪蜿蜒流向的地方有一座青竹建成的小亭，一位白衣公子風度翩翩站在竹亭外，笑瞇瞇望著他們前來的方向。這白衣翩翩美少年自然就是胡小天。

胡小天抱拳行禮道：「君姐不遠千里而來，小弟有失遠迎，實在是失禮。」

薛靈君將櫻唇一扁，嬌滴滴道：「既然知道失禮，為何明知故犯？」

胡小天笑著做了個邀請的動作：「這世上哪有兩全齊美的事情，我若是前去迎接君姐，就無法沏好香茗，天氣炎熱，君姐遠道而來，必然口渴非常，現在君姐的心中對水的渴望肯定多過我一些。」

薛靈君呵呵笑道：「總是你的道理。」她向身後石寬一指：「石統領，你們也是老相識了。」

胡小天笑道：「老朋友才對。」

石寬木訥的臉上擠出一絲笑容，不過來得快去得也快。

胡小天邀請他們入座。

梁大壯端起茶壺為幾人倒茶。

薛靈君飲了口茶，向周圍看了看道：「這裡倒是涼快。」

胡小天道：「康都不比雍都，現在正是三伏天，一年之中最熱的日子，君姐還熬得住嗎？」

薛靈君笑道：「雍都雖然位於北方，可是三伏天也是這個樣子，只不過康都終究還是潮濕一些，到了這裡總覺得氣悶得很。」她的胸膛有些誇張地起伏著。

梁大壯正在給石寬倒茶，目光被薛靈君起伏的胸膛所吸引，一走神，滾燙的茶水都澆到了自己的手上，燙得這廝一聲慘叫，連茶壺都扔了出去，茶壺直奔石寬而去，石寬目光一凜，伸出手去，穩穩將茶壺接住，滾燙的茶壺被他托在掌心，石寬卻似乎沒有任何的感覺，表情漠然道：「小心了！」

胡小大瞪了梁大壯一眼，斥道：「沒用的東西，還不趕緊退下去。」

「是！」梁大壯紅著面孔躬身告退，臨走前仍然不忘偷瞄薛靈君的胸部一眼。

薛靈君心中暗罵這奴才大膽，當真是什麼樣的主子就有什麼樣的奴才。

石寬緩緩將茶壺放回桌上，胡小天笑道：「我這個僕人向來做事沒有眼色，手腳又笨，君姐和石統領千萬不要見怪。」

石寬淡然道：「王爺客氣了，任何人都有失手的時候。」

胡小天微笑道：「不錯，任何人都會有失手的時候。」他的目光望著薛靈君。

薛靈君笑了笑，輕聲道：「這天氣好悶，是不是又要下雨了？」

胡小天道：「什麼時候下雨是老天爺的事情，誰知道他什麼時候不高興？」

薛靈君等著胡小天詢問自己前來的目的，可是這廝只談天氣，壓根沒有切入正題的意思，她心中開始有些沉不住氣了。

薛靈君悄然向石寬遞了一個眼色，當她見到胡小天的時候，就已經意識到讓石寬在場是個錯誤，有些話還是應該私下說。

石寬明白了薛靈君的意思，他起身道：「王爺，我對王府的建築頗有興趣，能否允許我參觀一下？」

胡小天點了點頭，將管家胡佛叫來，帶石寬去參觀王府，其實大家都心知肚明，石寬是想留給薛靈君和胡小天一個單獨說話的機會。

石寬離去之後，薛靈君微笑道：「我聽說你去了西川那凶險之地，心中一直放心不下，後來聽說你平安歸來，此番出使大康，原本準備回去的時候，路過東梁郡去看看你，卻想不到你已經先於我到了康都。」

胡小天道：「多謝君姐掛念，比起君姐，小弟實在是太沒良心了，這段時間諸事繁忙，居然想都沒有想過君姐。」

薛靈君熱臉貼了個冷屁股，這廝也實在太不給自己面子了，連句冠冕堂皇的謊話也懶得說嗎？薛靈君幽幽道：「你現在和過去不同，貴為大康鎮海王，自然有無數的事情要去處理，忘了我也實屬正常。」這句話說得酸溜溜的。

胡小天笑道：「我是個懶人，事情越多，我越是懶得去管，今次如果不是公主讓我出面接待使臣，我寧願躲在家裡享受清涼。」

薛靈君心想你現在還不是躲在家裡享盡清福？她歎了口氣道：「這個使臣，我原不想做的，可是皇上身邊又沒有可信之人，身為他的姑母，我若是不幫他，還有誰肯為他出力？」

胡小天暗歎這女人謊話連篇，她此番出使可不是為了薛道銘，普天之下誰不知道她如今和李沉舟形成了攻守同盟，兩人聯手把持大雍朝政，薛道銘雖然也擁有自身的勢力，可是在目前還比不上他們兩個。

薛靈君曾經建議李沉舟儘快除掉薛道銘，可是李沉舟在這件事上並沒有聽從她的勸說，一來因為黑胡人在北方大軍壓境，二來燕王薛勝景雖然逃走，可是在大雍內部仍然遺留了龐大的勢力，相較而言薛道銘的威脅卻是最小的一個，如果他們在這個時候向薛道銘出手，非但會引起一場血腥內戰，而且雙方的爭鬥會讓潛伏在背後的薛勝景得利，甚至還會造成更嚴重的後果。

此番派薛靈君出使大康，是因為李沉舟看到大康同樣面臨著困境，天香國的異軍突起，讓向來平靜的大康南線出現了變數。在李沉舟和薛靈君的預計之中，並沒有想到胡小天和大康聯手。西川發生這場變故，胡小天更是實際的得利者，他趁機攫取了西川東北部的大片土地。大康放任西川難民進入胡小天的領地，明顯表露出大康朝廷對胡小天的不滿。

天香國生變，胡小天糧食危機爆發，對大康來說正是一個懲戒胡小天的好機會。薛靈君此番出使和大康朝廷談判的內容之一，就是聯手對胡小天進行經濟封鎖，只要胡小天的領地發生糧荒，擊敗他甚至不必花費一兵一卒。大康在南線壓力驟然增加時，必然期望得到一個穩固的後方，所以大雍和大康的聯手可能性大增。

只是李沉舟和薛靈君並沒算到胡小天和大康朝廷的關係居然這麼快就開始破冰。

能讓大康朝廷從並不豐盈的國庫中拿出糧食支援一個昔日的逆臣，除非雙方重新達成了默契，事實證明，胡小天不但得到了大康朝廷的諒解，而且還獲得了重用。這件事證明，天下間沒有永遠的敵人，只有永恆的利益。既然胡小天能和七七化干戈為玉帛，自己只要祭出胡小天想要的條件，那麼重新達成合作也並非難事。

胡小天道：「君姐為貴上真是操碎了心！」他並未指名道姓，貴上可不是大雍皇上薛勝景，薛靈君效力的對象是李沉舟，這一點毋庸置疑。

薛靈君歎了口氣道：「我是個命苦之人，這輩子只能是操心的命。」

胡小天微笑道：「管的事情越多，就會成為習慣，總覺得任何事都離不開自己，每件事都想插上一手，可事實上這個世界離開誰都沒什麼影響。」

薛靈君若有所思，過了一會兒道：「我只是個女人，有太多放不下的事情。」

胡小天道：「有時候人活得沒心沒肺，未嘗不是一種幸運。」

薛靈君總覺得他話中有話，主動拿起茶壺為胡小天續上新茶，柔聲道：「其實我心中始終覺得對不起你呢。」

胡小天道：「君姐千萬不要有這樣的想法，你我認識那麼久，君姐也沒有虧欠過我什麼。」

薛靈君道：「我知道你向來大度，是我自己過不了自己這一關。」她放下茶壺道：「不瞞你說，我這次前來是為了康雍聯盟。」

胡小天道：「大康突然變成了香餑餑，這次過來的可不只是你們哦。」

薛靈君笑道：「黑胡也派來了使臣，可他們畢竟是蠻夷，相信大康應該能夠分清利害，不至於做出引狼入室的事情吧。」

胡小天道：「如果是我當家作主，肯定不會做出這樣的事情，可惜現在能夠做主的人不是我。」

薛靈君暗歎這廝是越來越滑頭，上來就把責任推了個乾乾淨淨，薛靈君道：「天下間只怕沒人比你更瞭解永陽公主，你以為她會做出怎樣的選擇？」

胡小天道：「國家和國家之間的關係，看似複雜實則簡單，其實無非是買賣關係，價高者得是永遠不變的道理。」

薛靈君道：「生意場上，價高者得，可也不能一概而論，至少要看清交易的對象。」

胡小天點了點頭道：「君姐覺得，現在的大雍和黑胡哪個更有實力呢？」

薛靈君道：「日出日落，花謝花開，暫時的低迷並不代表永遠，評判實力也不能只看眼前，要將眼光放得長遠。記得當初我最早見到你的時候，你還只是大康的一個普普通通的遣婚使，可現在卻已經是名震天下的大人物了。」

胡小天微笑道：「眼光的確要長遠，可現實的狀況卻要讓人儘快做出抉擇。」

薛靈君道：「我知道黑胡也有和大康結盟之意，我無權決定大康的選擇，只是我希望貴方明白，黑胡結盟最終的目的還是為了入侵中原。」

胡小天道：「君姐的意思我會如實轉告給公主殿下。」

薛靈君點了點頭道：「拜託了，若是有可能，還請早些安排我和永陽公主見上一面，這邊的天氣我實在是有些不習慣。」

胡小天道：「君姐歸心似箭，看來心中有所牽掛。」

薛靈君沒有說話，眼前卻浮現出李沉舟陰鷙的面孔，自從簡融心追隨胡小天之後，李沉舟的性情明顯改變了許多，即便是面對自己，也很少流露出笑容。薛靈君並不懷疑他對自己的感情，可是簡融心的事無疑是胡小天在李沉舟的心口捅了一刀，傷透了他的自尊，對李沉舟這種極愛顏面的人來說簡直無法容忍。就算他可以毫不猶豫地將簡融心趕出家門，但是他也不希望簡融心移情別戀。薛靈君只希望他是佔有欲使然，而不是因為失去方才感到失落。她莞爾笑道：「我孤家寡人一個能有什麼牽掛？」

胡小天也無意點破她和李沉舟的關係，轉換話題道：「有沒有燕王的消息？」

薛靈君搖了搖頭。

胡小天道：「我卻聽說了一些，據說燕王現在身在黑胡。」

薛靈君歎了口氣道：「我也聽過這樣的傳言，皇兄這個人性情雖然偏激一些，可應該不會投敵叛國。」她表面上仍然替薛勝景維護，可實際上卻早已和這位二哥勢同水火。薛靈君雖然早就知道薛勝景多年以來都是韜光隱晦，低調做人，也料到他的實力不同凡響，可終究沒有想到薛勝景在大雍內的勢力如此強大，即便是在薛勝景逃離之後，他在大康布下的勢力仍然不時反撲，別的不說，單單是這一年，李沉舟遭遇的刺殺事件就多達五起。

胡小天微笑道：「有機會遇到他，我倒是想好好奉勸一下他。」

薛靈君道：「他是個一條路走到黑的人。」

胡小天道：「對了，你有沒有聽說過〈天人萬像圖〉？」

薛靈君被問得一愣，迷惘道：「什麼〈天人萬像圖〉？我從來沒有聽說過。」

胡小天看她的樣子應該不是作偽，估計大雍皇室也僅限於少數人知道內情。

洪北漠站在七寶玲瓏樓前，雙眉皺起，內心如同這漫天的烏雲一般凝重，胡小天和七七關係的破冰讓局勢變得複雜而微妙，過去權德安活著的時候，七七雖然尊重他的意見，可是很少受到權德安的影響，現在權德安死了，她的身邊卻多了個胡小天，胡小天的勢力顯然要比權德安雄厚得多，如果兩人當真冰釋前嫌重歸於好，那麼他們聯手之後已經無所畏懼。

洪北漠想起胡小天那天晚上在天機局和自己的一席深談，這小子應該知悉了不少的內情，雖然表露出跟自己合作的意願，可洪北漠對這廝卻不敢掉以輕心，胡小天雖然年輕，可是心機絕不次於自己。

葆葆來到洪北漠的身後，恭敬道：「乾爹！」

洪北漠嗯了一聲，並沒有回頭。

葆葆道：「宮裡剛剛傳來消息，公主殿下決定停止搜索行動，撤走工匠，讓瑤池的水位恢復正常。」

洪北漠點了點頭，權德安的屍體既然已經找到了，七七自然也就沒有了繼續搜查下去的必要。他沉聲道：「玄天館那邊有什麼動靜？」

七七道：「任天擎應該回去過，不過玄天館的其他人應該對他的事情並不清楚，並沒有得到更多的線索。」

洪北漠的目光投向七寶玲瓏樓，七七將那顆頭骨藏於其中，任天擎若是得到消息，很可能會前來。

七七道：「沒別的事情，女兒先告退了。」

洪北漠卻叫住她道：「葆葆，你和胡小天怎樣了？」

葆葆佯裝不解道：「什麼怎樣了？」

洪北漠不禁笑了起來：「知女莫若父，你心中怎麼想還瞞不過我。」

葆葆道：「乾爹是不是擔心葆葆處理不好？」

洪北漠搖了搖頭道：「你向來清醒，我對你放心得很。」

葆葆微笑道：「我的確喜歡他，可喜歡歸喜歡，並不代表我一定要嫁給他。」既然瞞不過乾脆就不要隱瞞。

洪北漠道：「胡小天的確很討女人喜歡，只是我擔心他會利用這一點。」

葆葆道：「義父是擔心我會被他利用？」

洪北漠不置可否地笑了笑，他輕聲道：「你去休息吧，我相信你能夠處理好自己的事情。」

黑胡北院大王完顏烈新在夜幕剛剛降臨之時就來到了鎮海王府，隨同他前來的共有六名武士，不過他只帶了一名隨從進入王府內苑。

胡小大在內苑的入口處相迎，比起對待薛靈君顯然已經客氣了許多。

完顏烈新身穿月白色長袍，裝束完全是中原打扮，他身邊那名武士雖然是一身勁裝，英姿勃勃，可胡小天仍然覺得他有些不對，儘管，他滿面虬鬚，可面部輪廓有些熟悉，仔細一想，在自己大婚的時候，曾經見過，此人應該是完顏烈新身邊的女奴。這完顏烈新在黑胡素有才名，卻想不到他也是個風流之人，幾次前來中原商談大事卻都要帶著女人，看來此人也是名不副實。

胡小天並未點破，邀請完顏烈新來到流雲樓內坐了，他提前已經讓人準備好了酒菜，宴請完顏烈新。

完顏烈新和胡小天入座，隨同他前來的那名武士就在他身後站了。

胡小天微笑道：「大壯，你帶這位勇士出去吃飯。」

那武士道：「多謝王爺盛情，我吃過了。」她說起話來倒是粗聲粗氣，如果不是胡小天過去就見過她，還幾乎被她騙過，她的易容術也算厲害了，猛然看去是一個虬鬚漢子，可終究還是沒有掩飾住那雙綠寶石般的眼睛，過於明澈，清如秋水，根本不像一個男人應該擁有的眼神。

胡小天悄然觀察完顏烈新的表情，在那武士說話的時候，他的雙目中居然流露出一絲無奈之色，胡小天從他的表情中解讀到了其中的含義，難道完顏烈新也不想她跟過來？此女究竟是什麼人？難道她是在監督完顏烈新嗎？

胡小天只當她不存在，和完顏烈新對飲了幾杯，微笑道：「自從雲澤分別之後，和完顏兄已經許久不見，今日能在康都相逢，真是讓人喜出望外啊！」

完顏烈新笑道：「此番在下前來康都並沒有料到能和王爺相逢，看來你我果然有緣。」

胡小天哈哈大笑，端起酒杯和他共飲了一杯。完顏烈新的這番話並沒有說謊，畢竟自己和朝廷之間的關係真正破冰也是最近幾天的事情，只怕這件事已經打亂了這些使臣既定的計畫，今日見到薛靈君的時候，她就表現得有些慌亂，當然薛靈君原本的計畫應該是聯合大康朝廷來對付自己，至於完顏烈新代表的黑胡一方卻始終都沒有對付自己的理由，早在自己大婚之時他們就表現出足夠的友善，還特地送了一尊送子觀音造像，二十四大宛馬，五十名女奴給自己，可謂是厚禮相待。

完顏烈新道：「上次參加王爺的婚禮，我原本準備多逗留一些時日和王爺加深一下瞭解，可適逢賤內即將臨盆，所以就提前回去了。」

胡小天點了點頭道：「嫂夫人是否已經生了？」

提起妻子，完顏烈新滿臉堆笑道：「生了，是個男孩，母子平安。」這也是他第五個孩子。

胡小天笑道：「如此說來，要恭喜完顏兄了。」

完顏烈新笑道：「多謝，王爺有幾個子女？」

一句話把胡小天給問住了，胡小天心中暗歎這廝是哪壺不開提哪壺，我有幾個子女跟你有半毛錢的關係？他笑了笑道：「暫時還沒想過要生孩子。」

完顏烈新笑道：「是我糊塗了，王爺大婚不久，就算生也沒那麼快。」

胡小天心想這才像話，可完顏烈新又道：「那送子觀音極其靈驗，百試百靈，不出三年王爺必然兒女滿堂。」

胡小天尷尬的乾咳了一聲，姥姥的，能不談這個話題嗎？他正想開口，不曾想又被完顏烈新搶了個先，完顏烈新道：「不知王爺有幾位王妃？」

胡小天內心有些不爽了，都說完顏烈新才高八斗，可這貨是不是有才無德呢？這點兒眼色都沒有，也不知黑胡為何要派他出使大康？可胡小天又想到，黑胡的北院大王也不是那麼容易當的，完顏烈新既然能夠登上這個位置就證明他有過人之能，他從自己的私事開始談起想必另有目的。胡小天按捺住心頭的不滿，笑瞇瞇道：「倒是有幾位紅顏知己，完顏兄娶了幾位王妃呢？」

完顏烈新苦笑道：「家有悍妻，只此一個已經讓我難以消受，若是再多一個只怕我沒命活到現在了。」

胡小天笑道：「完顏兄真會說笑話。」

完顏烈新道：「絕不是笑話，女人方面我比起王爺真是自歎弗如。」

胡小天呵呵笑了一聲：「完顏兄實在是太謙虛了，我哪有什麼女人緣？」心中不由得沾沾自喜，女人緣方面自己還真是不錯。

完顏烈新壓低聲音道：「告訴王爺一個秘密。」

胡小天見到他神秘的樣子，也覺得好奇，向前湊了湊身子，做出一副洗耳恭聽的模樣。

完顏烈新道：「就連我們的西瑪公主對王爺也是仰慕得很呢。」

胡小天將信將疑，要說自己勉勉強強也算得上一個美男子，年輕英俊，事業有成，獲得美女仰慕也不算什麼稀罕事兒，可這位黑胡公主西瑪，自己可從來都沒有見過面，甚至連自己長得什麼樣，人品如何她都不知道，又談什麼仰慕？胡小天嘿嘿笑道：「我和貴國西瑪公主卻素未謀面呢。」

完顏烈新道：「西瑪公主乃是我們黑胡第一美人，性情高傲，雖然身邊仰慕者眾多，可是並未有人真正能夠打動她的心扉，她和賤內素來交好，私下曾經吐露心跡，原來她心中一直都欣賞王爺呢。」

胡小天信他才怪，不過完顏烈新既然刻意強調這件事就必然有他的動機。

胡小天笑了起來：「完顏兄難道不清楚我已經娶妻了。」

果不其然，完顏烈新道：「若是王爺有意，我可以從中撮合。」

完顏烈新道：「我們也不知道為何，西瑪公主認定了你，居然要非你不嫁。其實像王爺這樣的英雄人物，三妻四妾本來就是很正常的事情，我家公主向來開通，應該也不會要求什麼名份。」

胡小天頭腦有些懵了，完顏烈新方面居然主動提出要送西瑪公主給自己做小，這份禮物可真是不小，禮下於人必有所求，他為何會送那麼一份大禮給自己？胡小天笑了笑，他岔開話題道：「完顏兄是否知道大雍方面也派來了使臣？」

完顏烈新道：「知道，大雍長公主薛靈君。」

胡小天道：「完顏兄這次是準備聯手大康對付大雍嗎？」

完顏烈新搖了搖頭道：「王爺看來對我們黑胡人的性情並不瞭解，我們素來崇尚光明磊落的英雄，做任何事情都喜歡親力親為，絕不會假手他人，不瞞王爺，我此次前來是想請貴國兩不想幫，黑胡和大雍之間的恩怨，由我們自己解決。」

胡小天心中暗忖，完顏烈新這番話說得倒是有些英雄氣魄，如果他的目的當真像所說的一樣，那麼完顏烈新大可不必擔心，畢竟現在的大康最主要的危機已經轉移到了南方，根本沒有精力去兼顧大雍和黑胡的戰事。

胡小天道：「最近我聽說一個傳聞，大雍燕王薛勝景逃往了黑胡，卻不知此事是真是假？」

完顏烈新道：「我也聽說過，可這件事未經證實。」

胡小天和完顏烈新已經是第二次見面，可是仍然看不透這廝的底細，整個晚上完顏烈新跟他都在說著漫無邊際的一些話，雖然說了不少，可並沒有涉及到任何的實質內容。就連西瑪公主的事情也是說過之後就再不提起，給人的感覺這廝是在信口開河，說完就忘。

完顏烈新離開鎮海王府，走出好遠方才緩緩轉過身去，望著遠方只剩下一個剪影的王府大門，輕聲歎了口氣，跟隨他前來的六名武士都勒住馬韁，剛才全程追隨完顏烈新的武士道：「今晚你好像白來了一趟。」

完顏烈新唇角露出一絲無奈的笑意，低聲道：「有些事情不能操之過急，咱們剛到康都對這裡的狀況尚不清楚，需多些耐心。」

那名武士沒有說話，催馬向前方行去，完顏烈新慌忙跟了上去，其餘五名武士遠遠跟在後方。

說來奇怪，完顏烈新身為北院大王，對那名武士卻處處流露出小心恭敬。他低聲道：「公主殿下，今天您讓我向胡小天說那番話，究竟又是為了什麼？」原來這名年輕武士竟然是黑胡公主西瑪所扮。

西瑪冷冷道：「我父王不正有那個意思嗎？」

完顏烈新道：「公主誤會大汗了。」

西瑪搖了搖頭道：「誤會？是不是誤會咱們心裡都清楚得很，為了黑胡的利益，就算犧牲性命我也甘心情願！」

完顏烈新心中暗自慚愧，其實和親之事乃是他最早提出，不過當時胡小天和大康之間的關係尚未破冰，黑胡想要聯合胡小天對付大雍的想法由來已久，胡小天大婚之時，自己還親自前往雲澤恭賀，提議用和親來聯盟胡小天乃是發生在胡小天智取鄖陽又趁著西川地震，吞併西川東北大片土地之時。胡小天雖然接受了大康朝廷冊封，但是天下間誰都清楚他們之間的關係，胡小天扼守庸江天險，南控大康，北望大雍，若是他肯和黑胡聯盟，雙方前後夾攻，大雍就會處於腹背受敵的窘境，當然這只是黑胡理想中的狀況，中原最近的變化可謂是瞬息萬變，在使團南下出使的過程中局勢又發生了劇變，最讓人意想不到的就是胡小天和大康關係的破冰。

胡小天和大康關係的破冰源於他和永陽公主七七之間關係的改善，雖然抵達康都方才一天，完顏烈新就已經聽說胡小天和永陽公主舊情復燃，完顏烈新絕不是個八卦之人，在他看來胡小天和永陽公主即便是當真舊情復燃了，也是因為政治的需要，天香國的突然崛起讓大康南部的壓力劇增，他們不得不有所退讓，對胡小天採取懷柔政策，暫時消除後方的隱患不失為一個絕佳的選擇。當然胡小天也有他自己的難處，因為難民的激增而面臨糧食短缺，如果無法在短期內得到解決，那麼胡小天即將面臨糧荒。其實完顏烈新本來還有一步棋可走，那就是雪中送炭，幫忙解決胡小天的糧荒，以此作為條件要求胡小天與黑胡聯手對付大雍，可是抵達康都之後，馬上聽說了大康朝廷決定糧援胡小天的決定，也就是說完顏烈新已經失去了最好的藉口。

西瑪縱馬向前飛奔，完顏烈新皺了皺眉頭，做了個手勢，身後五名武士和他一起同時催馬加速，緊跟西瑪身後。

西瑪卻怒道：「誰都不許跟過來！」

完顏烈新暗自歎息，不過前方街道盡頭就是他們所住的驛館，西瑪的一舉一動都在他的視線範圍內，再說這裡是康都內城，治安向來良好，應該不會有什麼事。

西瑪策馬揚鞭，將滿腔怨恨全都發洩在那坐騎之上，那馬兒嘶鳴不已，完顏烈新幾人看在眼裡，誰也不敢上前勸說，畢竟都看出西瑪心情極其惡劣，在這個時候說話肯定要將怒火引向自己。

就在此時聽到佛號之聲，卻見從黑暗中走出一名紅衣番僧，黑胡國師崗巴多。

崗巴多朗聲道：「西瑪，馬兒無辜，你又何必將心中怒火發洩到牠身上。」

西瑪見到崗巴多出現，眼圈兒頓時紅了，她將手中的馬鞭掛在馬鞍之上，翻身下馬，含淚道：「師父，西瑪錯了！」

崗巴多向完顏烈新使了個眼色，示意他們先走，西瑪將馬韁扔給一名武士，垂下螓首站在崗巴多面前，因剛才的情緒失控而內疚不已。

崗巴多道：「真不明白你為何要跟著過來。」

西瑪道：「都說中原繁花錦繡，我自然想親眼看看。」

崗巴多淡然一笑，心中卻知道她應該沒說實話，西瑪雖然是他的弟子，可畢竟是王室公主，崗巴多也不好過問太多，低聲道：「夜深了，先回去休息吧。」

西瑪搖了搖頭道：「我不累，師父，你陪我到處逛逛好不好？前方燈火輝煌，咱們去看看。」

崗巴多知她心情不好，他對這個女弟子向來寵愛，點點頭，陪她散散心也好。

師徒二人向前方走去，西瑪所說那燈火輝煌的地方是天街，這兩年大康連年豐收，國庫也漸漸豐盈，老百姓也開始解決了溫飽的問題，康都似乎又恢復了昔日的繁華景象，這座歷史悠久的都城乃是中原經濟文化的中心，比起黑胡國度，這邊的繁華景象可以說是西瑪從未見過的。

雖然已經入夜，天街之上仍然人頭攢動，熱鬧非凡，西瑪很快就被這裡氛圍所感染，一掃剛才的不快，整個人開始高興起來，不時被路邊新奇的景象所吸引。

西瑪雖然經過易容，也換上了中原服飾，崗巴多卻仍然還是番僧打扮，所以兩人也招來不少路人注目。崗巴多暗自警惕，畢竟這裡乃是異國他鄉，比不得他們自己的地盤。

前方鑼鼓喧天，卻是一個戲台在當街表演，西瑪來到戲台前看了起來，看到精彩之處率先鼓掌喝彩，崗巴多看到她心情轉好，也是頗感欣慰，就在此時身後突然傳來一個聲音道：「崗巴多！」

崗巴多聽到有人呼喊自己的名字，他有些好奇地轉過身去，可身後全都是看戲的百姓，根本看不到是什麼人在叫自己，他暗叫不妙，唯恐中了別人的調虎離山之計，回頭再看，西瑪仍然好端端站在不遠處看戲，這才稍稍放下心來。可剛才自己絕不會聽錯，他總覺得這件事透著詭異，擠到西瑪身邊，壓低聲音道：「殿下，咱們走吧！」

西瑪正看得入迷，聽他說要走，不由得皺了皺眉頭道：「看完再走！」此時戲台上開始請賞，眾人紛紛掏出銅錢水銀扔了上去，西瑪也伸手去腰間拿錢，可是摸到腰間卻是空空如也，她臉色一變道：「壞了，我荷包不見了。」

崗巴多心中暗歎，這裡人多手雜，十有八九是剛才有人叫自己名字的時候，趁著自己走神對西瑪下手，幸虧西瑪沒事，如果他們想要對西瑪不利，剛才應該已經得手，崗巴多越想越是緊張，他低聲對西瑪道：「走吧！」

西瑪四處張望，卻見右前方一個尖嘴猴腮的傢伙也回頭向自己這邊張望，他的手中拿著的正是自己的荷包，西瑪勃然大怒，她心情本來就不好，現在又遭遇這種事情，內心的憤怒簡直無可遏制，怒喝道：「賊子，哪裡走！」

那竊賊見到被她發現，慌忙抱頭鼠竄，此人在人群中見空就鑽，宛如遊魚，西瑪卻幾度被人群擋住，她尋到空隙騰空飛掠而起，足尖落下的地方乃是一名圍觀百姓的頭頂，只是輕輕一點又偏若驚鴻般飛起，人群混亂起來，驚叫聲，咒罵聲不絕於耳。

崗巴多擔心她出事，也是推開人群飛身而起。師徒二人在人群頭頂起起落落，那竊賊的身法竟然極其高明，轉瞬之間已經進入右前方黑暗的窄巷。

西瑪焉能將他放過，也緊隨其後想要進入小巷，崗巴多知道她脾氣倔強，認準的道路必然一條道走到黑，他不好阻止，只能飛掠到小巷右側的屋頂上方，從這個角度可以將小巷內的一切看得清楚，避免小巷內有伏擊的可能。

崗巴多輕功一流，西瑪在身法方面已經得到他的傾囊相授，可是那竊賊的身法絕不次於他們，兩人接連追了三條巷子，雖然距離那竊賊越來越近，可始終還差上一段距離。

崗巴多摸出一顆菩提子，瞄準了那竊賊後心射去，他內力何其強勁，手指彈出的菩提子無異於強弓勁弩，伴隨著咻的一聲，菩提子追風逐電般射向那竊賊後心。

竊賊竟然看都不看身後，在高速奔跑中身軀向右側傾斜，菩提子擦著他的左臂飛了出去，釘入前方的高牆之上，深深嵌入雲石之中，前方已經沒有了道路。

那竊賊繼續奔跑，雙足踩著垂直的牆壁一路飛奔而上，翻身進入院牆裡面。

西瑪和崗巴多兩人同時來到牆外，西瑪縱身躍起，想要翻牆進入繼續追趕，卻被崗巴多一把拖住，他低聲提醒道：「窮寇莫追，小心裡面有埋伏。」

西瑪怒道：「父汗送給我的金刀也被他偷走了。」

崗巴多聞言一怔，金刀對西瑪的意義非同小可，這源於黑胡的一個傳統，每位少女都會在成年時收到父親的禮物，防身短刀，寓意是用這把保衛貞潔，有些像中原人的貞潔衛，這把刀等到找到如意郎君訂婚的時候會作為信物贈送給他。

崗巴多鬆開西瑪的手臂，點了點頭，默許她翻牆而入，不過他提醒西瑪務必要緊隨自己，不可擅自行動。

師徒二人翻越高牆，看到遠處一個瘦小的黑影站著，那竊賊應該是沒想到兩人會跟過來，慌忙轉身再逃。

崗巴多和西瑪跟隨那竊賊腳步，崗巴多提醒西瑪道：「注意他的逃跑路線，跟著他走，千萬不要中了埋伏。」兩人並不知道這裡是什麼地方，只是看周圍到處都是黑漆漆一片，沒有房間亮燈，那竊賊逃到了一座小樓前，直接從屋簷之上攀爬上去，崗巴多心中暗讚，此人的身法甚至不次於自己，如此能耐為何為賊？越想越是不對，眼看著竊賊爬到了小樓三層，輕車熟路地打開了一個窗口進入。

西瑪也覺得眼前的一切有些奇怪了，低聲道：「師父，他好像是故意將咱們引到這裡來。」

崗巴多點了點頭，以傳音入密向西瑪道：「此事不對，咱們先離開，稟明北院大王之後再做定奪。」

西瑪咬了咬櫻唇，雖然心有不甘，可是也明白再追下去很可能會遇到麻煩。

就在他們準備離開之時，突然聽到有人叫道：「有賊！」一時間院落四周亮起無數火炬，將整個院子照耀得燈火通明，崗巴多和西瑪兩人神情都是一黯，他們終究還是中了別人的圈套，崗巴多心中暗自奇怪，以自己的修為何以這裡埋伏了那麼多的人都未曾發覺？事已至此後悔也是無用，他舉目向前方小樓望去，卻見小樓的匾額之上寫著幾個大字——七寶玲瓏樓，西瑪也看到了樓上的匾額，心中暗忖，這七寶玲瓏樓究竟是什麼地方？為何戒備如此森嚴？

崗巴多放眼望去，卻見有二百餘人已經將他們團團包圍，而且這二百多人排列陣勢章法有度，此地顯然不是普通地方，崗巴多心中暗忖，難道他們誤打誤撞闖進了皇宮？

此時人群中一個威嚴的聲音喝道：「什麼人竟敢擅闖天機局？」

崗巴多聽說不是皇宮這才稍稍放下心來，天機局的名頭他自然也聽說過，他朗聲道：「貧僧乃是黑胡國師，因為追逐竊賊誤入寶地，還請大家不要誤會。」他的漢話雖然生硬不過說得還算清楚，對方也能夠聽得明白。

對方陣營中那個聲音復又響起：「看來你是不懂得這裡的規矩，來人，抓起來細細盤問！」

崗巴多看到自己亮明身分仍然沒有起到任何的作用，不由得勃然大怒：「洒家倒要看看誰敢無禮？」

西瑪此時已經完全冷靜了下來，今晚的事情全都因她而起，自己為了追逐那竊賊搶回東西，反倒中了對方的圈套，將他們引入天機局禁地，從而惹來了這場麻煩，看到崗巴多動怒，她想起今次出使大康的目的，如果衝突起來情況只會變得越發不可收拾，低聲道：「師父，您千萬不要動怒，此事或許是一個圈套。」

崗巴多經她提醒也知道動怒於事無補，他忍住憤怒道：「你們將洪北漠請出來，我和他當面說。」

人群中一名中年人走了出來，他乃是天機局鷹組傅羽弘，傅羽弘冷笑道：「你當我們洪先生是什麼人？想見就見？」

崗巴多怒視傅羽弘，他在黑胡乃是國師身分，洪北漠在大康等同於他的地位，所以他提出見洪北漠的要求並不過分，可對方顯然不那麼想。

西瑪道：「勞煩你們去通報黑胡使團，等我們的人到來一切自然就會明瞭。」

傅羽弘哈哈大笑：「搬救兵嗎？」

崗巴多冷冷望著傅羽弘道：「看來是你們早已設下了圈套，想要設計陷害我們？」對方不肯放他們離去，又不肯通知黑胡使團，崗巴多難免會認為這些人和引他們過來的竊賊都是一夥的。

傅羽弘道：「賊喊捉賊嗎？」

崗巴多握緊雙拳，強大的內力貫注周身，大紅色的袈裟無風自動鼓漲開來，在夜風中獵獵作響。

傅羽弘看到這番僧內力如此厲害也是暗暗心驚，他做了個手勢，周圍天機局武士嚴陣以待。

氣氛劍拔弩張，大戰一觸即發時，一道倩影來到傅羽弘身邊，卻是狐組統領葆葆，她以傳音入密向傅羽弘道：「師兄，此事有些蹊蹺，千萬不可將事情鬧大。」

傅羽弘低聲道：「師父不在。」洪北漠今日去了皇陵，並未在皇城，想要通知他，等他趕回來恐怕也要到明天黎明了，更何況洪北漠做事向來神龍見首不見尾，即便是到了皇陵也未必能夠找到他。

兩人正在商量對策之時，卻聽西瑪道：「我們都是鎮海王的客人，你們難道不怕鎮海王怪罪？」

葆葆看了西瑪一眼：「你又是誰？」

西瑪道：「我乃黑胡邀星公主西瑪，你們去問問胡小天就全都明白了。」

葆葆禁不住多看了西瑪一眼，這黑胡公主居然長著大鬍子，應該是易容，聲音也粗聲粗氣的，估計是服用了變聲丸之類的藥物，胡小天啊胡小天你果然風流，居然還偷偷勾搭了一個黑胡公主，其實這次葆葆冤枉胡小天了，胡小天跟這位黑胡公主雖然打過照面，可並沒有什麼交流。

胡小天自然指揮不動天機局的這些人，可天機局的人也不敢輕易得罪這小子，畢竟胡小天的手段多半人都領教過，傅羽弘更是有過親身體會，聽到西瑪提起胡小天的名字，頓時內心開始猶豫了起來，他低聲向葆葆道：「怎麼辦？」

葆葆道：「鎮海王負責接待黑胡、大雍的使團，這件事儘快通知他也好。」

胡小天被人從睡夢中叫醒，聽聞黑胡西瑪公主被天機局給扣了，慌忙起身前往天機局，他問過天機局過來的人，知道天機局目前還沒有將此事向外聲張，想了想，還是先讓梁大壯前往驛館去向北院大王完顏烈新通報西瑪公主的下落，以免完顏烈新心急，再鬧出更大的麻煩。

縱馬來到天機局門外，看到葆葆已經在那裡等著了，他翻身下馬，來到葆葆身邊道：「怎麼了？發生了什麼事情？」

葆葆這才將事情的經過從頭到尾說了一遍，胡小天不由得有些頭疼，七寶玲瓏樓乃是天機局禁地，這不僅僅是因為洪北漠的緣故，還有一個更為重要的原因，這座位於天機局的小樓實際上的控制權卻是在七七的手中，樓內收藏著那顆從五仙教總壇找到的頭骨。胡小天並不瞭解黑胡公主西瑪，可是他對黑胡國師崗巴多卻有瞭解，兩人此前曾經交過手，從胡小天的角度來看，崗巴多存在盜竊頭骨的可能性。

葆葆見胡小天陷入沉思，忍不住道：「是不是擔心你的大鬍子公主？你只管放心，我們並未為難於她。」

胡小天聽她這麼說不禁笑了起來：「什麼大鬍子公主？我和她根本就不熟。」

葆葆將信將疑，除非抓住這廝的現形，否則他絕不會承認。

胡小天從她的目光中已經知道她在想什麼，苦笑道：「天地良心，今晚之前我還從未見過她。」

葆葆道：「無論怎樣你還是多點警惕，別看到女人就頭暈，中了美人計。」

七寶玲瓏樓前雙方仍在僵持，不過還好沒有爆發進一步的衝突，胡小天分開人群走了進去，一眼就看到大鬍子公主西瑪，旁邊還站著氣勢洶洶的番僧崗巴多。

胡小天呵呵笑道：「大半夜的也不讓我睡個安穩覺，怎麼個情況？」目光打量了一下西瑪，西瑪明顯有些不好意思，目光垂落下去。

崗巴多卻是霸氣側露，冷冷道：「都說大康乃禮儀之邦，這就是你們的待客之道？」

胡小天今晚過來主要是為他們解圍的，見崗巴多如此無禮，頓時就有些氣不打一處來，微笑道：「貴國難道不懂得非請勿入的道理？主人都未邀請，你們就擅自進入，在大康已經是違反律令的事情。」

崗巴多呵呵笑道：「這裡是大康，自然你怎麼說都行。」

西瑪道：「我們並非擅闖這裡，是我的東西被人給偷了，那竊賊一路引我們來到了這裡。」她指了指身後的七寶玲瓏樓。

胡小天點了點頭，聽起來她的解釋倒也合情合理，根據發生的時間來判斷，西瑪公主是從自己府上離開後方才發生這樣的事，只是她明明是和完顏烈新一起離開，為何又和崗巴多到了一處，胡小天充滿疑竇地望著崗巴多。

崗巴多大聲道：「你若是懷疑，只要進入樓內將那竊賊找出來，一切就可水落石出。」

胡小天厲喝道：「放肆！你知不知道這裡是什麼地方？」

第七章

回味樓

胡小天聽到內心劇震，酒杯險些沒有失手落下，
這根本就是韓愈所寫的《早春呈水部張十八員外》，
這首詩被唱出來並不稀奇，
稀奇的是最早將這首詩帶到這個世界的人是自己。
胡小天望著絲質屏風後影影綽綽的幾道倩影，一顆心怦怦直跳，
恨不能現在就過去看個究竟，裡面到底有沒有霍小如在內？

崗巴多被胡小天當眾呵斥，心中勃然大怒，他可不怕胡小天，縱然胡小天是大康的鎮海王，他也沒有資格呵斥自己。他向胡小天走近一步：「我明明看到那竊賊就潛入小樓之中，你們為何不願搜查？是不是擔心陰謀敗露？」他認為今晚的一切根本就是一個圈套。

胡小天並不想跟崗巴多理論，因為西瑪和崗巴多身分特殊，肯定不能將他們抓起來審問，而且此事疑點頗多，他們兩人也沒有進入七寶玲瓏樓。

此時葆葆來到胡小天身邊小聲道：「黑胡使團的人到了。」

胡小天點了點頭，他向傅羽弘道：「傅統領，我想先帶他們兩位離去，今晚的事情我來負責，公主殿下和洪先生那裡，我會親自交代。」

傅羽弘自然不好拒絕，低聲道：「王爺願意處理此事自然最好不過。」

胡小天微微一笑，回身向西瑪道：「兩位請跟我來！」西瑪雖然心有不甘，可是也明白今天絕非是徹查的時機，眼前唯有離開天機局才是正本。臨行之前不由得又回頭看了七寶玲瓏樓一眼，心中仍然懷疑，自從那竊賊進入後至今未見他出來，那竊賊應該還在樓內。

胡小天道：「丟了什麼東西？」

西瑪和崗巴多都沒有搭話，胡小天啞然失笑，自己大半夜過來幫他們解圍，兩人連客氣話都不說一句嗎？

三人出了天機局，卻見門外已經有數十人在等待，為首一人乃是黑胡北院大王完顏烈新，完顏烈新的表情還算平和，其他黑胡使團成員一個個怒容滿面，在他們看來已方國師和公主被天機局扣留乃是奇恥大辱，卻很少有人想到乃是他們不對在先。黑胡人性情向來彪悍，如果不是完顏烈新在場掌控大局，手下的那群人早已殺了進去。

看到西瑪公主和崗巴多兩人安然無恙地走出來，所有人頓時放下心來，心中的不平之氣也漸漸平復。

完顏烈新大步來到胡小天面前，抱拳作揖道：「有勞王爺，今晚的事情給王爺添麻煩了。」

胡小天笑道：「也不算什麼大事，舉手之勞罷了。」

完顏烈新做事極其老練，他並未詢問今晚發生的事情，現在既然將人接到了，其他的事情等過了今晚再說，他向胡小天致謝之後，一行人護著西瑪公主離去。

胡小天望著黑胡使團離去的方向不由得搖了搖頭，梁大壯來到他的身邊，笑道：「少爺，裡面發生了什麼？」

胡小天道：「少管點閒事。」

梁大壯嘿嘿笑了一聲：「那大鬍子當真是黑胡公主嗎？」

胡小天道：「要問完顏烈新方才知道了。」

翌日一早胡小天就被宣入宮中面見永陽公主，原來昨晚天機局的事情已經傳到了七七的耳中。胡小天來到紫蘭宮，在門前遇到了專程過來送早膳的史學東。

當著那幫小太監，史學東恭恭敬敬道：「小的見過王爺千歲千千歲。」

幾名小太監識趣，拎著食盒托盤先走了，史學東這才眉開眼笑道：「王爺今兒好早！」

胡小天指了指裡面道：「公主傳召豈敢不來。」

史學東低聲道：「看來那小賤人對兄弟你是難捨難離了。」

胡小天呵呵笑了起來，史學東話雖然說得粗俗，可小賤人這三個字對七七而言卻是非常恰當，他低聲道：「大哥，宮裡最近沒什麼特別動靜吧？」

史學東連連點頭道：「沒什麼動靜，就是瑤池的水已經重新恢復了。」說完他突然又想起了一件事：「對了，最近那個尹箏時常去司苑局跟我套關係。」說起此人史學東一臉的不屑，當初尹箏是老皇帝的貼身小太監，那時候目空一切，根本不把其他宮人放在眼裡，此一時彼一時，自從老皇帝對外稱病，尹箏也被從他身邊調走，現在混得很不如意。

胡小天道：「你也不要做得太過絕情，十年河東十年河西，說不定哪天人家又會得勢。」

史學東連連點頭，陪著笑臉道：「我就不耽擱兄弟的好事了，千萬別讓公主久等了。」

胡小天走入紫蘭宮，看到七七正站在紫蘭宮的花園欣賞著晨光中的鮮花，在她的映襯下，滿園的鮮花似乎都失卻了顏色，橘紅色的晨光籠罩著她的嬌軀，越發顯得光芒四射，人比花嬌。

身邊宮女率先看到了胡小天，小聲向七七稟報，七七轉過身來，彎彎秀眉下一雙明若秋水的眼眸掃了胡小天一眼。

胡小天眉開眼笑道：「微臣參見公主千歲千千歲！」

七七淡然一笑道：「這裡有沒有外人，虛偽的話還是少說，什麼千歲千千歲，古往今來你見到誰活到一千歲了？」

身邊宮女悄悄退了下去，跟在永陽公主身邊這點眼色還是有的。

胡小天道：「只是一個良好祝願，如同朋友見面都會問，你吃過了嗎一樣。」

七七道：「我沒吃！」

胡小天道：「人是鐵飯是鋼，你就算不顧自己也要為我想想。」

七七呵了一聲道：「我沒吃飯跟你又有什麼關係？」

胡小天道：「餓的是你，擔心的是我，你是胃難受，我是心裡難受，每次看到你不顧惜自己的身子，我就心如刀絞。」

七七道：「行了，你就不能真誠一些，盡說些虛情假意的話，你既然那麼難受，好啊，陪我吃飯。」

「我吃過了！」

七七道：「那就看我吃。」

七七很快就意識到被人盯著吃飯的滋味並不好受，怒視胡小天道：「看什麼看？有什麼好看？」

胡小天歎了口氣道：「難怪大家都說伴君如伴虎，伺候你可真不容易，東也不是西也不是，看也不是不看也不是，總之你心氣兒若是不順，怎麼看我都是錯。」

七七忍不住笑了起來：「那你倒是說說，我心氣兒到底哪裡不順？」

胡小天道：「你是不是聽說什麼了？」

七七沒說話，默默喝粥，姿態極其優雅，當著胡小天的面吃飯，必須得端著，平時儀態只需拿出七分，現在必須要拿足十分，七七意識到自己還是很介意胡小天的看法。

胡小天道：「昨晚天機局的事情？」其實他早就猜到七七這麼早把自己召過來的目的。

七七佯裝糊塗道：「昨晚天機局出了什麼事情？」

胡小天道：「沒勁了吧！明人不說暗話，咱們之間是不是應該開誠佈公？你想問什麼只管問就是，拐彎抹角遮遮掩掩可不是你的風格。」

七七將景泰藍小碗放下，從宮女手中接過潔白無瑕的棉巾擦了擦嘴，然後放在托盤內，輕聲道：「那好，你跟我解釋為何要將潛入七寶玲瓏樓的胡人給放了？」

胡小天道：「昨晚潛入天機局的一個是黑胡西瑪公主，一個是黑胡國師崗巴多。以他們的身分，我讓人將他們囚禁起來好像說不過去吧？或許還會影響到兩國之間的關係。」

七七道：「他們是什麼身分我不知道，不過這次黑胡使團的名單中並沒有這兩人在內。」

胡小天道：「隱瞞身分應該是為了避免不必要的麻煩。」

「你倒是會幫他們開脫，是不是偷偷收了人家的好處？」

胡小天道：「我只是覺得這件事有些蹊蹺，他們如果目標是七寶玲瓏樓，也應該會提前計畫一番，不至於穿成那個樣子。」

七七道：「那位黑胡公主不是喬裝打扮了？」

胡小天搖了搖頭，他自然清楚西瑪喬裝打扮並非是為了掩人耳目進入天機局：「我已經初步瞭解過這件事的來龍去脈，從我所掌握的情況來看，應該是有人故意將他們引到七寶玲瓏樓。」

七寶玲瓏樓內藏有頭骨的消息乃是七七故意向外散佈出去，本來的目的是想吸引任天擎前來，可從現在的情況看，似乎收效不大，天下誰人不知道天機局內機關重重，膽敢潛入天機局的人已不多見，更何況這座天機局重中之重的七寶玲瓏樓。

七七道：「照你看，究竟是誰把他們引入天機局內的呢？」

「不好說！」胡小天顯得莫測高深。

「有什麼不好說，這裡只有咱們兩個，你只管說出來就是。」

胡小天道：「的確不好說，只要想得到那頭骨的都有可能，而且也不排除有人想利用這件事陷害他們，破壞黑胡和我們結盟。」

七七長眉微揚，盯住胡小天的雙目，輕聲道：「你是說懷疑大雍？」

胡小天笑道：「我可沒說，只是嫌疑無法排除，如果西瑪沒有說謊，那竊賊如此輕車熟路……」他並沒有把話說完，以七七的聰明睿智自然能夠領悟他的意思。

七七道：「你是說天機局也無法排除嫌疑？你懷疑洪北漠？」

胡小天笑道：「未必是他，或許是天機局內部有人這麼做。」

七七道：「按照你的推論，你也有嫌疑。」

胡小天哈哈大笑起來：「每個人都有嫌疑，可嫌疑終究是嫌疑，沒有證據任何的嫌疑都是扯淡。」

七七瞪了他一眼，責怪他說話太過粗魯。

胡小大道：「總之你放心，這件事交由我來處理，肯定幫你妥當解決好了。」

七七甜甜一笑：「總算聽你說了一句人話。」這一笑春花燦爛，這一笑醉人心田，絕世風華讓胡小天也為之一呆，距離產生美，可距離遠了也不能充分體會到對方身上的美，一直以來和七七離得太遠，這段時間兩人重新走近，胡小天開始發現她身上越來越多的女人味。

七七道：「沒什麼事情了，我也就是問問昨晚的情況，無論怎樣，黑胡和大雍都是咱們的客人，我可不希望他們的使臣在康都遇到麻煩。」

胡小天連連點頭：「你放心，包在我身上。」

七七道：「待會兒我還要去勤政殿議事，就不陪你了。」

胡小天聽到她下起了逐客令，可他還有事情沒說完，眼巴巴望著七七。

七七明白他的意思，胡小天肯定是想《般若波羅蜜多心經》的事情，她淡然笑道：「明天咱們一起去給伯母掃墓，你可千萬不要忘了。」

胡小天連連點頭，七七在這一點上做得非常夠意思，即便是跟他的關係處於冰點的時刻，她每個月也都會去鳳儀山莊那邊祭拜，過去他們有婚約的時候，七七這麼做可以說是以未來兒媳的身分，到後來胡小天撕毀了婚約，七七仍然能夠這樣做，單單從這一點上來看，應該是對他餘情未了。胡小天因此也覺得這妮子身上並非一無是處，還是有一些閃光點的。

胡小天仍然沒有起身的意思。

七七笑道：「怎麼？今兒是打算賴在我這裡了？」

胡小天也不好意思地笑了起來：「我還有一件事……」

七七道：「心經的事情？」

胡小天點了點頭。

「我思來想去，還是親自去天龍寺一趟。」

胡小天愕然道：「你去天龍寺做什麼？」

七七道：「還願！順便去會一會緣木和尚。」

胡小天道：「緣木還在大相國寺？」

七七淡然笑道：「他已經回去了。」

胡小天心中暗忖，看來七七在得知緣木可能知道凌嘉紫的事情之後，派人去了大相國寺，緣木應該是為了避免麻煩所以才選擇返回天龍寺。

七七道：「就這麼定了，明天午後咱們去鳳儀山莊，祭拜之後，去天龍寺燒香還願，我準備在天龍寺住上一夜，次日上香之後再走。」

胡小天聽她已經安排妥當，看來七七早已開始計畫這件事，既然她都已經決定了，自己也不好反對，只是不知七七憑記憶默寫的《般若波羅蜜多心經》是不是天龍寺想要的那一本。姬飛花目前應該還被困在天龍寺內，如果這次仍然不能讓緣木等人退讓，也只剩下強闖天龍寺救人這條路了。

正午時分，胡小天來到位於天街的回味樓，此次前來乃是受了黑胡使臣完顏烈新的邀請，一是禮尚往來的回請，還有一個原因是為了昨晚天機局的事情。

回味樓的歷史並不算長，崛起於康都餐飲界也就是最近兩年的事情，胡小天雖然聽說過，不過卻因為每次來去匆匆還未曾去過。

縱馬來到回味樓前，就看到樓外有六名黑胡武士分左右而立，卻是今天中午他們將整個回味樓都包了下來。完顏烈新就在門前恭候胡小天的到來，看到胡小天的身影出現，他的臉上露出笑意，主動迎了上去幫助胡小天牽住馬韁，能讓黑胡北院大王為自己牽馬倒也不多見。

胡小天翻身下馬，笑道：「天氣炎熱，完顏兄何必頂著烈日在這裡等候？」

完顏烈新笑道：「請王爺吃飯必須要有些誠意。」

兩人哈哈大笑，完顏烈新將馬韁交給手下人，做了個邀請的手勢。

胡小天抬頭看了看這間回味樓，忽然想起這裡過去是煙水閣，仔細看了看周圍的環境，已經可以確定眼前的回味樓就是過去的煙水閣，應該是在原有的基礎上重新翻修而成。前方就是滄水河，滄水河彎彎曲曲貫通京城南北，在京城東南的天水灣和運河貫通，這一帶的水面是最為廣闊的部分。

站在樓上剛好可以看到兩條水系彙集的地方，場面壯麗廣闊。這座五層的木製小樓，已有三百多年的歷史，胡小天仍然記得過去樓前懸掛著太宗皇帝龍胤空親筆手書的三個大字，現在連店名都改了，那牌匾不知去了何方？問過這裡的小二方才知道原來煙水閣的老闆因為犯法而被斬首，家產被查抄，那塊太宗皇帝手書的牌匾也被收繳國庫，後來有商人將這裡買下，然後重新裝飾一新，改為回味樓迎客。

胡小天向完顏烈新說起這裡的歷史，完顏烈新點了點頭道：「看來是我孤陋寡聞了，原來這裡就是聞名天下的煙水閣。」過去煙水閣因為獨特的地理位置，成為文人墨客彙集之地，這裡也曾經誕生了無數世人傳誦的詩詞歌賦。完顏烈新也是才學出眾，對煙水閣之名自然早有耳聞。

完顏烈新邀請胡小天來到回味樓的五樓就坐，胡小天看到窗前立著一位年輕俊俏的異域少年，認出正是黑胡公主西瑪，雖然還是男扮女裝，可是今天沒了大鬍子。胡小天向她笑了笑道：「這位小兄弟我過去從未見過。」

完顏烈新笑道：「容我為王爺引見。」

胡小天不等他說完就抱拳作揖道：「公主殿下易容之術真是精妙絕倫，我險些都沒認出你呢。」

西瑪聽出他的言外之意，分明是在說自己的易容術不怎麼樣，險些沒認出，終究還是能夠認出，這胡小天說話果然奸猾，西瑪道：「是我小看了你，若是我當真想隱瞞身分，你自然認不出我。」聲音依舊是粗聲粗氣，不知是服用了變聲丸，還是她本來聲音就是如此，如果是後者未免可惜。

比起眼前的西瑪，更能勾起胡小天回憶的卻是往事，記得當初他第一次來到這裡的時候，還是跟著戶部侍郎徐正英一起過來參加筆會，那次的筆會上他威風八面，把禮部尚書吳敬善為首的一幫自命不凡的才子學究羞辱了一遍，也是那次他第一次遇到了霍小如。

想起霍小如，胡小天心中一陣惆悵，眼前景物依舊，只是伊人不知身在何方？眢不留曾經說她去了域藍國，不知是真是假？無論她身在何方，只求她平安就好。

完顏烈新安排人上菜的時候，西瑪來到胡小天的身邊，輕聲道：「昨晚的事情多謝了。」

胡小天向她笑了笑，目光復又投向三條河道彙集處，今日天色有些陰暗，遠遠望去河面上似乎籠罩一層若有若無的煙霧，他低聲道：「區區小事，何足掛齒。」

西瑪道：「有沒有抓住那個竊賊？」她心中仍然牽掛著那柄金刀。

胡小天道：「殿下放心，我已經讓人全力去查，只要有消息，我會第一時間通報你們。」

西瑪點了點頭，此時完顏烈新邀請他們入座。

三杯過後，西瑪親自起身為胡小天倒酒，卻是為了感謝他昨晚解圍之事，胡小天向來對美女都非常的客氣，加上本身就是海量，自然來者不拒。這黑胡公主也是酒量驚人，和胡小天連乾幾杯之後，居然嫌酒杯太小，讓人換成了大杯。反倒是完顏烈新酒量平平，只陪著胡小天飲了兩杯就止住不飲了。胡小天心中暗忖，本以為這西瑪公主過來是為了致謝的，卻想不到是個陪酒的，黑胡為了搞定自己果然不惜血本，陪酒下面是什麼？難不成還準備來個一條龍，陪唱再加上陪睡？

胡小天正琢磨著如何將糖衣扒下來炮彈給他們打回去的時候，卻聽完顏烈新道：「只是喝酒也太過單調，不如來點歌舞助興？」

胡小天笑瞇瞇道：「甚好！正合我意！」

西瑪道：「我剛好見識一下中原歌舞！」說到唱歌跳舞，黑胡男女老少都很擅長，西瑪的語氣中明顯帶著不服氣的成份。

完顏烈新拍了拍手掌，不多時屏風後傳來腳步聲，原來他早有準備，樂班就位之後，現場重新歸於寂靜，沒過多久，響起了樂曲聲，胡小天傾耳聽去，單從樂曲的演奏就能夠判斷出這樂班的水準不低，這倒讓他開始對接下來的演出有所期待。

「天街小雨潤如酥，草色遙看近卻無。最是一年春好處，絕勝煙柳滿皇都……」輕柔婉轉的歌喉從屏風後飄出，這聲音似乎就在身邊，又有著無盡空虛的縹緲，彷彿來自天上宮闕。

胡小天只聽到第一句就是內心劇震，酒杯險些沒有失手落下，這根本就是韓愈所寫的《早春呈水部張十八員外》，這首詩被唱出來並不稀奇，稀奇的是最早將這首詩帶到這個世界的人是自己，而當初是他和霍小如漫步天街的時候脫口而誦出的這首詩，如今這首詩被改動擴寫了不少，而且譜上了曲子，胡小天望著絲質屏風後影影綽綽的幾道倩影，一顆心怦怦直跳，恨不能現在就走過去看個究竟，裡面到底有沒有霍小如在內？

六位妙齡女郎逐一從屏風後翩然舞出，她們全都是以足尖點地，這六人之中並無霍小如在內，可是胡小天看到她們的舞步，腦海中嗡的一聲，霍小如塵封許久的倩影一下湧入了他的腦海中，他能夠斷定，霍小如就在康都。

坐在胡小天右首的西瑪留意到他此時的表情變化，心中也是頗為奇怪，一段歌舞竟然讓胡小天觸動如此之深？她也是第一次看到有人用足尖跳舞，西瑪本身也是舞中高手，對此頗感興趣。

完顏烈新笑瞇瞇看了胡小天一眼：「王爺覺得此舞如何？」

胡小天心想你算問對人了，這足尖舞就是霍小如在我的啟發下方才編排出來的，他讚道：「曲好，舞好，人也好！正應了一句話，此曲只應天上有，人間能得幾回聞！」

完顏烈新讚道：「久聞王爺高才，果然名不虛傳，信手拈來都是讓人歎為觀止的絕句！」

胡小天暗暗警惕，眼前的場面難道僅僅只是巧合？昨天自己曾經詢問過薛勝景的事情，完顏烈新只說他跟薛勝景沒有接觸過，可為何眼前會上演這一幕？是不是完顏烈新在刻意安排？霍小如又身在何方？如果她已經來到了康都，卻為何不肯和自己相見？一時間胡小天思緒萬千。

西瑪道：「中原歌舞果然別有一番風味，我過去還從未見過用足尖跳舞呢。」

胡小天微笑道：「中原文化博大精深，足尖舞只是其中的一小部分罷了。」

完顏烈新道：「說起歌舞，公主殿下也是此道高手呢。」

西瑪因他的稱讚居然顯得有些不好意思，輕聲道：「我們族中的歌舞和中原大不相同。」

胡小天道：「他日若是有機會，可否讓我見識一下呢？」他本以為西瑪會含羞拒絕，卻想不到西瑪居然點了點頭爽快答道：「好啊！」這胡女的性情果然直爽。

胡小天因眼前一切而對這座回味樓產生了濃厚的興趣，他叫來小二道：「你們的掌櫃是否在這裡？」

那小二點了點頭：「在的。」

胡小天微笑道：「那幫我請他過來認識一下。」身為大康鎮海王，主動邀請酒樓掌櫃見面，對這酒樓而言算得上天大的面子，那小二笑道：「客官，實在對不住，我們掌櫃有個規矩，無論誰來他都不肯出面應酬的。」

胡小天還未說話，西瑪卻已經按捺不住了：「你們的掌櫃好大的架子……」

完顏烈新咳嗽了一聲，打斷了西瑪接下來的話，他笑道：「小二，你去跟你們掌櫃說一聲，這位是大康鎮海王爺。」

那小二此時方才知道胡小天的身分，頓時肅然起敬，他慌忙向胡小天行禮道：「王爺千歲，小的有眼不識泰山，我這就去稟報，只是我們家掌櫃脾氣古怪，能不能來我可不敢保證。」

胡小天哈哈笑了起來，他也沒必要為難一個跑堂的，向小二道：「你只管去稟報，來不來我都不會怪你。」

小二慌忙去了，不過去了許久都沒見老闆過來，西瑪忍不住道：「中原果然和我們那裡不同，一個酒樓的小小掌櫃居然就可以將王爺不放在眼裡。」

完顏烈新害怕胡小天顏面上過不去，輕聲道：「或許那掌櫃果真有急事呢？」

胡小天笑道：「其實王爺和掌櫃並沒有什麼不同，同樣都是人，同樣都會生老病死，無非是位置不同罷了，今生我是王爺他是掌櫃，來世或許彼此會互換位置呢？就好比公主殿下你，生在可汗之家就是公主，如果你生在了民間自然也就是普通的丫頭，你說對不對？」

他的這番話雖然說得樸素，可是其中卻蘊含著一個人生來本平等的觀念，在這個時代說出來已經是讓人驚歎的事情。

完顏烈新因胡小天的話而陷入沉思之中，他只是可汗完顏陸熙的養子，到現在連親生父母是誰都不知道，是死是活也不清楚，如果不是可汗將他收養，那麼他或許只會庸庸碌碌度過一生，根本談不上出人頭地，更不用說成為黑胡的北院大王。」他點了點頭道：「王爺見解不凡，每句話都發人深省。」

胡小天哈哈笑道：「完顏兄實在是太抬舉我了，我只是說說心中的想法，可不是什麼見解不凡。」

此時一位相貌清臒的中年人緩步走入房內，他笑道：「我來遲了，王爺千萬不要見怪！」

胡小天聽到這聲音有些熟悉，定睛一看，那中年人竟然是燕熙堂的向山聰，他在渤海國曾經和此人打過照面。當時向山聰受了霍小如的委託專門送了一幅畫像給自己，然而當自己問起霍小如的下落，向山聰卻諱莫如深，此人必然對霍小如的事情一清二楚。

胡小天笑道：「我當是誰，原來是向掌櫃！」

向山聰來到他們面前見禮，完顏烈新道：「原來王爺跟向掌櫃早就認識？」

胡小天微笑道：「認識，老朋友了。」

向山聰道：「向某實在是慚愧，不知王爺親臨，所以躲在後院伺弄我的花花草草，剛剛聽說是王爺到了，向某趕緊沐浴更衣，耽擱了這麼久，還望王爺不要怪罪，幾位貴客不要怪罪才是。」

完顏烈新笑道：「沒有人怪罪，向掌櫃看來是個雅人兒。」

向山聽笑著搖頭道：「除了種地我什麼都不會，可稱不上什麼雅人兒，連附庸風雅都談不上。」

胡小天道：「向掌櫃又何必過謙，你做生意可是很有一套，燕熙堂解散之後，我就失去了你的下落，想不到你居然一聲不吭地來到了康都，開了這家回味樓，生意做得紅紅火火！」

向山聽謙虛道：「托朝廷的福，托王爺的福，日子還過得去。」他讓小二添了套餐具，向幾人逐一敬酒，又道：「今日既然是王爺親臨，還有幾位使臣大駕光臨，這頓飯就算在我的頭上，讓我做個東道，讓我盡盡地主之誼。」

完顏烈新道：「那怎麼好意思。」

胡小天笑道：「既然向掌櫃一片誠心，咱們還是恭敬不如從命。」

完顏烈新聽他這樣說，也就不再堅持。

西瑪道：「向掌櫃，剛才那幾個女孩兒跳的舞叫什麼名字？」

向山聽道：「向某也不清楚，只是隨便請了一個歌舞班子在這裡給客人助興，中途也換過不少，到了她們才定了下來，只知道她們的表演很受歡迎，至於其他的我從不過問。」

胡小天道：「你這個掌櫃當得逍遙自在，甩手掌櫃說得就是你這樣的。」

完顏烈新笑道：「真正的經商高手全都是甩手掌櫃，凡事親力親為忙前忙後的，生意十有八九做不大。」

胡小天道：「真知灼見，完顏兄句句都是至理名言。」

幾人同時笑了起來，向山聰敬了一圈酒，起身告辭，他畢竟不適合待得太久，以免影響到人家的酒局，西瑪提出讓他帶著自己去歌舞班子見識一下。

胡小天卻看出這位黑胡公主是有意迴避，目的是留給他和完顏烈新一個單獨交流的空間。

幾人離去之後，完顏烈新起身將房門關上，回到胡小天身邊道：「王爺，昨晚有人潛入我們所在的驛館，意圖行刺。」

胡小天皺了皺眉頭，這黑胡使團遇到的麻煩還真不少，他沉聲道：「完顏兄為何現在才告訴我？」

完顏烈新道：「因為我們發現及時，並沒有造成任何的損失。」

「刺客呢？」

完顏烈新道：「逃了，不過我覺得十有八九是大雍所為。」

胡小天道：「有證據嗎？」他其實是在提醒完顏烈新，沒證據的事情最好不要亂說。

完顏烈新搖了搖頭，他歎了口氣道：「王爺應該知道我這次過來的目的。」

胡小天道：「完顏兄好像並未跟我說明你的使命啊！」

完顏烈新道：「實不相瞞，今次我奉了大汗之命，前來康都乃是為了和貴國朝廷商談結盟之事。」

胡小天道：「此乃好事啊，大康素來奉行以和為貴的原則，和周圍鄰國互不侵犯，不過大雍也是為了結盟而來，難道你們事先商量好了，都要一起過來結盟嗎？」他自然明白大雍和黑胡現在勢不兩立，雙方派使臣前來康都，無非是都想籠絡住這股中原強大的勢力。

完顏烈新歎了口氣道：「我們和大雍因為邊界問題一直征戰不休，雖然我方一再忍讓，可大雍卻咄咄逼人，侵佔我方邊境，屠戮我方族人，昔日我們也曾經嘗試過與大雍和談，可是大雍非但沒有任何的誠意，反而暗殺了我們的四王子。」說到這裡他一臉悲憤。

胡小天對大雍和黑胡之間的事情非常瞭解，當初黑胡四王子完顏赤雄被殺的時候他就在現場，大雍將此事推到了霍勝男的身上，逼得霍勝男隨同他一起逃出國境，可事實上此事應該是五仙教所為，可事情直到現在也沒有查個水落石出，已經成了無頭公案。大雍雖然把責任推給霍勝男，可黑胡卻認定了大雍才是害死完顏赤雄的真凶。更何況黑胡大雍積怨已久，當年被稱為一代天驕的完顏鐵鎧就是被劍宮始祖藺百濤刺殺，新仇舊恨豈是那麼容易平復的。

至於完顏烈新說的邊界問題，錯並不在大雍一方，大雍立國也不過短短百年，大雍立國之後迅速走向強盛，他們打著光復中原的旗號，收復了過去大康被黑胡侵佔的一些土地，至於最近這些年，尤其是在大雍皇帝薛勝康死後，大雍因為內部的權力紛爭已經不如過去那般強勢，而黑胡趁此時機也侵佔了不少地盤，雙方的戰事其實是黑胡一方率先挑起。

胡小天道：「冤家宜解不宜結，人和人之間以和為貴，國家和國家之間何嘗不是如此？自古征戰倒楣的都是老百姓。」

完顏烈新點了點頭道：「我們黑胡人向來愛好和平，如果不是大雍咄咄逼人，也不會奮起反擊。」誰都會往自己臉上貼金，縱然是自己欺負了別人也得裝成一副受害者的面孔。

胡小天點了點頭，他可不是認同完顏烈新的這番話，根本就是敷衍。既然七七把跟雙方使臣談判的任務交給了他，他就得負起這個責任。其實對他來說很好談，現在大康是待價而沽，就看黑胡和大雍誰能給的實際利益更多。

完顏烈新道：「王爺以為大雍前景如何？」

胡小天道：「我最近有些自顧不暇，很少關注他國的事情。」他並不是很少關注，而是因為相比北方的大雍，西南的局勢更加緊迫。

完顏烈新道：「聽聞王爺醫術高超，有件事我想請問，如果有一個病入膏肓的人擺在你的面前，你明明知道他會死，是選擇浪費僅有的藥物去救他，還是將藥物用在可以挽救的人身上？」

胡小天微笑道：「完顏兄的這個比方並不恰當，對一個醫生來說，病人是沒有選擇的，救死扶傷是醫者的天職，面對病人，我不會考慮他會不會死，我只會盡自己的所能去救他，如果一個醫者見到病人的時候首先考慮的是救不救得活，那麼他救人之前還要不要先搞清這個人是好人還是壞人？這個人是不是該死？」

完顏烈新居然無言以對了。

胡小天道：「處理國家大事和對待病人不同，前者可以為達目的不擇手段，後者卻可以將目的功利拋到一邊。」說到這裡胡小天突然意識到前世的自己要比今生的自己高尚得多，無私得多，偉大得多，可是一個高尚無私的人未必能夠過得快樂，否則就不會有自己被累死在手術台上的事情了。

完顏烈新陷入沉思之中，胡小天的這番話說得沒錯，可他也不認為胡小天是一個高尚的醫者，在政治博弈中高尚無私的人必然是吃虧的那一個。

胡小天反問道：「完顏兄以為大雍的運勢如何？」

完顏烈新道：「內外交困，大雍去年以來遭遇多次天災，天災尚不可怕，人禍才是他們面臨的最大危機。」

胡小天對完顏烈新的這句話深表認同，他聽得非常專注，完顏烈新剖析大雍局勢的目的是為了將大雍的缺點展示在自己的面前，從而凸顯出黑胡的優勢，這些分析有助於胡小天做出正確的判斷。

完顏烈新道：「薛勝康乃是一代梟雄，可惜這個人太過短命，他死後，老太后插手朝政，短時間內，大雍皇室中接連多人殞命，甚至連新登基不久的皇帝薛道洪也死於非命，表面上雖然還是薛家的嫡子坐在皇位之上，可大雍的朝政在實際上為李沉舟和長公主薛靈君共同把持。」

胡小天端起酒杯跟完顏烈新碰了碰，一飲而盡，完顏烈新所說的這些其實並沒有什麼稀奇，胡小天都已經知道了，甚至知道得比他更加詳細，薛道銘之所以能夠在大雍國內短時間內樹立起威望，還多虧了他和秦雨瞳幫忙。

完顏烈新放下酒杯，繼續道：「李沉舟想效仿先人，挾天子以令諸侯，可惜他準備得並不充分，高估了自己，又低估了薛道銘的力量，薛道銘背後的勢力不容小覷，更讓李沉舟頭疼的是，他並沒有能夠順利將燕王薛勝景除去，薛勝景逃離之後，他在大雍經營多年的勢力不斷給李沉舟製造麻煩。」

胡小天想到了剛才出現的向山聰，想起了霍小如。這兩人和薛勝景都有著極其密切的關係，完顏烈新選擇在回味樓宴請自己應該不是偶然，根據尚未證實的消息，薛勝景已經逃往黑胡，而且出賣了大量情報給黑胡方面，正是他的這一做法方才導致了黑胡在和大雍的戰鬥中一度佔據了上風。胡小天意味深長道：「完顏兄對大雍的事情很熟悉，對燕王的事情也很清楚嘛。」

完顏烈新咳嗽了一聲道：「其實剛才我並沒有跟王爺說實話。」

胡小天故意做出詫異的表情。

完顏烈新道：「薛勝康對他的同胞兄弟始終抱有戒心，薛勝景喜好遊歷四方，表面上是為了經營他的古董生意，實際上卻是在尋找合適的機會和靠山，一個在大雍被嚴密監控的人，何以經營了那麼大的產業，你以為這一切都是偶然嗎？」

胡小天從完顏烈新的這番話中似乎悟到了什麼，完顏烈新的這番話明顯意有所指，看來薛勝景勾結黑胡絕非一日，大雍給他扣上裡通外國的罪名並沒有冤枉他。

完顏烈新道：「李沉舟派長公主薛靈君來康都，本來的目的卻並非像現在所說的這樣，他們是想聯手大康對王爺施壓，趁著王爺領地糧食短缺時落井下石。」

胡小天微微一笑，完顏烈新分化他和大雍關係的目的已經不加掩飾，不過他也沒有誇大其詞，李沉舟原來的確打得這個主意，只是他們沒有計算到自己會和朝廷的關係突然破冰，也沒有料到朝廷肯在自己困難的時候施以援手，事實上真正促使他和七七聯手的原因還是來自於南方的天香國，說起來胡不為倒是給自己幫了一個忙，正所謂塞翁失馬安知非福，這世上的事情福禍相依，是福是禍不到結局的那一刻誰又能真正說得清楚呢？

完顏烈新道：「在下絕非搬弄是非之人，只是就事論事，其實王爺和朝廷破冰也是我們計畫外的事情，本來我們想要聯合的目標是王爺你，只要我們雙方達成了聯盟，黑胡可以從西部安康草原為王爺提供所需的糧草，幫你度過難關。」

胡小天點了點頭道：「無論怎樣，我都要感謝完顏兄的美意。」

完顏烈新笑道：「大汗對王爺非常欣賞，一直有意將西瑪公主許配給你。」

胡小天道：「此事萬萬不可，我可不敢委屈了你家公主。」

完顏烈新道：「雖然可汗有所動機，可這兩件事已能看出我家大汗的誠意。」

胡小天端起酒杯跟完顏烈新同乾了一杯酒，剛才西瑪在的時候完顏烈新躲了不少酒，現在只剩下他和胡小天兩人，這酒是不能不喝的，一會兒功夫已經是滿面紅雲，完顏烈新放下酒杯，胡小天還想給他添滿，完顏烈新慌忙推辭道：「不成了，我真的喝不下了。」

胡小天笑道：「我還指望著讓完顏兄酒後吐真言呢。」

完顏烈新道：「我現在的字字句句都沒有半點虛假，若是再喝下去，我說的該是胡話了。」

胡小天也沒有繼續勉強，壓低聲音道：「薛勝景如今在不在黑胡？」

完顏烈新神神秘秘一笑：「我也聽到了一些風聲，空穴來風未必無因！」他的這句話等若是間接承認了薛勝景人在黑胡的事實。

胡小天道：「其實結盟這個東西什麼用處都沒有，我出面組織的金玉盟就是活生生的例子。」

完顏烈新道：「寫在紙上的盟約未必有作用，真正的盟約要放在這裡。」他指了指自己心口的位置，然後低聲道：「只有建立在共同利益基礎上的結盟才牢不可破，黑胡和大康不是敵人，和王爺更不是敵人！」

胡小天點了點頭道：「所以……」

完顏烈新道：「其實我的要求並不高，只要大康袖手旁觀就足夠了。」

胡小天不得不承認，完顏烈新的確是個談判高手，人家將局勢看得很透，如果大康兩不相幫，黑胡和大雍之戰，取勝的早晚都是前者，畢竟大雍內部政局太亂，再加上裡通外國的燕王薛勝景，只怕已將大雍的軍事秘密全都出賣得七七八八了。

胡小天微笑道：「完顏兄的這個建議不錯。」

完顏烈新又道：「不知王爺對西瑪公主感覺如何？如果覺得不錯，我願為王爺從中撮合，成就秦晉之好。」

胡小天暗歎，糖衣炮彈一輪接著一輪，如果不是老子抱著拒腐蝕永不沾的信念而來，說不定已經被你給腐化了，胡小天搖了搖頭道：「婚姻不可做交易，縱然是為了政治利益，也不可犧牲一位無辜公主的未來，完顏兄此事無須再提。」

完顏烈新微微一笑：「好！」

第八章

自畫像

胡小天上次來時並未細看，可這次既然來了就不免多留意了一下，
逐一將岩壁上的壁畫看完，看到最後，有一幅卻沒有畫完，
乃是一個醜陋的羅漢盤膝坐在那裡，雙手各自拿著一顆眼珠，
臉上本該是眼睛的位置卻是兩個空洞，胡小天心中暗忖，
這一幅莫非是不悟的自畫像？

午宴之後，胡小天和完顏烈新於回味樓前分手，胡小天心中仍然記掛著霍小如的事情，走出幾步又決定折返回來去找向山聰，來到回味樓門前，只見那小二笑瞇瞇就站在門口候著，看到胡小天，他樂呵呵道：「就知道王爺還會回來。」

胡小天不禁笑了起來：「看不出你居然還有未卜先知之能。」

那小二道：「小的可沒有那個本事，是我家掌櫃的讓我在這裡等著您呢。」

胡小天點了點頭，向山聰一定猜到自己有太多話想單獨問他，所以才算準了他會折回頭來相見。

小二引著胡小天從一旁的小巷繞到回味樓後面，從後門進入裡面，經過兩進門之後，來到回味樓後的小院，看到向山聰正站在魚池邊往池子裡投擲魚餌。

胡小天道：「向掌櫃好大的雅興！」

向山聰將手中剩下的魚食全都拋了進去，笑瞇瞇轉向胡小天道：「坐吃等死就是老夫現在的日子。」

胡小天哈哈大笑起來。

向山聰請胡小天在樹蔭下的石桌旁坐了，自己去洗淨了雙手，小二送上茶具，向山聰親自為胡小天沏茶，坐下之後道：「其實我聽聞王爺回歸康都，一直琢磨著要去登門拜訪，又擔心太過冒昧，生怕王爺將我給忘了。」

胡小天笑道：「我的記性還沒有那麼不堪。」

向山聰笑道：「貴人多忘事。」

胡小天道：「有些事可沒那麼容易忘記……」停頓了一下又道：「有些人更加不會忘記！」

向山聰知道他所說的那個人是誰，端起茶盞抿了一口道：「小姐也在大康。」

胡小天再度泛起漣漪，他和霍小如總共也不過見過三次面，可霍小如卻在他內心中的印象難以磨滅，或許是因為霍小如乃是他來到這個世界上第一個心動的女子，所以才格外的深刻。

胡小天很好地控制了自己的情緒，表情風波不驚道：「她還好吧？」

向山聰點了點頭：「很好，這些年經歷了不少事，所以也改變了許多，小姐還說，如果你再見到她，只怕已經不認得她了。」

胡小天的目光有些迷惘：「忘不掉的。」

向山聰道：「王爺一定奇怪我為何要買下這裡，又在這裡開了一家酒樓？」他停頓了一下道：「其實都是小姐的意思，她說這裡是她和王爺第一次相遇相識的地方，是她這一生中最美好的記憶，對她的意義非常重要。」

向山聰的語氣雖然平淡，可是胡小天卻從中感受到霍小如對他滿滿的情意，若非真愛又怎會深刻如斯，可是霍小如既然一直都想著自己，甚至對他們初次相識的地方都如此看重，卻又為何在這麼多年中都未曾主動找過自己？在她離開渤海國之後又發生了什麼？她的人生究竟受到了薛勝景怎樣的影響？

胡小天望著向山聰道：「你幫我轉告她，這裡對我同樣重要。」

向山聰微笑道：「我會將王爺的話帶到。」

胡小天端起茶盞，靜靜品味著這杯清茶，清香繞喉，餘韻無窮，正如霍小如帶給他的感覺一樣。

向山聰道：「王爺應該知道，聚寶齋和燕熙堂全都是燕王的產業，也知道小姐跟王爺的關係？」

胡小天道：「若非是為了你家小姐，我也不會去渤海國蹚那趟渾水。」

向山聰笑了起來：「小姐對王爺當年所做的一切感激得很呢，她讓我代她當面謝謝王爺。」

胡小天搖了搖頭道：「我跟她之間沒有說謝謝的必要，她出任何事情只要讓我知道，我都會第一時間出現盡力相助。」

向山聰感歎道：「王爺對我家小姐的這份情義還是由她當面向您致謝為好。」

胡小天微笑道：「其實還有一件事她只怕不知道，當初燕王為了說動我去渤海國幫忙解決麻煩，曾經答應要把他的女兒許配給我。」

向山聰微微一怔，此事他可沒聽說。

胡小天道：「其實無論有沒有這件事我都會去救小如，不過燕王至今都沒有兌現他當初的承諾，向掌櫃以為我需不需要父債女償？」

向山聰明顯有些為難了，他苦笑道：「這我可不能做主，不如王爺直接去問燕王，又或者您去問問我家小姐她肯不肯？」

胡小天歎了口氣道：「我倒是想當面問問，只可惜她不肯給我見面的機會。」

向山聰道：「我雖然不知道小姐為何不肯和王爺見面，可是我卻知道怎樣能夠見到小姐。」

胡小天聽他這樣說頓時來了精神，道：「我願欠向掌櫃一個人情！」

向山聰笑道：「其實對王爺來說只是舉手之勞，小姐想請王爺幫忙救人。」

「誰？」

「五仙教主眉莊夫人的弟子榮石！」

胡小天聞言一怔，榮石他自然見過，不過那是在五仙教的總壇，在火山噴發之後，榮石是死是活他並不清楚，為何向山聰會提出這個要求？確切地說提出要求的應該是霍小如，她怎會認識榮石？

胡小天道：「我都不知道此人的下落，如何營救？」

向山聰道：「此人目前被關押在天機局。」

「他犯了什麼罪？」

「冒充玄天館主任天擎，前往雲瑤台赴宴，被洪北漠識破了身分，派出手下龍組十傑於宮門外埋伏，將之擒獲，如今就關押在天機局掌控的黑獄之中。」

胡小天心中暗忖，自己和秦雨瞳、權德安前往龍靈勝境當晚，任天擎和眉莊前往伏擊他們，當時七七在雲瑤台設宴，宴請的賓客之中就有洪北漠和任天擎在內，後來胡小天方才知道當晚出席宴會的任天擎只是一個假冒者，只是他並不知道這假冒者的身分，現在聽向山聰這麼說已經完全明白了。

胡小天微笑道：「提出這個要求的是燕王吧？」

向山聰搖了搖頭道：「是我家小姐，燕王如今身在黑胡，豈能知道這邊發生的事情？」

胡小天道：「我若是救出了榮石，你能保證她肯見我？」

向山聰點了點頭道：「這是小姐自己提出的條件，向某只是代為轉達罷了。」

翌日午後，胡小天去宮中接了七七，兩人一起前往鳳儀山莊，雖然只是出宮一天，可因為今晚要在天龍寺留宿一夜的緣故，大康皇宮方面也是做足功夫，大內侍衛統領慕容展親自隨同護衛。

胡小天這邊倒沒帶什麼人，只是讓梁大壯跟著過去，倒不是因為胡小天對他特別的信任，其實對梁大壯產生懷疑已經有相當長的一段時間了，所以核心機密都未曾讓梁大壯參與過，經過這段時間的觀察，胡小天卻又從梁大壯的身上找不到任何可供落實的證據，若非是自己懷疑錯了，就是梁大壯乃是一個深藏不露的高手。於是胡小天改變了念頭，唯有讓梁大壯接觸到一些內幕，才有可能找到他的破綻。

七七不肯乘坐馬車，在這樣炎熱的天氣裡，坐在車廂內簡直是一種煎熬，即便是宮人特地在車廂底部墊上了冰塊也減緩不了太多的暑氣，七七寧願和胡小天並轡馳騁。

兩人行進在隊伍中間，七七也是一身男裝打扮，穿得居然還是在鎮海王府用來替換的衣服，途中胡小天向她說起榮石的事情，如果他不提起，七七幾乎都忘記了這件事。

七七秀眉微顰道：「此事我倒是聽洪先生說了，他將冒充任天擎的那名賊子拿住，至於後續的事情我卻忘記了詢問，你怎麼忽然想起了這件事？」

胡小天當然不會將事情老老實實都交代出來，他低聲道：「事情已過去那麼多天，任天擎和眉莊兩人仍沒有半點消息，他們或許已經有所警覺不會輕易上當。」

七七道：「他們兩個不足為慮。」

胡小天道：「任天擎武功高強，眉莊是五仙教主，擅長下毒而且門徒眾多，此事不解決始終都是隱患，我剛剛查到冒充任天擎的那名賊子乃是眉莊的愛徒榮石，從他那裡或許能夠問出一些消息。」

「若是問出消息，洪先生應該會稟報給我。」

胡小天微微一笑，什麼都沒說，七七卻已經明白他的意思，洪北漠做事情還是有所保留的，肯定不會對自己坦陳一切。她想了想道：「等咱們這趟回去，你就去天機局把人給提出來，看看能有什麼發現。」

胡小天達到了目的自然心滿意足，其實榮石只不過是一個小人物，可為何霍小如要營救他？甚至以此作為和自己相見的條件呢？在胡小天的印象中她和榮石應該是沒有交集的，如果硬要說有，那麼就是因為薛勝景，薛勝景和任天擎暗通款曲，難道任天擎通過薛勝景讓霍小如這麼做？

前方已是鳳儀山莊，胡小天和七七商量之後決定直接去掃墓不去山莊，山莊一度曾經被朝廷查抄，在胡小天接受王位之後，這裡得以修復重建，不過自始至終徐鳳儀的墳塚都沒有受到半點影響，七七讓其他人不必跟隨，以免驚擾徐鳳儀的亡靈，只是她和胡小天兩人上山拜祭掃墓。

祭掃亡母之後，他們並沒有做任何逗留，直接前往天龍寺。

黃昏時分他們的隊伍已經抵達了珞珈山天龍寺，和上次陪同老皇帝前來禮佛不同，這次天龍寺並沒有擺出太大的陣仗，也是應了永陽公主的要求，七七並不想這件事驚動全寺上下，天龍寺方面也是這個意思，七七也沒有選擇從正門進入，只是和胡小天等人帶了三十名護衛由西門上山，由小路進入普賢院。而不是像其他皇室成員前來的時候通過五明橋進入正門。

雖然七七刻意選擇低調行事，天龍寺方面也不敢過於怠慢，方丈通元大師已經在西門迎候，陪同他前來的一人是戒律院執法長老通濟，還有一人是天龍寺監院通淨，這兩人都是方丈的師兄弟，在天龍寺地位頗高，胡小天在上次前來的時候也跟他們兩人打過交道。

三人見過七七之後，又過來向胡小天見禮，胡小天笑道：「三位大師不用客氣，咱們都是老朋友了，這天龍寺我也來過，每個地方我都熟悉。」

聽他這麼說，通濟和通淨兩人對望了一眼，兩人的臉色都不好看，胡小天上次隨同老皇帝龍宣恩過來誦經禮佛，待足了一個月，其間可沒少惹麻煩，不悟也是那次縱火藏經閣，說起來就得到了這廝的幫助。雖然幾人對胡小天都頗為不爽，可礙於他現在的身分，誰也不好表露真實的情緒。

方丈通元恭敬道：「公主殿下的住處已經安排好了，就在普賢院，普賢院周圍貧僧也已經清空戒嚴，閒雜人等不得進入，公主只管好好安歇就是。」

七七點了點頭道：「勞煩幾位大師了。」

來到普賢院安頓下來，通元問過七七，本來已經為他們準備了齋飯，可七七沒有用齋的意思，讓通元給手下人安排晚上的齋飯，其他人用齋的時候，她在通元的陪同下在普賢院內轉了一圈。

七七道：「本宮今次前來寶剎明晨燒香還願是原因之一，還有一件事就是想拜會一下緣木大師，當面跟他說幾句話。」

通元恭敬道：「公主殿下的意思貧僧會代為轉達，今日已晚，師叔要來拜會公主殿下也應該是明天的事情了。」

七七道：「怎好勞煩緣木大師前來，本宮明日進香之後去拜會大師。」

通元道：「貧僧會為殿下安排好一切。」面對這位權傾朝野的永陽公主，通元表現得相當配合。

夜幕降臨這座古剎之時，通元大師緩步走入天龍寺佛心堂。

篤篤不停的木魚聲從堂內傳來，通元舉目望去，卻見燭火下緣木正盤膝坐在蒲團上誦經。他不敢打擾，並沒有急於走近。

木魚聲卻在此時戛然而止，緣木大師目光猶如閃電般落在通元的身上。

通元心中暗讚師叔好凌厲的目光，可是他卻又覺得哪裡不對，師叔上次離開天龍寺的時候目光要平和得多，可以稱得上精華內蘊，返璞歸真，可是這次回來之後卻如同洗去塵土的明珠，通元不知道這是進步還是退步？或許師叔在武功上更進一層，可是在佛修上很可能有所減退了。他恭敬道：「師叔！」

緣木嗯了一聲道：「永陽公主一行已經安頓好了？」

通元點點頭道：「已安排在普賢院入住，公主殿下提出要和師叔單獨會面。」

緣木淡然笑道：「她今次前來就是為了見我！」

通元道：「師叔以為他們會將心經歸還嗎？」

緣木道：「或許會。」說完他又將雙目緩緩閉上。

通元不敢打擾，正準備退下的時候，卻聽緣木又道：「胡小天今晚或許會去裂雲谷。」

通元道：「師叔放心，我已經安排妥當，有三十六名武僧在明證的統領下守住普賢院的各個大小出口，裡面的人就算插翅也不可能離開。」

緣木道：「他們既然來了就一定有目的，假如你將他們全都困在裡面，又怎能知道他們想做什麼？」

通元道：「我也是為了公主的安全考慮。」

緣木輕聲歎了口氣道：「你雖然做足了準備，可終究還是困不住他們，該來的始終要來，以胡小天今時今日的武功，就算是老衲也制不住他，除非是……」緣木欲言又止。

通元道：「師叔，有句話我不知當問還是不當問？」

「既然你自己都想不明白，又為何一定要問？」

通元啞口無言。

緣木歎了口氣道：「我知道你一定在擔心，我所做的一切很可能會給天龍寺帶來麻煩，你是天龍寺方丈，不想天龍寺毀在你的手裡對不對？」

通元點了點頭。

緣木再度睜開雙眼，指了指對面的蒲團道：「坐！」

通元來到他的對面盤膝坐下，望著緣木表情充滿恭敬。

緣木道：「有些事你知道得越少反倒越好。」

通元道：「我並沒有太多的好奇心，只是覺得任何事情都比不上天龍寺香火延續來得更加重要，三百年前的那場劫難雖然過去，可那次劫難給天龍寺造成的創傷直至今日尚未平復，我這樣說並非是因為畏懼朝廷，而是為了避免天龍寺的僧眾受到朝廷的迫害。」

緣木微笑道：「你是方丈，維護天龍寺，保護僧眾原本就是你的責任，這些年你一直做得很好。」

通元道：「弟子不是沒有自知之明，以弟子的才德和修為，本配不上現在的地位。」

緣木道：「何謂地位？你身為方丈，修佛數十年心中居然還記得地位這兩個字？當年我拒絕方丈之位，執意將方丈之位交到你的手中，其實是我想推卸責任，不想背負這個擔子。」

通元道：「師叔別這麼說，這些年來若是沒有師叔的協助，天龍寺也不會有今日之規模。」

緣木搖了搖頭道：「我並沒有為天龍寺做過什麼，甚至在天龍寺遇到麻煩的時候，我都不在這裡。」

通元道：「師叔，雖然弟子有著太多想不明白的地方，可是弟子仍有個疑問，我們這些出家人不是該跳出三界之外？不在五行之中，沒必要跟朝廷走得太近。」

緣木道：「這兩年我們有不少弟子前往靈音寺，其實我提議這件事的初衷就是為了避免有朝一日天龍寺蒙難，還可以保全香火。」

通元從緣木的話中感到一絲不祥的兆頭，今天永陽公主前來天龍寺點名要見緣木，不知兩人之間到底有什麼事情要談？如果緣木當真得罪了朝廷，那麼天龍寺很可能會遭遇一場劫難，究竟是什麼樣的事情讓緣木不惜得罪朝廷也要去辦？

緣木道：「你去吧，你也不必太過擔心，我佛有云，我不入地獄誰入地獄，天龍寺應該不會受到累及。」

普賢院內，七七坐在桌前一筆一劃謄寫著《般若波羅蜜多心經》，胡小天原本對佛經沒什麼興趣，可因為這本心經引起了太多人的關注，所以他格外留意，七七的書法清新雋秀，工整嚴謹，自成一格。胡小天此前已經將《般若波羅蜜多心經》

通讀了數遍，什麼空既是色，色即是空已經是倒背如流，從字面上來看七七所寫的這份真經應該並沒有什麼不同。可是字句之間的排列卻疏密有秩，胡小天幾乎一眼就看出了其中的特別之處，一個人如果可以將整本佛經背下來並不稀奇，這世上很多人都可以做到，胡小天都可以將這本心經背下，可是如果將每個段落都原封不動地複製下來，他可沒這個本事。

七七全神貫注，心無旁騖，縱然胡小天就站在身邊，她也只當身邊無人出現。胡小天不敢打擾七七生怕影響到她默寫心經，就這樣陪在七七身旁小半個時辰，七七方才寫下最後一個句號，然後緩緩將羊毫擱置在筆架之上，輕聲道：「只能這個樣子了，不知能不夠過了緣木那一關？」

胡小天道：「那老和尚也沒什麼了不起，他也不知道《般若波羅蜜多心經》心經究竟是什麼樣子。」

七七道：「我若是將心經交給他，他會不會將他所知道的一些事告訴我？」

胡小天道：「出家人不打誑語，他既然答應了你，想必不會反悔。」心中卻暗忖，在這件事上七七一直都被蒙在鼓裡，緣木要《般若波羅蜜多心經》不假，可是他卻不是要用凌嘉紫的秘密來交換，他是要用姬飛花來交換這份心經。七七也沒有完全相信自己，明顯對自己抱有戒心，否則也不會堅持親自來到天龍寺，她要面見緣木。如果此事露餡豈不是又要造成信任危機？七七剛剛才對自己建立起的信任感又會崩塌。

可胡小天也沒有其他的選擇，為了姬飛花的安全，也只能欺騙一下七七，此事決不可原原本本地交代出來，如果七七知道實情，只怕她絕不會營救姬飛花。

胡小天準備向七七索要那份心經的時候，卻見七七將墨蹟剛乾的心經拿起，輕聲道：「你這次該不會有什麼瞞著我吧？」

胡小天笑道：「怎麼會？」

七七點了點頭，卻突然揚起手來將心經扯成兩半，胡小天想要阻止卻已經來不及了，他愕然道：「為何？」還以為七七從自己的身上看出了破綻，這妮子果然是喜怒無常。

七七道：「我總覺得哪裡不對，突然想起來了，還有幾處地方寫得跟印象中不一樣。」

胡小天惋惜道：「寫了那麼久方才寫出，豈不是要重來一遍？只是幾個地方不一樣罷了，緣木又沒見過真跡，他豈能看出其中的毛病。」

七七道：「既然答應了別人就要以誠相待，你這個人始終都不厚道。」

胡小天心想你又哪裡厚道了？從老子認識你那天起，你小小年紀做了多少黑心絕情的事情，現在居然還說厚道？

七七道：「我想來想去還是將心經存在腦子裡最穩妥一些，等到明天我和緣木大師見面的時候，我當著他的面寫出來。」

胡小天眨了眨眼睛，敢情你是防我啊！這妮子實在是太精明，本來胡小天都以為她被自己感動，俘獲她的內心已經是近在咫尺的事情，從眼前的這件事來看，七七的頭腦仍然清醒，並沒有被自己的感情攻陷。其實這樣胡小天的心裡反倒好過一些，你做初一我做十五，你對我戒心如此之重，我就算瞞著你也是正常。他笑了笑道：「不錯，還是你夠聰明，寫在紙上總不如留在腦子裡保險，畢竟還要明天才能和緣木見面，若是被人盜走豈不是麻煩？」

七七微笑道：「這普賢院守衛森嚴，有慕容統領負責警戒自然萬無一失，更何況通往這裡的所有路口都被天龍寺的武僧嚴守，應該不會發生什麼差錯。」

胡小天道：「天龍寺臥虎藏龍高手眾多，咱們今晚還是不能掉以輕心。」

七七道：「你有什麼打算？」

胡小天向她勾了勾手指，七七靠近他身邊，胡小天低聲道：「我準備夜探天龍寺。」

七七早就料到他不會老實，故作驚詫道：「難道你不怕被人發現？」

胡小天道：「不入虎穴焉得虎子，天龍寺如此看重這本心經必然有不為人知的秘密，就算你將心經絲毫不差地寫出來給他，他也未必肯承認給他的是真的。」

七七道：「你是說他或許會反悔？」

胡小天道：「人心隔肚皮啊！」

七七道：「因為你自己內心險惡，所以看這世上的所有人都會覺得險惡。」

胡小天笑了起來：「知己知彼百戰不殆，談判絲毫不比兩軍交戰來得輕鬆，咱們在天龍寺，緣木佔據了天時地利人和，所以咱們必須未雨綢繆，搞清狀況才能夠立於不敗之地。」

七七道：「這個理由倒是充分，只是我擔心你還沒有走出這個院子，就被別人發現了。」

胡小天嘿嘿笑道：「他有張良計，我有過牆梯。」

七七道：「你若是被人發現，我絕不會承認跟你有任何的關係。」

胡小天點了點頭道：「這種偷雞摸狗的事情自然不能跟你永陽公主扯上干係，就算事情敗露也是我自己的行為，絕不會連累你。」

七七笑道：「這還差不多，那你跟我說說，到底怎麼從眾目睽睽之下離開？」

「天機不可洩露！」

七七道：「難不成你變成一隻老鼠從這裡打一條洞鑽出去？」

胡小天道：「我也可以變成一隻鳥兒飛出去，不過還請公主殿下跟慕容展那幫人打聲招呼，讓他們今晚不必大驚小怪。」

七七終於明白胡小天為何要讓自己打招呼，這廝果然是飛出去，擁有翼甲的胡小天一飛衝天，猶如一隻巨鳥徑直飛入夜空。

胡小天的光劍在逃離龍靈勝境的時候已經自爆，現在翼甲補充能量已經無法依靠光劍，只能利用翼甲自身吸收光線儲能，這讓翼甲的飛行距離明顯減少了許多，可是探察這座天龍寺已經足夠。

七七站在院落之中，仰望著高空中胡小天的身影，目光中充滿了驚奇和詫異，看來胡小天仍然有不少的事情瞞著自己，慕容展也親眼目睹了胡小天飛向夜空的情形，讚歎之餘又多了幾分敬畏，胡小天的實力超乎他的想像。

胡小天在空中俯瞰整個天龍寺，尋找到裂雲谷方位，然後從空中俯衝而下，擁有了這套翼甲給他提供了不少的便利，潛行夜探，事半功倍。胡小天緩緩降落在裂雲谷內，剛巧在谷底河畔，想起上次前來裂雲谷的情景彷彿就在昨日，那次他來到裂雲谷尋找楚扶風供養的那座長生佛，也是那一次他和不悟相逢，還因此而找到了姬飛花。

胡小天仍然清晰記得當年不悟藏身的洞窟，他沿著近乎垂直的石壁攀援而上，雖然施展的仍然是權德安傳給他的金蛛八步，可是隨著胡小天武功修為的精進，如今即便是權德安活著只怕也比不過他。

進入不悟所在的洞窟，隨著不悟的離去，這洞窟也廢棄多時，胡小天掏出夜明珠，借著夜明珠的光華望去，岩壁之上的壁畫依然保持原貌，這些壁畫乃是不悟所繪，當時不悟雙目失明，他居然能夠在那種狀況下繪製壁畫，但見岩壁之上畫著數十個赤身裸體的羅漢，多半羅漢都長著人類的面孔卻擁有一副野獸的身軀。有相互廝殺的場面，有吞噬殘肢內臟的場景，還有無頭羅漢捧著自己的頭顱的古怪場面。從畫風可以窺探到一個人的內心世界，從這些壁畫就能看出不悟的內心何其醜惡。

胡小天上次來時並未細看，可這次既然來了就不免多留意了一下，逐一將岩壁上的壁畫看完，看到最後，有一幅卻沒有畫完，乃是一個醜陋的羅漢盤膝坐在那裡，雙手各自拿著一顆眼珠，臉上本該是眼睛的位置卻是兩個空洞，胡小天心中暗忖，這一幅莫非是不悟的自畫像？這幅畫並沒有畫完，和尚盤膝端坐的蓮台只畫了一半，胡小天忽然發現那對空洞並非是畫上去的，而是在岩壁上戳出的小洞，他伸出兩根手指，各自探入一個小洞之中，剛好可以伸入，看來當初不悟是用手指在岩壁上戳出的這對小洞。

指尖卻感到些許的微風，胡小天心中一怔，難不成這小洞和對面相通？他向後退了一步，一拳照著畫像的面部砸了下去，蓬的一聲，岩壁應聲而破，從破損的地方來看，這處的岩壁並不算厚，只有兩寸左右，對胡小天這種級數的高手來說，想要擊穿如同捅破一層紙一樣容易。

胡小天抬腳將鋒利的邊緣踹掉，又將洞口擴大了一些，剛才感受到的冷風就是從裡面吹來。胡小天躬身進入洞中，舉起夜明珠照亮前方，一邊走一邊傾聽前方動靜，沒走幾步就可以直起腰來前行，洞口很長，走了約一里路左右仍看不到盡頭。

胡小天不禁想起當初從往生碑，進入枯井，在暗無天日的井底和姬飛花相逢的情景，一顆心不禁怦怦直跳，按照緣木的說法，姬飛花被他們困在天龍寺內，或許自己誤打誤撞可以找到她呢？

前方現出大片亂石，周圍沒有道路，胡小天唯有攀上亂石堆，想要越過這裡繼續前行，來到亂石堆之上，看到前方洞口並未被堵住，應該可以通行，胡小天心中暗自慶幸，他在亂石之上縱跳騰躍，卻發現腳下有一塊石頭極其光整，定睛望去，卻見這石頭乃是一塊斷裂的石碑，石碑之上仍然留有兩個殘缺不全的字——往生。

看到這斷裂的石碑，胡小天不由得想起當初進入枯井的地方，當時往生碑就是從枯井的井口落下，是因為有人啟動了輪迴石，將井口封住，當時啟動輪迴石的那個人就是姬飛花。

胡小天抬起頭來，看到亂石一直堆積到山洞頂部，看來他現在所處的位置就是當年進入地洞的井口，現在所處的地下就是姬飛花當初養傷的地方。姬飛花後來既然能夠從這裡離開，就證明此地還有通道。

胡小天走過亂石堆，繼續向前方走去，卻見前方有昏黃的燈光透出，這地底應該有人，胡小天停下腳步，傾耳聽去，以他現在的修為，在這寂靜的地下，周圍細微的動靜應該逃不過他的耳朵，可是胡小天聽了一會兒居然沒有聽到半點動靜。循著燈光繼續向前方走去，前方石洞豁然開朗，一盞孤燈就放在正中的山岩之上，昏黃的光芒將這間石洞充滿，胡小天向周圍望去，卻見在自己的右前方，有一塊巨石，巨石之上端坐著一個灰白色的身影，一動不動，遠遠望過去像極了石像。

胡小天目力強勁，在第一時間就斷定那乃是一個灰衣僧人的背影，可是在這麼近的距離下他竟然聽不到對方的任何聲息。

對方一動不動，哪怕是有一絲一毫的動靜都應該逃不過胡小天的眼睛。難道是個死人？這個念頭剛剛湧現在胡小天的心中馬上又被他否決，若是死人，因何會在這裡點上一盞燈？

胡小天看了看那盞油燈，燈油已經不多，過不多久應該就會熄滅，他輕聲道：

「前輩！」

對方仍然無動於衷。

胡小天凌空躍起，宛如一片落葉輕飄飄落在那背影的後方，灰色背影坐在巨石上紋絲不動，不知是死是活，灰白色的長髮披散在肩頭，從他身上的僧袍能夠看出他是位老僧。

以胡小天之能都無法判斷此人究竟是死是活，他恭敬道：「前輩，晚輩胡小天，叨擾之處還望見諒。」

老僧依然一動不動。

胡小天這才壯著膽子伸出手去，輕輕在他肩上拍了拍，拍在老僧肩頭竟然沒有絲毫的肌肉彈性，彷彿自己拍打的乃是一塊朽木一般，胡小天皺了皺眉頭，心中暗忖，看來此人果然已經死了。

他伸出手去，用夜明珠照亮老僧的面孔，卻見老僧眼眶深陷，竟然沒有眼珠，整個面孔皮包骨頭，猶如人形骷髏，他的形容比起不悟還要恐怖，如果是活人怎會長成這般模樣？

胡小天伸出手去探察他的鼻息，手指剛剛湊到他的鼻孔前，就感到一股悠長的氣息噴到自己的手上，胡小天心中一驚，慌忙將手縮了回去，驚聲道：「你裝死……」

老僧道：「對老衲來說生死本沒有分別，又何須裝死？我好端端的面壁，你吵我擾我，現在還要摸我，我再不出聲，還不知道你要對老衲做什麼過分的事情！」

胡小天真是哭笑不得，老和尚這顏值，跟人形骷髏似的，自己能對他做什麼過分的事情？他又知道這老僧絕不尋常，能夠在這麼近的距離將自身氣息心跳掩飾得如此高妙，天下間只怕沒有幾個。這老僧的修為絕不在緣木之下，胡小天對天龍寺也有些瞭解，他想到了高僧空見。空見在天龍寺已經是神話般的存在，論到輩分他還是緣木、緣空等人的師叔，現任方丈通元只不過是他的徒孫。

胡小天恭恭敬敬道：「前輩一定是空見大師了。」

老僧緩緩點了點頭道：「貧僧正是，施主從未見過我，怎會一眼就認出我？」

胡小天道：「聽聞空見大師不吃不喝曾經面壁三年，能夠做到這一點的天龍寺還沒有第二個。」

空見道：「面壁有什麼了不起？若是坐化死了，可以不吃不喝面壁千年。老衲面壁卻是為了求死，本來這次或許可以登入極樂，卻被施主壞了好事。」

胡小天笑道：「全都是晚輩的錯，不過晚輩也沒想到這地洞中會有人，也是誤打誤撞走了進來。」

空見道：「你那麼一說老衲倒想起來了，你不是天龍寺的僧人，為何三番兩次進入了本門禁地？」

胡小天道：「大師此前見過我？」其實他上次來天龍寺的時候曾經和空見有過交集，不過那次是只聞其聲未見其人，空見既然看不到，想必也不會認出自己的模樣，可他又說三番兩次，顯然又知道自己是誰。

空見道：「你以為老衲有眼無珠？」

胡小天望著他空洞洞的眼眶，可不就是有眼無珠，以空見的武功，卻不知什麼人有本事將他的一雙眼睛挖去？

空見道：「眼睛可以觀色觀行，卻無法真正看透這個世界，老衲一生都在竭力想要看清這個世界，可直到現在卻仍然看不清。」

胡小天笑道：「萬事皆空，大師又何必勉強自己？」

空見道：「道理說起來輕鬆，可真正做到卻是太難，三十歲的時候，我以為自己佛法精深，已是天龍寺古往今來的第一人，開始目空一切，立志雲遊四海，弘揚佛法，廣收門徒，這一走就是十年，十年歸來時，我方才認識到自己的不足，回到天龍寺，師父免去了我昔日所有的一切榮光，讓我從一個普通的知客僧做起，十年後我以為自己可以開宗立派自成一格，然而此時我卻遇到了一位年輕的施主，他主動跟我談論佛法，其見識遠超於我，我方才知道自己乃是井底之蛙，決定從頭來過，在天龍寺做了一個普普通通的掃地僧，這一掃又是十年，我六十歲的時候心性已經平和，認為這世上萬事萬物都已經驚不起心中波瀾的時候，卻又遇到了一個小姑娘，老衲發現自己苦修了那麼多年，到頭來仍只不過是井底之蛙罷了。」說到這裡他歎了口氣，整個人重新歸於沉寂。如果不是他剛才說過話，任何人都會以為這是一尊佛像。

胡小天道；「於是您開始面壁？」

空見道：「面壁只是在反省，絕不像你們以為的如何如何了不起？」

胡小天道：「大師的世界，晚輩無法企及。」

空見道：「我活了這麼久，修佛修了這麼久，卻仍然看不透這紅塵俗世，心中仍有困惑。」

胡小天道：「大師的困惑是什麼？是否願意說出來跟晚輩分享一下？」

空見道：「緣空是我的師侄，目睹他的內力被你吸去，我卻無動於衷，你說我是不是絕情？」

胡小天道：「出家人原本就應該斬斷塵緣，心中只有善惡沒有遠近。」

空見道：「不悟為禍天龍寺，我明明可以阻止，卻作壁上觀，我這樣的人究竟是自私還是無私？」

胡小天道：「萬事皆空，大師看空一切，或許是不屑出手。」

空見道：「佛祖說過這世上萬事萬物都有自己的緣法和定數，可佛祖又說救人一命勝造七級浮屠，佛祖究竟是要我們仗義相救，還是要我們袖手旁觀？」

胡小天心中暗歎，任何事情都不能鑽牛角尖，空見和尚顯然讀佛經讀傻了，學得越深，腦子越是僵化，都變得無所適從了。

空見許久沒有聽到胡小天的回應，低聲道：「如果是你，你會怎麼做？」

胡小天笑了起來：「如果是我做任何事都要看心情，這世上的事情實在是太多，我不可能每件事都管得過來，遇到看不過眼的我會管一管。」

第九章

生死之間

胡小天不相信姬飛花會害自己，即便是現在他仍然這樣想，
可是對七七就很難說，姬飛花同樣擁有天命者的血統，
她又見到另外一顆頭骨，而且領悟了其中的資訊，
越是如此，姬飛花越是知道頭骨的可怕，
她曾經說過要阻止洪北漠和七七的行為，
最簡單的辦法或許就是……
胡小天的一顆心突然沉到了谷底。

空見道：「人的能力越強，他的眼界就會越高，如果我們所做的每件事佛祖都看在眼裡，以佛祖的能力，為何他不在有些人去做壞事之前就阻止他們呢？」

胡小天心想因為佛祖根本不存在，你這句話倒是問到了點子上，不過他也沒忍心打擊這個修佛幾近魔障的老和尚，低聲道：「能力越強，眼界越高，佛祖高高在上，我們看到的世界，只不過是他大千世界中的一個，佛祖眼中的世界多如沙塵，一粒塵土上面發生的事情他又怎會介意？如果佛祖每件事都要過問，他豈不是要累死？就算他能夠過問，阻止所有的壞事發生。這個世界上就只剩下好人了，如果全都是好人，那麼就沒有了善惡，沒有了是非，你以為這個世界會變得更加美好呢？還是會變成是非不明，善惡不分？」

空見聽到這裡竟然啞口無言，沉思良久方才喃喃道：「你是說我們本不該過問這世上的事情，任由其發展，善惡終有報？」

胡小天真是有些哭笑不得了，老和尚操心是不是有些多了？他輕聲道：「做好眼前事才是正本，和整個世界相比，一個人的力量終究是太小了，所以我們只能管些身邊的事情，和歷史相比，我們的生命實在是太短了，所以我們只能管管眼前的事情，我之所以去管這些事，並非是因為我喜歡多管閒事，而是我要清除自己身邊的危機，讓我周邊的世界歸於有序，朝著有利於我的方向發展，讓我和我的愛人親人朋友能夠活得更加自在。」

空見聽到如此直白如此自私的說辭，整個人都吃驚了。

胡小天道：「佛法無邊，不用也是白搭，我個人能力有限，可我要把有限的能力用到該用的地方去，只要我這輩子過得快樂開心，哪管下世輪迴。」

空見道：「呃……」

胡小天道：「我真是想不明白，大師有那麼多的時間糾結，為何不出去走走，多做一些力所能及的事情？」

空見道：「三思而後行，老衲連想都想不明白，又怎麼知道應該如何去做？」

胡小天道：「思而不行，只怕到死該做的事情都沒有做。」

空見歎了口氣道：「施主果然與眾不同，難怪都會對你讚賞有加，緣空的那一身罪孽落在你的身上，也算是有了一個不錯的歸宿。」

胡小天道：「我對緣空大師並無加害之心，當時的情況乃是出於求生本能。」

空見道：「也許一切都是命中註定。」

胡小天道：「大師可否見告我的朋友身在何處？」

空見道：「你的朋友？老衲怎知道你的朋友是哪一個？」

胡小天也沒有隱瞞的必要，沉聲道：「姬飛花！」

空見道：「姬飛花？」他搖了搖頭道：「我不認得！」

胡小天內心一沉，他第一個念頭就是空見撒謊，可旋即又想到，以高僧空見的地位，他斷然不可能欺騙自己，姬飛花原本姓楚，難道他們因此而否認？胡小天道：「幾日之前我在大相國寺見過緣木大師。」

空見道：「那小和尚怎麼跟你說的？」緣木在天龍寺輩分極高，在空見口中也變成了小和尚，若是平時胡小天只怕已經笑了起來，可這會兒因為心繫姬飛花的安危他卻笑不出來。

胡小天道：「他說姬飛花被困在天龍寺，還讓我用《般若波羅蜜多心經》與他交換。」

空見皺了皺眉頭：「他當真這樣說？佛門弟子豈可不擇手段？」

胡小天看到空見不像作偽，難道他壓根就不知道這件事？如此說來一切都是緣木在暗中策劃？胡小天道：「既然如此，晚輩叨擾前輩了，告辭！」他轉身欲走的時候，卻聽空見道：「你不能走！」

胡小天愕然道：「為什麼？」

空見道：「因為老衲答應過人家，只要有人過來，我就要把他留下，三日之後方可放他離開。」

胡小天心中警示頓生，看來早有人預料到自己會來這裡？不對？明明是自己主動走進來的，誰會對自己如此瞭解？料定自己會前來裂雲谷？又會前往不悟繪製壁畫的洞窟？又那麼巧發現牆上的指洞，擊穿岩壁進入這地洞之中？緣木？不可能，自己當初來天龍寺的時候緣木明明不在寺內。

胡小天望著眼前的老僧，不慌不忙道：「那牆上的兩個洞是你戳出來的？」

空見老老實實搖了搖頭道：「不是我！」

出家人不打誑語，這空見和尚應該不會欺騙自己，胡小天忽然意識到了一件事，他的內心如同被人一把攥住，用力擠壓，滿腔的熱血湧上頭顱，他或許犯了一個天大的錯誤，這是一個局，佈局的人並非緣木，更不是空見。

姬飛花的武功何其高強，她可以擊敗任天擎，就算面對緣木她未嘗沒有勝算，就算落敗，想要全身而退也應該不難。放眼這座天龍寺，除了眼前的空見親自出手，只怕無人能夠困住姬飛花。

當年姬飛花在皇宮被三大高手聯手擊敗，她第一時間逃到了天龍寺，當時就在這地洞之中藏身，這並不能僅僅用熟悉二字來解釋，天龍寺中必然有姬飛花信任的人，正是這個人在危急關頭給姬飛花幫助，後來姬飛花為了避開自己，她啟動輪迴石，封住了井口，而她依然可以全身而退。以不悟的邪惡性情也不敢對重傷狀態的姬飛花不利，他顧忌的恐怕不僅僅是姬飛花，一定另有他人。

胡小天想到這裡他明白了什麼，並沒有馬上逃離，而是緩緩盤膝在空見的對面坐下，胡小天道：「大師認得楚扶風吧？」

空見點點頭：「若不是遇到了他，我又怎會甘心當一個默默無聞的掃地僧。」

胡小天道：「我明白了，大師遇到的小姑娘是凌嘉紫對不對？」

空見道：「現在我相信了，胡施主果然是天命所歸的人物。」

胡小天哈哈大笑：「誰跟你說這番話的？姬飛花？」他停頓了一下道：「也許你叫她楚飛花。」

空見道：「我不知她叫什麼，只知道她姓楚，也知道她是楚扶風的後人，單單是這個理由就可以讓老衲為她做任何事。」

胡小天道：「看來你欠了楚扶風一個很大的人情。」事情已經完全明朗，在背後佈局的那個人正是姬飛花，緣木只不過是一個執行者，此前他的種種表現，只是為了將自己一步步引入圈套之中，確切地說，他們想要引來的那個人是七七。

胡小天絕不相信姬飛花會害自己，即使是現在他仍然這樣想，可是對七七就很難說，姬飛花同樣擁有天命者的血統，她又見到另外一顆頭骨，而且領悟了其中的資訊，越是如此，姬飛花越是知道頭骨的可怕，她曾經說過要阻止洪北漠和七七的行為，最簡單直接的辦法或許就是……胡小天的一顆心突然沉到了谷底。

調虎離山，七七的身邊雖然有慕容展和那幫武士，可是那些人就算加起來也不可能是姬飛花的對手，更何況還有緣木。

空見只需困住自己，讓自己無法脫身，他們的大計就可得逞。

胡小天道：「我必須要走。」

空見淡然道：「你走不了。」

胡小天道：「他們在犯一個天大的錯誤，阻止我你就是幫兇！」

空見道：「老衲之所以無法成佛就是因為心中還有放不下的事情，只需留住施主三日，老衲就得以解脫。」

胡小天道：「就衝著你這句話，你今生成佛無望！」

空見道：「你體內內力雖然強大，可是想要將所有內力融會貫通化為己用還需時間，所以你現在的缺陷不少。」

胡小天微笑點了點頭道：「儘管如此，對付您老人家或許已經足夠了。」

空見道：「上次你來天龍寺的時候如果擁有現在的修為，只怕老衲留不住你，可是過去了那麼多的時日，你的內力雖然在不斷變強，可是你卻始終無法完成突破，而老衲在三年之前已經突破了先天之境，在我面前你沒有一絲一毫的勝算。」

胡小天道：「這麼說我根本打不過你？」

空見道：「打不過！」他倒是實話實說。

胡小天道：「你剛剛說什麼？」

空見皺了皺眉頭，今天自己可說了不少的話，胡小天究竟指的是哪一句？

七七望著窗外的圓月，胡小天至今仍未回來，不知他是不是遇到了麻煩？這廝總是這個樣子，喜歡冒險，喜歡自作主張，幸虧自己沒有將《波若波羅蜜多心經》給他，否則這廝肯定不會將緣木的事情老老實實交代出來。

七七歎了口氣，轉過身去，卻見身後多了一人，那人宛如玉樹臨風，氣勢又淵如山嶽，一雙朗目靜靜望著她，七七一眼就認出眼前人竟然是早已被宣佈死亡的姬飛花，她內心中的震撼難以描摹，幾乎就要開口呼救，可馬上又意識到即便是呼救也是無用，以姬飛花的武功，在這麼近的距離下有足夠的把握可以殺死自己。

姬飛花操縱朝廷之時七七只不過是一個小孩子，整個皇城乃至整個大康對姬飛花此人都是談虎色變，其中也包括七七，雖然她和姬飛花並沒有真正意義上的交手，可是在她的內心深處對姬飛花是存在幾分敬畏的。

七七望著姬飛花，她居然笑了起來。

姬飛花望著眼前已經出落成青春少女的七七，腦海中回憶著她昔日的模樣，努力尋找著共同點，她微笑道：「幾年不見，你已經出落成為一個大姑娘了。」

七七點了點頭道：「人總會長大，也會慢慢變老，只是歲月好像並未在你的臉上留下痕跡。」她高傲地抬起下頜，輕聲道：「坐！」

姬飛花的唇角帶著淡淡的笑意，雙目中流露出對七七的欣賞：「我本以為你的第一反應是呼救。」

七七道：「本宮若是呼救，你會不會現在就殺了我？」

姬飛花搖了搖頭道：「沒必要急於一時，就算慕容展帶著所有的武士衝進來，我仍然有足夠的時間來殺你。」

七七道：「你我之間好像並沒有什麼深仇大恨。」

姬飛花道：「所以你想不透，我為何要殺你？」

七七向她走了過去，她的表情沒有絲毫的恐懼，當害怕已經無濟於事的時候，她才不會把表情浪費在恐懼上，和姬飛花擦肩而過，來到桌旁坐下，目光望著已經燃燒一半的蠟燭，燭火跳動，晶瑩的燭淚沿著蠟燭緩緩滑落，像淚又像血。七七想起了恰巧離開的胡小天，不知他有沒有預料到自己的處境。七七道：「天龍寺的那幫和尚居然跟你聯手害我。」

姬飛花在桌子的另外一側坐下：「頭骨在哪裡？」

七七道：「不明白你的意思，頭骨那麼多，你說的究竟是哪一顆？」

姬飛花歎了口氣，突然伸出手去，她並未觸及到七七的身體，可是七七感覺胸口一窒，然後她就發不出任何的聲音，手足也無法動彈了，七七的雙眸中流露出惶恐的光芒，她甚至開始後悔，為什麼沒有呼救，至少也算是為自己的生命努力過，這樣不明不白的死太不甘心，她甚至不知道姬飛花為什麼要殺自己？是為了復仇？

姬飛花站起身來緩步來到七七的面前，她俯下身去，低聲道：「你不該和洪北漠合作，若是幫他完成了那件東西，這裡的一切都會因你而毀滅。」

七七想要辯駁，可是她卻一個字都說不出口。

姬飛花雪白纖長的手掌緩緩揚起，然後輕輕落在七七的頭頂，七七說不出話，內心中卻在呼喊著胡小天的名字，她期望奇蹟出現，期望胡小天在這個時候能夠趕回來救她，雖然她知道可能性已經微乎其微。

姬飛花的手掌泛起一圈藍色的光暈，這光暈映照著七七晶瑩的淚珠宛若星辰，沒有人不害怕死亡。

七七感覺自己的頭頂似乎被人開出了一個小洞，有一種無形的力量正在從小洞中抽吸著，試圖將她腦子裡的一切抽空，七七僅存的意識竭力和這股力量抗爭著。

「你真的以為留我三日之後你就可以解脫，就可以還完楚扶風所有的人情嗎？」胡小天搖了搖頭：「只要我願意，你今生今世都無法解脫。」

空見道：「在這裡你說了只怕不算。」

胡小天哈哈大笑：「我雖然沒有把握從這裡逃走，可是我卻有足夠的把握殺死自己，如果我死了，姬飛花就會把這筆帳算在你的頭上。」

空見愣在那裡，他雖然能夠擊敗胡小天，雖然有足夠的把握將胡小天困住，可是他卻無法阻止胡小天自殺。

胡小天一字一句道：「只要我死了，你就永遠還不上楚家的人情，姬飛花寧願犧牲自己的性命都不會讓我出事，她若是知道我被你逼死，那麼她會不計代價地找你復仇，你不但沒有報答楚扶風的恩德，反而恩將仇報，楚扶風泉下有知絕不會原諒你。」

「這……」空見因胡小天的話而感到躊躇起來，不過他很快就意識到胡小天只不過是在恐嚇自己，或許他根本就沒有自殺的勇氣，空見道：「施主何須危言聳聽，老衲對施主並無惡意……」

胡小天毫不客氣地打斷他的話道：「我最看不起的就是你這種人，表面上滿口慈悲，可做出的事情卻是極其殘忍，你雖然沒有殺人，可是你知不知道你這樣的做法等若是幫兇，你知不知道他們想做什麼？姬飛花讓你把我困在這裡的目的是要殺永陽公主，如果永陽公主死了，天龍寺勢必遭到前所未有的報復，三百多年前的那場災難還會重演，天龍寺上下絕無一人可以倖免！」

空見沒有說話，內心卻已經開始激烈交戰了。

胡小天道：「我現在就從這裡走出去，如果你強行將我留下，大不了我就是一死，我死了，你就是楚家的仇人，姬飛花必然會跟你不死不休，永陽公主若是死了，整個天龍寺必成人間煉獄，何去何從你自己掂量！」胡小天說完轉身就走。

空見木然端坐巨岩之上，竟沒有出手去阻止胡小天。武功誠然可以解決很多問題，可並不代表著武功高強就能夠無往不勝。

七七本以為自己必死無疑，可是姬飛花的手掌卻突然脫離了她的頭頂，姬飛花臉上的表情震駭莫名：「你……」

一個身影破門而入，正是匆忙趕回來的胡小天，胡小天大吼道：「住手！」

姬飛花轉身看了他一眼，然後騰空飛掠而起，從窗口離開，胡小天也沒有追趕，第一時間來到七七面前，確信七七還活著，這才解開了她的穴道，七七手足得以恢復正常，看到胡小天終於及時回還，一時間百感交集，撲入他的懷中，有千言萬語想說，可卻什麼話都說不出來了。

慕容展此時方才和那群武士聞訊趕來，他們在外面佈防，卻不知有人潛入了公主的房間內，一個個嚇得面無血色，今晚若是永陽公主當真有什麼閃失，只怕這些人的腦袋加起來也不夠砍。

胡小天擺了擺手，示意那些人全都出去，此時七七也從惶恐中恢復了鎮定，她將自己剛才的經歷簡單向胡小天說了一遍，胡小天聽說姬飛花只是摸了摸她的頭頂，並沒有傷害她，如果姬飛花當真想要剷除七七，剛才她有足夠的時間可以那樣做，縱然胡小天回來也依然無法阻止。難道姬飛花從一開始就沒打算殺七七？又或是在最後關頭她突然轉變了念頭？

胡小天讓慕容展等人不可聲張，他倒要看看天龍寺方面如何解釋。對今晚在裂雲谷遭遇空見的事情，胡小天是隻字不提。

發生了姬飛花的事情之後，七七再也不敢獨自一人待在房間內，主動提出讓胡小天在禪房內陪著她，這不僅僅是對胡小天的依賴，還是對慕容展為首的那幫大內侍衛不信任。

一切重新歸於沉寂，七七在胡小天的安慰下終於完全平復了下去，握著胡小天的手沉沉睡去。

胡小天望著七七精緻的面龐，看到她的俏臉上淚痕猶在，心中暗忖七七無論人前怎樣堅強，可畢竟還是一個女孩子，還是需要一個堅強的肩膀來依靠，這個最好的人選應該就是自己。

姬飛花放棄刺殺七七逃離，不知她會不會離開天龍寺？整件事都是她全盤策劃，緣木和空見都是幫兇，這件事不可以向七七道出實情，若是讓七七知道，必然會遷怒於天龍寺，這寺院的僧眾只怕要遭殃了。

胡小天思潮起伏之時，卻感到手被用力抓緊，七七霍然從床上坐起，光潔的額頭上佈滿汗水，卻是她做了一個噩夢，看到胡小天就在身邊守著自己，內心中湧起一股暖流，如果不是經歷了今晚的事，她還不知道自己居然會對胡小天如此依賴。

胡小天道：「做噩夢了？」

七七點了點頭。

「渴不渴？我幫你倒杯水來。」胡小天想要去倒水，大手卻被七七固執地握住，他不禁笑了起來：「你這樣抓著我，我好像哪兒也去不了了。」

七七道：「那就老老實實的待著。」

胡小天道：「不公平，你躺著，我坐著。」

七七意識到他想說什麼，微笑道：「那我陪你一起坐著。」她從床上起身，依然牽著胡小天的手，兩人一起來到桌前，胡小天本想幫她倒茶，七七卻表現出前所未有的乖巧，幫助胡小天倒了一杯茶，輕聲道：「辛苦你了。」

胡小天道：「算不上辛苦，總之你沒事就好。」

七七飲了口茶，想起剛才的事情仍然心有餘悸，她咬了咬嘴唇道：「想不到那姬飛花仍然活著，今晚竟然想要刺殺我，等我回宮就發出海捕公文，重金懸賞他的人頭。」

胡小天笑了起來，海捕公文，重金懸賞對姬飛花一點用處也沒有。

七七看到他居然發笑，嗔道：「你笑什麼？難道我做得不對？」

胡小天道：「我只是不明白她為什麼要來找你？如果她當真想刺殺你，剛才明明有足夠的時間動手，就算我趕到，也沒辦法阻止她。」

七七道：「我知道你跟他向來交好，自然向著他說話。」

胡小天笑道：「哪裡的話，我都不知道他還活著。」這廝睜著眼睛說瞎話了。

七七道：「你跟他的事情究竟是不是真的？」

「什麼事情？」

七七有些難為情道：「外界傳言你們兩個曾經有斷袖之情……」

胡小天瞪大了雙眼，真是有些哭笑不得了，七七居然能把這種話當面說出來，斷袖之癖，你當姬飛花真是一個男人啊，她是女人，連太監都不是。可真相卻不能輕易說出，胡小天道：「我喜歡女人，我對男人沒有一丁點的興趣。」目光落在七七的飛機場上。

七七的臉居然紅了起來，這廝的目光有些色色的，不過這豈不是證明自己對他有吸引力？她雙手交叉放在桌面之上，下頜抵在手背上靜靜望著跳動的燭火，過了一會兒方才道：「我不明白他為何想殺我？剛才我以為自己就要死了。」

胡小天雖然明白這其中的原因可是他不能說，不過因何姬飛花會在最後關頭放棄殺死七七的念頭，這就不清楚了，難道是因為自己出現的緣故？她不想因為七七的事情而傷害到自己？可這理由似乎也有些不通。

七七道：「剛才我感覺頭頂似乎被開了一個小洞，他想把我的意識從腦子裡全都吸走。」

胡小天伸出手去輕輕撫摸了一下她的頭頂：「結果呢？」

七七道：「我一直都在掙扎，幸好你及時趕到，否則後果不堪設想。」

胡小天心中暗忖，看來姬飛花想要從七七這裡獲得資訊，如同她從頭骨中領悟到資訊一樣。

七七道：「這件事會不會跟天龍寺有關？」

胡小天搖了搖頭道：「應該不會，天龍寺不會拿所有僧眾的性命來冒險。」

晨鐘響起之時，七七已經洗漱完畢，後半夜的時候她熬不住終究還是睡了過去，一覺醒來發現胡小天已經不在身邊，湊在窗外看了看，卻見胡小天正站在院落之中和慕容展說話，這才放下心來。

胡小天直到天明時分才從永陽公主的房間裡出來，雖然是出於保護她的目的，可臣子自由出入公主的房間，而且這位公主尚未婚配，孤男寡女共處一室，共度漫漫長夜，誰敢保證這期間不會發生什麼事情？

胡小天走出門外不忘伸了個懶腰，他一夜沒睡，感覺有些腰痠背疼。

慕容展迎上前去，向他抱拳行禮道：「王爺早！」

胡小天點了點頭道：「早！」

慕容展又道：「公主殿下沒事吧？」

胡小天聽這話可不順耳，反問道：「慕容統領指的是什麼事情呢？」

慕容展訕訕笑道：「王爺不必多想，在下只是為了公主的安危著想，畢竟昨晚有人潛入……」

胡小天毫不客氣地打斷他的話道：「你如果不說我幾乎還要忘了，我就出去那麼一小會兒，你們就鬧出那麼大的紕漏，竟然有人堂而皇之地闖入公主的房間，而你們卻沒有絲毫察覺。」

慕容展道：「的確是在下的失職，那潛入者武功高強，竟然瞞過了我等的視線，王爺可曾看清他的模樣？」

胡小天沒好氣道：「慕容統領都看不到，我又怎能看得到？」

慕容展道：「王爺來得正是時候，我等進入之時那潛入者已經逃了，說起來還真是多虧了王爺，王爺神機妙算來得正是時候，恰巧救了公主。」

胡小天聽出他話裡有話，冷笑道：「聽你這意思好像說我跟潛入者串通呢。」

慕容展道：「在下可沒有那個意思。」

「沒有最好！」胡小天向前走了一步，盯住慕容展的雙目冷冷道：「身為大內統領，理當盡職盡責，昨晚我能夠趕回來是公主洪福齊天，也是你們這些人的運氣，如果公主有了三長兩短，你們的下場會怎樣就不用我說了吧？」

慕容展沒有說話，胡小天雖然這句話充滿了威脅的成分，可他也不得不承認昨晚胡小天的及時出現化解了他們所有人的危機，承認歸承認，並不代表著慕容展可以不去懷疑胡小天。以這廝的奸猾性情，策劃一場英雄救美的好戲，從而將永陽公主牢牢控制在手中也有可能。

胡小天和慕容展唇槍舌劍的時候，七七緩緩走出了門外，晨光正好，俏臉上的表情流露出幾分慵懶，這樣的神態讓她多出了幾分女人味道。一眾侍衛全都低下頭去，唯有胡小天笑瞇瞇望著她，欣賞美也需要勇氣，胡小天這樣叫欣賞，別人若是敢學著他的樣子去看，那叫不敬，若是觸怒了永陽公主說不定是掉腦袋的大事。

七七道：「你們都很早啊！」

胡小天笑道：「也不算早了，那幫和尚都在外面候著呢。」

七七這才知道原來天龍寺的方丈通元已經到了，她悄悄向胡小天使了個眼色，胡小天走了過去，慕容展則和其他人識趣地迴避到遠處。

七七小聲道：「昨晚的事情他們知不知道？」

胡小天心中暗忖，不知道才怪，不過也有可能通元這幫人並不知情，昨晚的事情只是姬飛花和緣木、空見等人的謀劃，並沒有讓天龍寺的其他人知曉。他低聲道：「我看他們應該沒那麼大的膽子，您的意思是……」他對七七複雜多變的性情有所瞭解，雖然昨晚七七表示不會聲張這件事，也暫時不會追查，可難保她一覺醒來不會改變了想法。

七七道：「就當這件事沒發生過，反正我也沒什麼事情，等我見過緣木大師咱們就走。」

胡小天連連點頭，他巴不得七七不要將這件事鬧大，這不僅僅是出於保護姬飛花的目的，還有一個原因就是他不想此事被人利用，從胡小天個人的角度來看，姬飛花在此時出手對付七七並不是明智的行為，現在天下局勢瞬息萬變，最具威脅的人物也不是七七，與其殺掉七七不如剷除洪北漠來得更為徹底。

七七讓慕容展將已經在門外恭候的通元請了進來，通元此次前來是特地帶著七七去見緣木，只不過他說緣木只肯見永陽公主一人，換句話來說就是其他人都不得隨行，如果沒有發生昨晚的事情，胡小天或許不會多想，可是現在他卻不敢輕易讓七七涉險，可是七七在這件事上表現得卻是相當無畏，淡然笑道：「緣木大師乃是得道高僧，他豈會對本宮不利，再者說這裡是天龍寺，不會有什麼危險。」

胡小天還想堅持，通元道：「若是王爺信不過，大可率領手下人前往緣木師叔所住的院落外等候。」

此時一個熟悉的聲音傳入胡小天的耳中：「我若想殺她，昨晚就已經動手，你怕什麼？」

胡小天內心一震，馬上判斷出說話的乃是姬飛花，她一定是藏在某處以傳音入密向自己說話，於是不再說話，目光悄然四顧，看不到姬飛花的影子。

一行人護送七七來到緣木所住的院落之外，七七讓眾人止步，轉向胡小天道：「你去大雄寶殿替本宮給佛祖上三支香。」

胡小天道：「遵命！」

七七又向慕容展道：「你們全都在外面等著，本宮和緣木大師談話的時候爾等不可打擾。」

「是！」

胡小天目送七七走入院落之中。

通元安排了一個小沙彌陪著胡小天去大雄寶殿上香，胡小天心中暗忖，既然姬飛花剛才那樣說，想必七七不會再有危險了。

那小沙彌引著胡小天來到大雄寶殿，胡小天又聽到姬飛花在他耳邊道：「你上香之後去佛香閣誦經，可以讓其他人都出去。」

胡小天知道她應該會在佛香閣等著自己，於是按照她的吩咐一一行事。

佛香閣乃是朝廷要員來此時常光顧的地方，這裡特地開闢出來提供給他們在上香之後誦經禮佛，以示虔誠，胡小天提出單獨進入佛香閣也沒什麼可疑之處。

進入佛香閣，有位知客僧前來相迎，那小沙彌將胡小天交給了知客僧轉身出去了，那知客僧掩上房門，引著胡小天來到佛香閣的二層，胡小天隱約覺得他可能就是姬飛花所扮，可目前還無法斷定，那知客僧點燃香燭，緩緩轉過身來，他的五官在這會兒功夫已經有了改變，眼前止是身穿僧袍的姬飛花。

胡小天抑制不住內心的激動，低聲道：「是你！」

姬飛花平靜望著他，秋水般的雙目不見絲毫的波瀾，低聲回應道：「是我！」

七七進入禪房內，看到緣木大師盤膝坐在蒲團之上，即便是自己的到來也沒能讓緣木起身相迎，七七並沒有介意，畢竟緣木在天龍寺德高望重，對這種方外之人得道高僧，不可以對待臣民的態度一概而論，她微笑道：「大師安好！」

緣木道：「女施主今日前來是為了了卻貧僧的那樁心願嗎？」他的表情平和而安詳，雙目之中充滿慈悲之色，如同一個寬厚的長輩。

七七點了點頭，她來到緣木對面的蒲團上坐下，輕聲道：「《般若波羅蜜多心經》全都記在了這裡。」她指了指自己的頭，然後溫婉笑道：「如果大師需要，我現在就可以寫出來。」

緣木歎了口氣道：「現在已經沒有任何必要了。」

七七望著他，雙目中充滿了迷惑，胡小天不是說緣木想要用母親當年的秘密來交換《般若波羅蜜多心經》？現在自己來了，這老和尚卻為何說沒有必要了？難道他已經不想要那本心經了？

緣木道：「公主殿下想問什麼？」

七七道：「大師認不認得我的娘親？」

緣木道：「一面之緣，談不上熟悉。」

「那日在大相國寺，大師為何要一掌將明晦的佛塔擊毀？」

緣木道：「不破不立，不死不滅！」

七七道：「當年明晦和我娘親之間到底發生過什麼事情？」

緣木靜靜望著七七：「過去的事情施主又何必刨根問底？」

七七道：「我心中有著太多的困惑，還望大師慈悲為我指點迷津。」

緣木道：「困由心生，魔由心生，施主希望答疑解惑，可卻不知因果循環，一念一滅一念又生，就算老衲可以回答你一個疑問，可是因為這個答案卻又生出無限的困惑，施主又何必周而復始，問道無窮呢？」

七七道：「大師所謂的不死不滅就是這個緣故吧？」

緣木的目光一如古井不波。

七七道：「看來昨日的殺局就是大師所設！」

緣木萬古深潭般沉靜的目光第一次泛起了波瀾。

胡小天道：「為什麼？」

姬飛花歎了口氣，她向佛像恭敬拜了三拜，將手中的燃香插在香爐之上。

胡小天忍不住道：「你什麼時候開始信佛了？」

姬飛花的目光久久凝視著這尊佛像道：「因為這尊佛像不同。」

胡小天因她的這句話向佛像望去，只不過是一尊普通的泥塑地藏王菩薩像，卻不知有什麼不同。

姬飛花道：「這尊就是楚家的長生佛。」

胡小天內心劇震，他萬萬想不到讓洪北漠窮盡半生尋找的長生佛像原來就在這裡，光明正大地擺在佛香閣，而且時常有大康皇室朝臣出入其中，就連洪北漠也曾經到這裡來過，卻眼睜睜看著長生佛像錯過。

姬飛花道：「佛中有佛，其實長生佛像原本也沒什麼稀奇，只不過是老爺子當初故意留下的一個誘餌，在外人看來這長生佛像卻是神秘無比。」

胡小天又想起當初在裂雲谷中找到的那尊長生佛，難道只是障眼法？是楚扶風故意留下將洪北漠引入歧途的誘餌？洪北漠若是知道他的師父讓他在這件事上做了那麼多年的無用功，只怕會憤怒的發狂。

姬飛花道：「你見過空見大師了？」

胡小天點了點頭。

姬飛花轉身望著他的雙目，輕聲道：「天下間能從空見面前從容離開的，恐怕只有你了。」

胡小天笑了起來：「我跟他並沒有交手。」

「如果交手，你沒有取勝的可能。」

胡小天對這點並無異議，他低聲道：「其實武功並不能解決一切，否則坐在王座之上的就應該是天下最頂級的高手。」

「是啊！」姬飛花由衷感歎道。

胡小天道：「其實我早就該想到，你和空見大師是認識的。」

姬飛花輕輕點了點頭：「我只是好奇，你是如何從他那裡從容離開的。」

胡小天笑道：「他欠楚家一個人情，只有還了這個人情才能得到解脫，越是這種近乎得道的高僧越是喜歡鑽牛角尖兒。」

姬飛花道：「我答應他，只要把你留下三天，他欠楚家的人情就算兩清了。」

胡小天道：「我告訴他，他若是不讓我走，我就自斷經脈，我若是死了，他不但還不了楚家的這個人情，而且還要多一筆血債，你不會放過他。」

姬飛花呵呵笑了起來：「你如何斷定我會這樣做？」

胡小天沒有說話，只是靜靜望著姬飛花的雙目，姬飛花的目光率先軟化了下去，然後小聲道：「我會！」

在胡小天聽來，這兩個字堪比這世上最動人的情話，內心之中不由得一陣激蕩，不過他很快又回到現實中來，低聲道：「你本來是不是想殺七七？」

姬飛花道：「是！」

「可後來你卻放棄了。」

姬飛花道：「當年大康皇宮之中共有兩顆頭骨，其中一顆被龍宣嬌偷偷帶到了天香國，另外一顆落在了七七的手裡。當初我們一起闖入清玄觀的時候，從蘇玉瑾手中奪得了那顆頭骨。」

這些事大都是胡小天親身經歷，他自然知道得清清楚楚，也是在被困清玄觀時，他方才知道姬飛花竟可以感悟到頭骨中的資訊，姬飛花無疑是天命者的後人。

姬飛花道：「頭骨中遺留的特定資訊只能是特定的人方才能夠感悟，所以我並不擔心胡不為拿走那顆頭骨。」

胡小天點了點頭，姬飛花應該是那顆在玄清觀發現頭骨的後人。這件事他也從七七那裡得到了印證，七七縱然拿到了那顆任天擎送來的頭骨，一樣不會產生任何的反應。他低聲道：「頭骨裡面隱藏的資訊，應該是只有和死者有血緣關係的後人才能繼承。」

姬飛花道：「所以我以為只要除掉永陽公主，那麼洪北漠的計畫自然全盤落空。」她望著胡小天道：「若非你和七七之間的關係突然破冰，我也不會急於做這件事。」她是擔心胡小天和七七聯手，以後自己再想除掉七七無疑會難度倍增。

胡小天道：「其實未必一定要殺她。」

姬飛花咬了咬嘴唇，她低聲道：「我本以為可窺探她腦中的秘密，可是……」說到這裡她突然又停了下來。

胡小天見她許久都不說話，忍不住道：「你還沒有告訴我，為何突然放棄了殺死她的打算？」

姬飛花的表情顯得極其猶豫，過了一好一會兒方才道：「因為我侵入她腦海的剎那，我看到了一個人的影子……」

胡小天道：「誰？」

姬飛花下定決心道：「我爹！」

胡小天內心一怔，姬飛花的父親就是楚源海，七七的腦海中怎會有楚源海的影像？這不科學，楚源海遇害的時候，七七還未出生。可是權德安臨終前曾經告訴過自己一個關於七七身世的秘密，她乃是凌嘉紫懷胎七年所生，也就是說凌嘉紫受孕之時，楚源海還未遇害。

姬飛花道：「不知為何，我從她那裡感受到了一種熟悉的東西，就像是……」她不知應該如何來形容，只是向來殺伐果斷的自己在那一刻竟然猶豫了，她無法下得去手。

胡小天道：「你和她都擁有天命者的血統，所以才會有這樣的感覺。」心中卻在此時做出了一個驚人的推論，根據自己瞭解到的情況，楚源海應該是天命者，凌嘉紫應該也是天命者，或許七七就是他們的女兒，所以當初凌嘉紫才會懷孕七年方才將她生下，七七才是血統純淨的天命者。

姬飛花很可能是七七同父異母的姐妹，不過她的血統應該比不上七七純正，按照徐老太太的說法，她乃是楚源海和火種結合所生。胡小天細思極恐，倘若不是權德安臨終前告訴他的這個秘密，任何人都不可能將七七和姬飛花聯繫在一起。姬飛花所說的那種熟悉感，也不是什麼同樣擁有天命者的緣故，而是因為她們本身很可能就是姐妹，這才是姬飛花在下手除掉七七之時會想起父親的原因，也正是這個緣故，她放棄了殺死七七，同樣也避免了一場姐妹相殘的悲劇。

當然胡小天也不敢百分百確定，畢竟楚源海和凌嘉紫都已經死去，誰也無法證明他們當年究竟發生了什麼事情。

姬飛花輕聲歎了口氣道：「或許是吧。」

胡小天道：「其實就算你殺了七七，也無法從根本上解決這個麻煩。」

「為何？」

胡小天道：「頭骨不止是大康皇宮中收藏的兩顆，我在五仙教總壇就發現了另外一顆，如今被收藏在天機局七寶玲瓏樓內，七七對這顆頭骨卻是毫無反應。」

姬飛花道：「你曾經說過，當年除了被大康皇室剷除的兩名天外來客之外，還有其他人。」

胡小天點了點頭道：「除非找到所有的頭骨，並將之全部銷毀，或許才能根除隱患。」

第十章

天命者後代

胡小天道：「他臨終之前告訴我一個秘密。」
他也是斟酌良久決定將此事向姬飛花說明，
低聲道：「凌嘉紫懷孕七年方才生下七七。」
姬飛花鳳目圓睜，已經無法掩飾內心的震駭，
如果權德安所說的一切屬實，那麼七七顯然是孕育七年方才誕生，
她和這世上所有的人都不同，
七七很可能是兩個天命者結合方才孕育的後代。

緣木道：「施主因何會這樣說？」

七七道：「心經都無法引起大師的興趣，那麼就證明大師只不過是用心經作為誘餌罷了，所謂的不死不滅，看來是大師要將一切終結在本宮的身上是不是？」她的聲音咄咄逼人，即便是面對緣木這位深不可測的高手，臉上也不見絲毫的畏懼。

緣木道：「老衲現在就告訴施主答案，明晦乃是老衲的弟子，他死在凌嘉紫的手中。」

七七秀眉微顰，雖然她已經猜到了這種可能，可聽緣木親口說出，心中仍然一沉，在她印象中母親始終是這世上最善良最溫柔的那個，儘管關於母親的記憶少之又少，可是在她的潛意識中母親完美無缺，胡小天此前曾經說過她母親的壞話，七七連他都不能容忍，更不可能接受，現在聽緣木這麼說，七七卻冷靜了許多。輕聲道：「一定是他做了對不起我娘的事情。」

緣木的表情無比平和：「他因你娘而犯戒，不惜出賣天龍寺的秘密，最後卻被你娘棄之如敝履，明晦原本可以成為天龍寺古往今來最優秀的傳承者，可惜……」

七七道：「所以你恨我娘，所以你想要拿我報仇？」

緣木長歎了一口氣道：「老衲從未有過這樣的想法，明晦雖然死在凌嘉紫之手，可是他卻不後悔，他甘心為凌嘉紫而死，捨生取義，捨生殉情，同為一死，同樣執著，既然是他自己的選擇，老衲又怎會歸咎到別人的身上？」

七七咬了咬櫻唇，一句話衝口欲出，她很想問問明晦究竟是不是自己的父親，可最終還是沒有說出口。

緣木道：「老衲之所以放棄《般若波羅蜜多心經》，是因為我突然意識到了自己犯了貪念，而不是其他的緣故，不死不滅，並非是針對施主而言，更不是對施主存有任何的歹念，老衲想要滅去的乃是心中的惡念，這些年來一直看不破明晦的生死，可面對施主的時候，老衲忽然頓悟了，明晦的結局未嘗不是他的造化，若然他活到現在，說不定早已墜入魔道，連老衲都堪不破心魔，他又怎能夠？貪念死後欲望全消，看破一切方可放下，老衲此時方才懂得何謂自在。」

七七靜靜望著緣木，對方修為精深，談話間古井不波，從他的表情上看不出半點破綻。她輕聲道：「放下就好，你若是放不下，將會給天龍寺帶來滅門之禍！」

緣木微笑道：「因果循環，報應不爽，以施主的心胸自然不會和方外之人計較。」

七七走出院落的時候已經過去了整整一個時辰，胡小天早已回來，和慕容展一起站在外面恭候七七出來。相比嚴陣以待的慕容展，胡小天的表情就輕鬆許多，畢竟他已經和姬飛花見過面，心中已經有了底，姬飛花不會出手對付七七，緣木自然也不會做出對七七不利的事情。

七七出門之後向他們點了點頭，輕聲道：「回宮！」

七七在回程之中並沒有提起跟緣木在這一個時辰內談了什麼，她不說胡小天也沒有急於詢問。他心中記掛著霍小如那邊的事情，回到康都的第一件事就是前往天機局要人。

有了七七的手諭，將榮石從黑獄之中帶走並沒有受到任何的阻礙，這種事情胡小天並沒有勞動葆葆，他不想洪北漠給葆葆扣上一頂吃裡扒外的帽子，帶著手諭去找傅羽弘，洪北漠離開的這段時間諸多事務都交給此人負責，傅羽弘見到七七的手諭之後，連愣都沒打就帶著胡小天前往黑獄提人。

榮石走出黑獄之時因為受不了強烈的陽光刺激用雙手在額前遮住光線，瞇起雙目，這段時間他顯然也遭受了不少的拷打，面目浮腫遍體鱗傷，還好能夠走得動。

胡小天緩步走了過去，笑瞇瞇道：「榮兄，別來無恙？」

看到胡小天，榮石的一顆心頓時沉了下去，自己才出狼群又入虎穴，以胡小天和五仙教的關係，他應該不會善待自己，從天機局的手中提走自己，其目的應該是為了想從自己這裡問話，他在天機局雖然遭受了不少的折磨，可是他一口咬定所有的事情都是自己做主所為，根本沒有承認背後有人指使。天機局方面雖然在開始接連審問了他幾日，可後來就將他投入黑獄，似乎也沒有將他當成什麼重要人物，榮石方才獲得幾日安穩，想不到胡小天又找上門來。

榮石並未帶鐐銬，被關押在黑獄中的犯人都會被用七竅針封住經脈，任你武功高強也使不出分毫，現在的榮石和一個普通人沒有任何分別。

胡小天指了指身後的馬車道：「榮兄請上車。」

榮石猶豫了一下，他心中明白就算是抗爭也是無用，現在受制於人只能老老實實聽胡小天的吩咐，大不了就是一死，最壞還能怎樣。

跟著胡小天來到車廂內坐下，馬車開始緩緩行進。

榮石冷冷瞥了胡小天一眼道：「我勸你不要白費心機了，要殺就殺，不必廢話。」

胡小天不由得笑了起來：「你我無怨無仇，我因何要殺你？你落到今日的地步也不是我的緣故，乃是你咎由自取。」

榮石道：「你不殺我，找我作甚？」

胡小天道：「我真是不明白，好好活著難道不好？非得要代人受過，任天擎究竟給了你什麼好處，你才願意給他當替死鬼？」

榮石怒道：「我的事情不用你管。」

胡小天歎了口氣道：「我懶得管你，只是你為任天擎做了那麼多的事情，現在你落難，為何不見他出面救你？」

榮石被胡小天說中痛楚，頓時啞然無語。

胡小天道：「你冒充任天擎入宮參加宴請，知不知道任天擎去做了什麼？」

榮石扭過頭去，不願回答他的問題。

胡小天道：「你不是不肯回答，而是根本不知道，還是由我來告訴你，任天擎和你師父潛入龍靈勝境意圖盜走皇家聖物，可中途出了一些差錯，任天擎為了自保，連你師父都不管不顧，自然不會記得你這個替死鬼了。」

榮石怒道：「你休要胡說！」

胡小天懶洋洋道：「我親眼目睹豈會有錯？任天擎還被我斬斷了一條手臂。」

榮石內心一沉，任天擎的武功深不可測，胡小天竟然能夠斷了他的一條臂膀，可見此人武功之高，連任天擎都不是他的對手更何況自己，而且現在自己是在經脈被封的狀態下。他終於忍不住道：「我師父……她……她怎樣了？」

胡小天剛才是故意將任天擎捨棄眉莊的事情告訴他，看榮石的反應，應該是仍然關心眉莊的，心中頓時有了回數，他淡然道：「任天擎想要害死我，不惜讓你師父跟我陪葬，還好我命不該絕，最終逃了出來，她自然也沒事。」

榮石將信將疑，低聲道：「你這是要將我帶到哪裡去？」

胡小天笑道：「放了你！」

榮石幾乎不能相信自己的耳朵：「放了我？」

胡小天道：「你還以為自己是多麼重要的人物？」一句話問得榮石滿臉通紅。

其實胡小天倒不是有意羞辱他，如果榮石當真是個重要人物，天機局即便是看到公主手諭也未必肯輕易將他放了。

馬車從鎮海王府的後門進入，胡小天並沒有直接將榮石送往回味樓，自己兌現了承諾，現在該輪到霍小如一方了，向山聰轉告自己的事情已經辦到了，他倒要看看霍小如肯不肯現身和自己相見，胡小天的心中有太多的迷惑等待她來解答。

胡小天下了車，卻聽到一陣粗獷的笑聲傳來，舉目望去，卻見幾名大漢從前方迎了過來，卻是熊天霸、夏長明、梁英豪、宗唐四人。這四人全都是胡小天傳召到康都前來幫忙的，原本胡小天和秦雨瞳來康都並沒有打算逗留太久的時間，可是沒成想來到之後事情居然發生了戲劇性的變化，在徹底掌控局勢之前，他暫時還不能離開，自然存在人手不足的問題，雖然他在康都也有不少的人手，可這些人打探情報，幹點雜活還行，沒有一個能夠起到獨當一面的作用，於是胡小天差人送信，讓宗唐為首的四人儘快來康都幫忙。

這四人各有所長，熊天霸吸取了不悟和李雲聰兩人的內力，加之天生神力，雖然為人魯莽一些，可是論到單打獨鬥已經不懼天下任何一個高手，夏長明擅長驅馭鳥獸，一人可頂千軍萬馬，梁英豪擅長挖掘地洞，為人機警靈活。宗唐是幾人中的老大哥，做事沉穩，秉承魔匠宗元畢生所學，在鑄造和機關方面已經是一派宗師。

這四人無論哪一個都是威震一方的人物，現在齊聚康都，胡小天自然是如虎添翼。老友相見自然欣喜非常，胡小天和四人親切見過，熊天霸留意到了被兩名武士押解的榮石，獰笑著走了過去：「這廝是誰？」榮石一臉的倒楣相，瞎子都能看出他是階下囚。

胡小天笑道：「五仙教主的高徒榮石榮先生。」

熊天霸聽到五仙教主的名字，頓時怒從心生，五仙教屢次和他們為敵，他自然不會給榮石好臉色，冷笑道：「原來是五毒教的孽障，一巴掌拍死就是，三叔何必留著浪費糧食。」

胡小天笑道：「我答應了人家要幫忙救人，熊孩子，你不可無禮。」

梁英豪笑道：「主公將此人交給我吧。」

胡小天點了點頭，梁英豪做事周到，任何事交給他都能辦得妥妥當當。

夏長明道：「主公，我給您帶來了幾封家信呢。」

胡小天從他手中接過一疊信，老婆多了，牽掛自己的人自然不少，龍曦月、維薩、唐輕璇、閻怒嬌全都寫來了信，胡小天逐一拆開來看，看得心頭暖融融的，最後才看龍曦月的那一封，這位乖巧的公主關心自己之餘，居然還在心中特地提起七七的事情，勸他和七七化干戈為玉帛，甚至建議胡小天和七七重修舊好，胡小天看完這些封家信感覺如沐春風，心中的舒爽感覺簡直難以形容。

他看信的時候一群人都在一旁等著，等他看完，梁英豪也將榮石安置好了回到眾人身邊。

胡小天歉然笑道：「你看看我，居然害得你們站了這麼久，這麼久不見，咱們今兒一定要大喝一場。」

熊天霸第一個回應：「那是自然，一定要一醉方休。」

眾人同時笑了起來。

此時梁大壯從外面走了進來，胡小天道：「大壯，你來得正好，去準備酒菜，為幾位將軍接風洗塵。」

梁大壯道：「少爺，回味樓那邊剛剛有人過來，說是向老闆邀請王爺中午前往那邊赴宴。」

胡小天微微一怔，這向山聰的消息倒是靈通，自己剛剛才將榮石解救出來，他那邊就已經得到了消息，他點了點頭道：「也好，咱們都去回味樓吃。」

向山聰已經在回味樓擺好了酒宴，而且除了他們這一桌，其他客人概不接待，現在的回味樓顯然要比昔日的煙水閣更加的牛氣，壓根沒有把這裡的生意看在眼裡。其實這世上的事情多半如此，有心栽花花不開，無心插柳柳成蔭，凡事過於強求反而會事與願違。

胡小天不由得想起了自己和霍小如之間，這些年來自己跟她相見的次數屈指可數，自己越是想要向她靠近，她反倒逃得越遠，自己對她竟然越來越不瞭解。

向山聰並未從一開始就出現，或許是害怕打擾了胡小天等人的酒興，拋開這場宴請的目的不言，回味樓的酒菜還是值得稱道的，宗唐幾人對菜肴讚不絕口，再加上和胡小天久別重逢，必然要開懷暢飲，一時間觥籌交錯，頗為盡興。

酒至半酣，向山聰才過來敬酒。

胡小天為他引薦之後，向山聰每人都敬了兩杯酒。胡小天讓其餘人繼續喝酒，他起身和向山聰來到外面，向山聰笑道：「多謝王爺了。」

胡小天道：「向掌櫃的消息可真是靈通，我還以為你派人跟蹤我呢。」

向山聰呵呵笑道：「豈敢，豈敢！」

胡小天道：「榮石現在就在我的府上，我讓人好酒好菜招待著，向先生想什麼時候把他接走都可以。」

向山聰連連點頭，然後壓低聲音道：「我家小姐就在後面的小樓內，不知王爺可否願意移駕相見？」

胡小天看了向山聰一眼，內心不由得一喜，看來向山聰也是一個信守承諾之人，雖然這些年來他始終都想見到霍小如，可如今真正到了即將見面的時候，內心中卻生出一種無法描摹的猶豫，他清楚地認識到，自已想見霍小如，卻又害怕現在的霍小如已經再不是昔日的那一個。這種不祥的預感，從向山聰提出讓他出面營救榮石開始。昔日醉心於歌舞，不願過問世事的霍小如竟然讓他營救五仙教眉莊夫人的弟子，久別重逢卻是從一個條件開始，胡小天的內心深處感到一絲無奈。他的無奈在於霍小如乃是他來到這個世界上心動的第一個女人，他對霍小如的感情如此美好，不摻雜一絲一毫的私心雜念，而現在這種感覺已經不再單純。

走入回味樓後院的小樓，看到一位身穿湖綠色長裙的少女在門前恭候，胡小天只覺得她的五官眉眼非常熟悉，仔細一想，這少女就是霍小如的婢女婉兒，多年不見，昔日的小女孩兒也一晃成為了妙齡少女。

婉兒改變雖多，可是胡小天的樣貌卻並未改變太多，她笑盈盈道：「胡大人好！」說完又改口道：「現在應該稱呼您為王爺了。」

胡小天微笑道：「婉兒已經長成大姑娘了，我也已經老咯。」

婉兒格格笑了起來：「王爺可不老，依然是婉兒最初見到您的樣子。」

胡小天轉身看了一眼正南的回味樓：「我們最初相見就是在這裡吧？」

婉兒點了點頭道：「那時這兒還是煙水閣呢。」她輕聲道：「王爺上去吧，別讓我家小姐等急了。」

胡小天其實是有意跟她這樣說話，他們在這裡交談想必樓內的霍小如已經聽得清清楚楚，他笑道：「霍姑娘已經習慣等待了。」

樓內一雙春蔥般白嫩的纖手正在泡茶，聽到這話的時候，這雙手突然抖動了一下，熱茶潑出了不少。

而此時，胡小天已經掀開珠簾走了進來。

霍小如白裙白襪，跪坐在竹席之上，面前烏金石茶海之上擺放著精緻的茶具。兩人的目光隔空相遇，本以為這樣的久別重逢會讓兩人的目光激起別樣的火花，可是目光交匯卻寧靜無聲，彼此的雙目中平靜無波，若非兩人都擁有強大的控制能力，就是他們的激情因為過久的分別而歸於沉寂。

霍小如的唇角泛起一絲淡淡微笑，人淡如菊，笑容也一樣的平淡：「來了！」

胡小天點了點頭：「來了！」

「坐！」霍小如黑長的睫毛垂落下去，極其專注地沏茶。

胡小天的目光落在她那雙美得沒有半分瑕疵的纖手之上，欣賞她修長的手指在眼前躍動的韻律。

霍小如將茶盞送到胡小天的面前。

胡小天笑了起來。

霍小如道：「笑什麼？」

胡小天道：「我本以為向山聰是在騙我。」停頓了一下又道：「我也希望他在騙我。」

霍小如知道他話裡的意思，輕聲道：「如果不是沒有了辦法，我也不會求助於你。」

胡小天道：「你的事就是我的事，用不上求！」

霍小如道：「每次相見，總是要求助於你，好像我這輩子註定了要欠你一樣。」

胡小天微笑道：「欠我一輩子又有何妨？我不介意！」

霍小如端起茶盞，跟他共飲了一杯，柔聲道：「我介意！」

胡小天道：「看來你還是沒把我當成自己人。」

霍小如道：「如果我把你當成外人，又怎會開口求你？」她為胡小天續上新茶，秋水般的明眸在胡小天的臉上掠過：「是不是很奇怪我為何要去救棨石？」

胡小天道：「不奇怪，我相信你肯定有自己的理由，所以我沒打算問。」

霍小如道：「你應該知道了我的身世。」當年他們在雍都分別之時，霍小如並未將自己的身世向胡小天坦誠相告，可是後來胡小天出面解決聚寶齋的事情，那時他就已經知道她和燕王之間的關係了，所以此事已經不再是秘密。

胡小天道：「其實當初他對你手下留情，我就應該想到。」

霍小如道：「你和他是結拜兄弟，我本應該稱呼你一聲叔叔呢。」

胡小天尷尬地咳嗽了一聲道：「我跟他結拜根本就是做戲，算不得數，我從未把他當成大哥，他也從未將我當成兄弟。」

霍小如不禁莞爾：「世事難料，當初我刺殺他的時候，也未曾想到，他竟然是我的父親。」

胡小天心中暗忖，霍小如視薛勝景為殺父仇人，告訴她這件事，並慫恿她手刃親生父親的那個人實在是陰險至極，薛勝景究竟做了什麼事情，才會遭到如此惡毒的報復，不過轉念一想，薛勝景本來就不是什麼好人，兩面三刀，背信棄義，過去還不知道做了多少缺德事，仇人自然不在少數。霍小如當面承認薛勝景就是她的父親，顯然在內心中已經接受了他，胡小天敏銳地覺察到此事並不尋常。

在胡小天的印象中，霍小如頭腦清醒而理智，雖然出身樂坊，可並不是貪圖富貴權力之人，接受薛勝景這個父親的原因絕非是這方面的緣故，薛勝景老奸巨猾，不知用什麼方法來感動了她。現在的薛勝景已從大雍燕王變成了人人喊打的亂臣賊子，還被扣上了裡通外國的罪名，或許正是他的困境方才喚醒了霍小如的同情。

胡小天道：「是他讓你找我救人？」

霍小如點了點頭。

胡小天道：「他現在身在何處？」問過後他馬上又道：「你可以不用回答。」

霍小如歎了口氣道：「他現在的狀況很不好，否則又怎會讓我拋頭露面？」

胡小天靜靜望著霍小如，忽然感覺她改變了很多，她並沒有正面回答自己的問題。此前完顏烈新已經間接承認薛勝景就在黑胡，黑胡使團在此宴請自己應該也非偶然，胡小天輕聲道：「為何改了名字？」

霍小如秀眉微顰，一臉迷惘道：「什麼？」她顯然沒有明白胡小天的意思。

胡小天道：「為什麼把煙水閣的招牌摘掉？」

霍小如這才知道他所指的是什麼，微笑道：「你覺得回味樓的名字不好嗎？」

胡小天沉默了一會兒忽然道：「我最近聽到了一首歌，唱給你聽！」

霍小如的目光越發詫異了。

「時光已逝永不回，往事只能回味。憶童年時竹馬青梅，兩小無猜日夜相隨，春風又吹紅了花蕊，你已經也添了新歲，你就要變心，像時光難倒回，我只有在夢裡相依偎……」

胡小天一口飲盡杯中茶水，轉身離去，竟然沒有說聲道別。

霍小如的耳邊猶自縈繞著胡小天低沉憂傷的歌聲，他的歌聲雖不完美，卻有著一種直擊人心的力量，霍小如咬著嘴唇起身來到窗前，卻見胡小天的身影已經離開了後院。

夜深人靜，胡小天獨自一人坐在書齋內，腦海中仍然在思索著霍小如日間的表現，從她的言行舉止可以看出她一切如常，並沒有被人控制或脅迫的跡象，在兩人分別的這幾年中，究竟發生了什麼？為何自己會對霍小如生出莫測高深的感覺？究竟是她真的發生了改變？還是自己誤會了她？

房門被輕輕敲響，卻是夏長明從外面走了進來，按照胡小天的吩咐，他利用黑吻雀追蹤霍小如的行蹤，發現霍小如在胡小天離去後不久，也離開了回味樓，中途去西城的蝶舞軒停留了約一個時辰，然後又去了東四牌樓的雲韶府。

胡小天對雲韶府並不陌生，早在他和霍小如初次相識的時候，霍小如就在那裡負責教習並排演宮廷歌舞，自從七七掌管朝政大權之後，對宮廷龐大的歌舞樂團進行大幅裁減，以雲韶府為代表的教司坊首當其衝受到波及，其中的多半歌舞姬失去了官府的供養，必然各謀生路，其中一部分有幸進入官宦人家，還有一部分就從此墮入風塵。昔日熱鬧的東四牌樓也就此落寞了下去，後來這裡的房產也進行變賣，只有少數幾棟被人買走，多半都閒置在那裡。

胡小天聽夏長明說完，心中已經有了回數，霍小如這次前來康都應該不僅僅是為了營救榮石那麼簡單，今天和霍小如相見之後，他越發感覺到霍小如已經完全變了一個人，心中暗自推斷霍小如的改變十有八九是因為薛勝景的緣故。

連夕顏都能被五仙教主眉莊夫人利用失心蠱變得失去理智，更何況手無縛雞之力的霍小如？胡小天心中有一個強烈的願望，他要儘快搞清這背後的一切，霍小如究竟發生了什麼？薛勝景到底身在何處？黑胡完顏烈新和霍小如一方究竟有無聯繫？霍小如和榮石又是什麼關係？

夏長明聽說胡小天要夜探雲韶府，他主動請纓道：「我和主公一起去，若是發生了什麼事情也好有個照應。」

胡小天點點頭，低聲道：「叫上梁英豪，探察一下雲韶府究竟有沒有玄機。」

臨近午夜時分，三條身影出現在東四牌樓，三人正是胡小天、夏長明和梁英豪，他們全都是黑衣蒙面，他們先潛入雲韶府西側的荒廢院落，這裡早已無人居住，院落之中蒿草齊腰，月光如水將整個院落照得亮如白晝，梁英豪望著那圓圓的月亮忽然想起了一件事，低聲道：「今天是七月十五。」

胡小天這才意識到今天是中元節，也就是民間常說的鬼節，通常人們還是有些忌諱的，在中元節的夜晚儘量避免出門。胡小天並不信邪，唇角露出一絲笑意。

夏長明道：「再過一會兒就是明天了，七月十六可不是鬼節。」

梁英豪笑了起來，他倒不是害怕，而是想起民間的顧忌。

胡小天道：「英豪兄在這裡負責接應，我和長明兩人進去查探情況，如果一個時辰內我們不回來，你就回王府搬救兵。」

梁英豪笑道：「那我就在這裡等著。」他對胡小天的實力非常瞭解，論到單打獨鬥，這個世上少有人能出其右，更何況他為人足智多謀，還有夏長明這個馭獸高手在身邊協助，這兩人就算在任何情況下應該都可以全身而退，梁英豪的輕功顯然要跟他們差上一段距離，他的長處就是挖洞潛行。

胡小天和夏長明兩人翻牆進入雲韶府，雖然只有一牆之隔，可是兩邊卻是天壤之別，剛才的院子裡到處都生滿荒草，這邊卻是整理得井井有條，一看就知道經常有人打理。

黑吻雀在前方引路，胡小天和夏長明兩人都是輕功卓絕，跟隨在黑吻雀之後，悄聲無息向雲韶府的輕舞樓靠近。

輕舞樓三層仍然亮著燈光。

兩人飛簷走壁，如履平地一般來到三層，透過漫天飄蕩的帷幔，看到其中有兩個人影，胡小天和夏長明交遞了一個眼神，兩人藏身在黑暗的角落。舉目望去，卻見那兩人一人是向山聰，另外一個卻是一位鶴髮雞皮的老嫗。胡小天從未見過這老太太，只是看到霍小如並不在這裡，心中難免有些失望。

那老太太冷冷道：「向山聰，我已經兌現了承諾，你們還未將榮石交給我。」

胡小天心中一怔，這老太太如此關心榮石，雖然從未聽過她的聲音，可是從她說話的節奏上，胡小天仍然感到有些熟悉，再看那老太太乖戾的眼神，心中猛然醒悟，這老太太分明就是五仙教主眉莊夫人，難怪霍小如會出手營救榮石，原來是眉莊找上了她，可是霍小如何時跟眉莊相識並達成了協定呢？

向山聰微笑道：「你又何必心急？只需我家小姐驗證東西真假之後，馬上就會將你的徒弟歸還給你。」

眉莊怒道：「已經過去了整整一個時辰，難道還辨認不出真假？我看你們根本是故意拖延，那東西乃是我從龍靈勝境之中費盡千辛萬苦帶出來，又豈會有假？」

胡小天聽到這裡已經猜到他們口中的東西是什麼，他暗叫不妙，看來龍靈勝境中收藏的那顆頭骨終究還是被眉莊夫人得到，自己利用光劍炸開洞口逃離之後，眉莊也一定循著他留下的洞口離開。

眉莊能夠撿到頭骨不足為奇，只是霍小如要頭骨做什麼？難道是受了薛勝景的委託？可是向山聰又說她要驗明真假，難道霍小如也有領悟頭骨資訊的能力？胡小天越想越是可怕。

向山聰道：「任天擎身在何處？」

眉莊道：「他在哪裡我怎麼知道？我若是知道他的下落，會第一個衝過去殺了他！」

向山聰將信將疑，藏身在暗處的胡小天卻相信眉莊有這樣的決心和勇氣。

向山聰道：「都說夫人冷酷無情，想不到夫人對榮石倒是真的不錯，居然願意犧牲那麼重要的東西來換取他的平安。」

眉莊道：「他畢竟是我從小養大，在我心中當他是自己親生的兒子一般。」

胡小天心中暗歎，夕顏也是你從小養大，為何你會厚此薄彼？對待夕顏未免太殘忍了一些。

向山聽道：「人非草木孰能無情。」

眉莊道：「你少廢話，快讓你家小姐過來見我。」

向山聽道：「只是以我對你的瞭解，你從來都是絕情之人，此番如此對待榮石，如果不是因為感情的緣故就是因為他極其重要，你留著他還有用處對不對？」

眉莊冷冷望著向山聽道：「薛勝景雖然不是什麼好人，可從來也算是言出必行，你身為他的手下，想要出爾反爾嗎？」

向山聽微笑道：「向某沒有那個意思，只是感到好奇所以隨口問問。」

眉莊道：「我的耐性是有限的，要麼你將頭骨還給我，要麼你將榮石帶來給我。」

向山聽道：「頭骨已經讓我家小姐帶走了。」

眉莊怒道：「你說什麼？」剛才向山聽說要先拿頭骨去鑒別真假，他也讓眉莊遠遠看了榮石一眼，現在卻說頭骨被帶走，而榮石仍未出現。

眉莊道：「反正那頭骨對我也沒什麼用處，你們只管拿走就是，現在將榮石帶來，咱們的交易依然算數。」

向山聽道：「夫人從小就收養了榮石，以為所有人都不知道他的來歷，可是你只怕不知道當初將他送給天殘道長的就是我。」

眉莊愕然望著向山聽，幾乎不能相信自己的耳朵。

向山聰微笑道：「後來天殘道長將榮石交給你撫養，你應該知道榮石有怎樣的價值。」

眉莊冷冷望著向山聰：「你胡說什麼？」

向山聰道：「榮石本姓簡對不對？」

眉莊的雙手下意識地攥緊了拳頭，因為藏在袖中，並沒有顯露出半點的動靜。

向山聰道：「你想殺我是不是？」

眉莊不怒反笑，滿是皺褶的面孔如同一朵盛開的菊花：「這次你說對了。」

向山聰道：「你想利用榮石來揭穿隱藏的秘密，要脅無極觀，以此來達到報復任天擎的目的。」

眉莊歎了口氣道：「強將手下無弱兵，想不到薛勝景手下的一個奴才都擁有這麼厲害的頭腦。」

向山聰平靜道：「一個人的頭腦並不取決於他所處的位置，夫人雖然貴為五仙教主，可由始至終也只不過是一個傀儡罷了。」

眉莊的目光中迸射出一絲火星，逼人的殺氣彌散出來，宛若一張無形大網將向山聰籠罩。即便是在外面隱藏的胡小天和夏長明都感覺到了一絲凜冽的寒意，可是向山聰的表情卻沒有半點變化，微笑道：「如果不是因為秦瑟犯了大忌，這教主的位子斷然落不到你的身上，任天擎、須彌天哪個人不比你更有資格坐在這個位子上？」

眉莊道：「我雖然沒什麼本事，可是殺你還是有些把握的。」

向山聰道：「你自以為聰明，可惜你卻算錯了一件事。」

眉莊道：「什麼事情？」

向山聰道：「無極觀從不受任何人的威脅，也不會跟任何人談條件。」

眉莊呵呵笑了起來，笑聲尚未結束，她周身的衣服就已經鼓漲開來，只聽到波的一聲，綠色煙霧以她的身體為中心向四面八方輻射而去，瞬間彌散到整個三層。

胡小天和夏長明同時屏住氣息，胡小天做了個手勢，示意夏長明暫且迴避，畢竟不是每個人都像他一樣擁有百毒不侵的本事。

向山聰一掌拍出，他的掌力在綠色煙霧瀰漫的空間中拍擊出一個清晰的掌印，掌印向眉莊徐徐逼近，以肉眼可見的速度緩緩放大。

眉莊長身而起，雙手一抖，數百根鋼針追風逐電般朝著向山聰射去，鋼針破空發出陣陣尖銳的嘶嘯，向山聰卻沒有做出任何閃避的動作，掌印仍然在不停擴展，那數百根鋼針在行進的過程中似乎受到一股強大力量的吸引，一個個改變方向，在空中扭曲軌跡，被掌印吸納其中。

眉莊此時方才知向山聰的武功深不可測，絕不次於任天擎，論到單打獨鬥，自己也未必是他的對手。

掌印已經擴展到三尺長度，在綠霧瀰漫的空氣中清晰可見。

胡小天雖然只是一個旁觀者，也感到觸目驚心，向山聰竟然如此厲害，薛勝景將他派到霍小如身邊，看來早有準備。

掌印陡然擴張開來，瞬間增大一倍有餘，龐大的力量隨之爆發，能量和空氣碰撞發出爆炸的聲響。來自向山聰龐大的內力攜裹著眉莊剛才射來的數百鋼針，宛如狂濤駭浪向眉莊席捲而去。

以眉莊的能力也不敢硬撼鋒芒，她身形一晃，在小樓內施展驚人身法，一時間幻化出數十道殘影。胡小天知道這是因為速度奇快而在人的視野中留下的視覺殘留。

向山聰拍出的掌力雖然沒有擊中眉莊，但是也無法收回，雄渾掌力拍在三樓的護欄之上，啪的一聲護欄已經被擊出一個足有兩丈的缺口，連地面都豁出了一大塊。

胡小天慌忙向一旁撤去，險些被那些粉塵碎屑波及。

眉莊在向山聰三丈距離處停下腳步，雙袖一分，雲消霧散，整個小樓內重新回復了清明一片，她也隨之恢復了本來的面貌，雙目中仍然遺留著震駭莫名的神情，向山聰的強大是她始料不及的，眉莊歎了口氣道：「向掌櫃，你這人真是好沒道理，失信在先還不說，居然還動手打人，當真是無商不奸！」

向山聽微笑道：「對待夫人當然用不著講什麼信義，再說明明是你出手在先。」

眉莊道：「今兒你擺明了要訛我是不是？」

向山聽道：「人我要，頭骨我也要，夫人若是識趣，還是儘早離去，沒必要將性命留在這裡。」

胡小天一旁聽著，心中暗歎，強中自有強中手，眉莊雖然不是什麼好人，這向山聽顯然也非好鳥，今晚居然來了一場黑吃黑，不過聽他話中的意思霍小如已經帶著頭骨離開了，卻不知她在其中又扮演了怎樣的角色？

胡小天正在思索的時候，忽然覺察到周圍有些異常，舉目望去，卻見右前方有個身影，本以為是夏長明去而復返，可是馬上就意識到那身影和夏長明不同，定睛望去，對方黑白分明的眸子也望著自己，卻聽對方以傳音入密道：「你去幫著眉莊纏住向山聽，我去將榮石帶走。」

胡小天不禁大喜過望，原來這位不速之客竟然是姬飛花，他今晚並未約姬飛花前來，看來姬飛花定然是一直尾隨著自己，胡小天點了點頭。姬飛花從腰間抽出一物扔了過來，胡小天一把接住，卻是一柄光劍。

胡小天轉身向遠處望去，看到夏長明也從右後方的大樹上現身，原來他也留意到姬飛花的出現，生怕姬飛花會對胡小天不利，隨時準備接應，胡小天向他做了個

ＯＫ的手勢，足尖一點，猶如一隻大鳥般掠入小樓之中。

眉莊不是傻子，被向山聰的強勢所懾，正考慮是不是暫時退避的時候，卻見又有人到來，心中已經徹底打消了和向山聰爭鬥的念頭，一個向山聰她都敵不過，更不用說他又來了幫手。

向山聰也是心中一驚，無論對方是誰，能夠潛伏在外而不被自己發覺，武功必然非同尋常，他以為對方是眉莊的幫手。

胡小天道：「深更半夜的，你們孤男寡女共處一室，也不怕別人說閒話嗎？」

眉莊和向山聰同時認出了胡小天，兩人都不知道這廝的來路和立場，彼此目光中都流露出一絲疑慮。

向山聰應變奇快，他呵呵笑道：「原來是王爺，王爺大駕光臨真是讓寒舍蓬華生輝。」

胡小天環視了周圍狼藉一片的現場，不禁笑道：「果然是蓬華生輝，向掌櫃是在拆房子嗎？」

向山聰非但不見絲毫的尷尬，反而笑得越發開心：「不破不立，舊的不去新的不來，向某看這棟小樓早就不順眼了。」

胡小天轉向眉莊道：「夫人此次前來也是幫忙拆房子咯？」

眉莊把眼睛一翻，沒有搭理他，心中暗忖，胡小天既然肯幫助向山聰營救榮石，想必兩人之間交情匪淺，今晚看來自己有麻煩了，一個向山聰就已經夠老娘受得了，再加上胡小天，自己須得儘早考慮脫身之計。

胡小天道：「向掌櫃不夠朋友啊！」

向山聰笑瞇瞇道：「王爺何出此言？」

胡小天道：「向掌櫃讓我幫忙救人，可背後原來和夫人有私下交易，什麼好處都被你拿去了，當我是傻子嗎？」

向山聰故作糊塗道：「王爺越說我越糊塗了。」

胡小天臉上的笑容突然收斂，厲聲道：「頭骨何在？」他這一嗓子把向山聰嚇了一跳，眉莊卻是心中大喜，原來胡小天是衝著頭骨而來，真要是如此，他和向山聰也不是同一陣營。

向山聰道：「什麼頭骨？王爺冤枉我了。」

眉莊道：「向山聰，你既然做了為何不敢承認？你答應我用榮石換取頭骨，頭骨我交給你了，現在想要不承認嗎？」

胡小天道：「向掌櫃，那頭骨乃是皇家之物，你現在把頭骨交換，念在你我相識一場的份上，我只當一切沒有發生過，如若不然，休怪我公事公辦！」他的這番話說得擲地有聲。

向山聰老奸巨猾，豈能輕易就範，他歎了口氣道：「王爺此話從何說起，向某從未見過什麼頭骨，王爺不要被這毒婦蒙蔽。」

胡小天的目光轉向眉莊，眉莊道：「我為何要騙你？那頭骨乃是我從龍靈勝境之中找到，如今被這廝騙去了。」

胡小天取出光劍，擰動劍柄，一道綠色光刃從中顯現出來，此乃在大雍皇陵中找到的雌劍，雄劍已經在龍靈勝境中自爆毀去，胡小天道：「向掌櫃既然不把我當成朋友，那麼在下只能動手了。」

眉莊心頭暗喜，本以為胡小天出現會和向山聰聯手對付自己，卻想不到他居然選擇跟自己站在同一立場。

向山聰面色一沉，他面對眉莊擁有絕對優勢，可是現在多了胡小天，實力上頓時發生了逆轉，比起實力上的逆轉，計畫被胡小天察覺這才是讓他更為惱火的。

胡小天向前跨出一步，徐徐一劍朝向山聰刺去，此乃誅天七劍中的一式，名為天高雲淡，看似招式平淡無奇，可是平淡之中卻蘊含著龐大無匹的力量，胡小天一出，就封死了向山聰的退路。

眉莊看到胡小天當真對向山聰出手，心中大喜過望，她深知機不可失，雙手一震，數百根白骨針分從不同的角度射向向山聰。

向山聰身處在兩人的包夾之中並未流露出任何慌亂，右腳一頓，蓬的一聲，身下地板被他硬生生踏出一個大洞，身軀直墜而下，這樣一來眉莊射出的白骨針失去了目標，等於全都射向胡小天。眉莊冷哼一聲，雙手一揮，高速行進的白骨針竟可在中途陡然改變了方向，追逐著向山聰射了下去。

胡小天也在同時踏破樓板，雙手擎起光劍，招式已經改變成破天一劍，朝著向山聰全力劈下。胡小天對向山聰並未留力，一上來就使出殺招，並非是因為胡小天一上來就想將向山聰置於死地，而是他剛剛看到向山聰對眉莊出手，對向山聰的實力已經有了準確的估計，向山聰的武功絕不在任天擎之下，就算不如自己，相差也不會太多，對付這樣的高手決不能留力。更何況胡小天認準了向山聰乃是薛勝景的爪牙，霍小如之所以變成現在的樣子十有八九是他在背後操縱，所以胡小天對向山聰更加惱火，所以出手絕不留情。

向山聰在墜落的過程中接連揮手，將眉莊射向他的白骨針拍落，雙腳還未落在二層地板上，已經感覺到一股強大的力量從頭頂逼迫而來，這強大的壓力正是來自於胡小天，向山聰不敢怠慢，雙足落在地板上直接將地板震出一個大洞，身軀去勢不歇，繼續向下方墜落。並非是向山聰想要採取守勢，而是胡小天的攻勢過於強大，向山聰根本沒有喘息的機會。

胡小天緊隨向山聰，兩人從三層接連洞穿地板一直來到一層的地面之上，眉莊並未跟隨追蹤而至，卻是她利用這千載難逢的機會逃離。

向山聰雙腳剛一落地，胡小天隨後而至，兩人目光相對，表情都顯得異常凝重。

向山聰道：「王爺何必苦苦相逼？」

胡小天道：「我生平最討厭的就是被別人利用。」他的這番話卻不是針對向山聰，此時心中浮現出的卻是霍小如的影子。

向山聰道：「王爺只顧著對付我，眉莊卻已經逃了。」在他們纏鬥的時候，眉莊抓住這個機會已經逃走。

胡小天道：「她只是一個無足輕重的人物罷了，我給向掌櫃兩個選擇，要麼交出頭骨，要麼交出霍小如。」其實他只是故意分散向山聰的注意力，給姬飛花創造足夠的時間。

向山聰冷笑道：「王爺又何必咄咄逼人，當真以為向某怕你不成？」

胡小天道：「你現在怕不怕我不知道，不過我知道今天以後你必然會害怕。」

向山聰點了點頭，陡然向後方撤了一步，與此同時從腰間抽出一根長鞭，右手一抖，有若一條靈蛇直奔胡小天的咽喉繞去。

胡小天留意著向山聰的一舉一動，對方一出手他就已經做出反應，手中光劍斜指，劍鋒準確無誤地擊在鞭梢之上，啪的一聲，兵器交會之處竟然綻放出閃電般的紫色弧光，電光盤旋在長鞭之上，被光劍擊退之後在半空中一個迴旋，隨著向山聰身軀的擰動，長鞭的力量發揮到了極致，電光閃爍以摧枯拉朽之勢向胡小天攔腰擊去。

胡小天足尖一頓，身軀騰空飛起，閃爍著電光的長鞭錯失目標從胡小天的身體下方橫掃而過，而胡小天此時身軀已經處於虛空之中，整個身體倒立起來，手中劍直指向山聰的頭頂。

長鞭纏在廊柱之上，向山聰稍一用力，身軀借著這一扯之力，倏然向前方射去，有若一道疾電，瞬間脫離了胡小天劍勢的籠罩。他的身體撞開小樓的圍牆，用力一拖長鞭，廊柱在他的拖拽之下從中崩斷，只聽到轟隆隆一聲巨響，小樓失去支撐，整個坍塌下去。

向山聰收回長鞭，充滿得意地掃了在眼前變成一片廢墟的小樓一眼，轉身準備離去，卻發現胡小天笑瞇瞇出現在他的身後。

胡小天道：「向掌櫃拆遷的功夫果然一流。」手中光劍在說話的同時已經揮出，一道綠色光芒劃破天際，將漆黑如墨的夜空撕裂開來。

向山聰手中長鞭揮出，在面前飛速旋轉成為一面紫色電光閃爍的盾牌，光劍重重擊落在鞭影形成的盾牌之上，發出蓬的一聲悶響，紫電消散，光盾瞬間出現了一個缺口，胡小天劍招變幻，改劈為刺，一劍從缺口之中刺入，直奔向山聰的胸口。

向山聰接連退了三步，長鞭旋轉靈蛇般捲向光刃，就在此時，胡小天的左手從身後揮出，一道弧形光芒飛向空中，繞行到向山聰的身後，隨後直奔他的後心而去，卻是胡小天揮出了孤月斬，自他從任天擎手中搶到了孤月斬，也仔細研究了一番，最近已經掌握了孤月斬使用的敲門，雖然比不上任天擎那般得心應手，可是在面對勁敵只是突然使出孤月斬，卻能夠收到奇兵之效。

果不其然向山聰的注意力只是集中在光劍之上，卻沒有料到胡小天還有後招，猝不及防，右肩被孤月斬劃過，外袍破裂，露出裡面的青色內甲，以孤月斬之厲也只是在青色內甲之上劃出一道深痕，並沒有將之劈斬開來。

向山聰心中大駭，如果不是寶甲防身，只怕現在已經斷了一條手臂。

胡小天不給他任何的喘息之機，光劍擰轉劈向向山聰的右手，向山聰不得已放棄長鞭，胡小天在孤月斬的操縱方面仍然能無法達到得心應手的地步，操縱發出一次進攻之後，無法繼續進行第二次，不過他的左拳也是威力無窮，向前跨出一步，一拳擊中向山聰的胸膛。

向山聰胸口一窒，身軀宛如斷了線的紙鳶一般向後倒飛而去，在空中連續兩個轉折，落入前方花叢，胡小天追趕過去卻發現這廝的身影已經不見了。

此時夏長明和梁英豪也先後趕來，梁英豪躬下身去，拔開花叢，裡面現出一個地洞，向山聰剛才正是從這個洞口鑽了進去。

梁英豪低聲道：「要不要追下去？」

胡小天搖了搖頭，此時身後傳來一個平靜的聲音道：「這下面的地洞四通八達，搞不好是會迷路的。」

三人同時轉過身去，卻見一位戴著銀色面具的青衣人出現在已經淪為廢墟的小樓前，手中拎著一人，正是榮石，榮石一動不動不知是死是活。

胡小天看到姬飛花平安回來心中頓感欣慰，夏長明和梁英豪並不知道姬飛花的身分，可是看到胡小天的表情，也明白對方是友非敵。

胡小天走了過去，指了指榮石道：「還活著嗎？」

姬飛花道：「活得好好的。」她將榮石扔在了地上。

胡小天向梁英豪道：「馬上回去召集人手，將雲韶府這一帶控制起來，徹查東四牌樓一帶，將可疑人物全都拿下盤問。」

「是！」

胡小天和姬飛花走到遠處，低聲道：「原來你一直跟著我呢。」

姬飛花道：「路又不是你胡小天自己的，你能來我自然也能來。」

胡小天微笑道：「想不到薛勝景的勢力已經擴展到了這裡。」

姬飛花搖搖頭道：「薛勝景只是一個棋子，真正的背後操縱者另有其人。」

「無極觀？」胡小天脫口而出。

姬飛花皺了皺眉頭，抬起頭來仰望夜空，卻發現剛才的那一輪圓月已經藏入雲層之中，此時的夜空沒有月也看不到一顆星，這樣的氛圍讓人從心底感到壓抑。

姬飛花道：「霍小如帶走了那顆頭骨？」

胡小天點了點頭，眉莊為了換取榮石選擇將頭骨給了向山聰，現在頭骨應該在霍小如的手中。

姬飛花道：「頭骨對普通人沒有任何的作用。」

胡小天道：「薛勝景不是普通人。」他甚至懷疑薛勝景同樣擁有天命者的血統，本身大雍皇室就和天命者有著斬不斷理還亂的關係。如果他的推斷屬實，那麼身為薛勝景女兒的霍小如，自然也擁有天命者的血統。只是胡小天有一點仍然想不透，不是頭骨只有血緣關係的後代才能領悟其中的資訊嗎？霍小如和姬飛花、七七兩人中的任何一個都好像沒什麼關係，她即便拿走了頭骨又有何用？難道僅僅是為了幫助薛勝景辦事？

姬飛花道：「任天擎、向山聰應該都是所謂的仙使。」她的注意力被遠處閃爍的電光所吸引，走過去將地上的長鞭撿起，向山聰剛才逃得匆忙，連武器都顧不上拿了。

胡小天道：「他們背後的指使者是誰？」

姬飛花道：「想要知道背後指使者是誰，首先要找到無極觀。」

胡小天道：「你知道無極觀所在何處？」

「秘密應該就在他們帶走的頭骨之中。」

胡小天心中暗忖，如果當真秘密就在其中，那豈不是說七七應該知道具體的方位？回頭問問她就知道了。

姬飛花猜到胡小天的想法，輕聲道：「她心中究竟是何種想法還很難說，正邪善惡，全在你的一念之間。」

胡小天笑道：「你這麼一說我壓力很大，她從來都是個有主見的人，我的話對她未必有用。」

姬飛花道：「如果你改變不了她，我就殺了她。」

胡小天心中暗忖，那日在天龍寺你明明有機會殺掉七七，可最終卻又放棄，錯過了絕佳時機，很可能是因為你們同根同源的緣故。

姬飛花的語氣雖然斬釘截鐵，可是她心中卻清楚地認識到自己並沒有殺死七七的決心，那天晚上當她嘗試讀取七七腦中意識的時候，忽然感覺到一種前所未有的親切感覺，一種血脈相連的奇妙感覺，她甚至在動手的那一剎那腦海中浮現出父親的影子，姬飛花有生以來從未有像那天那般彷徨猶豫過，她向來殺伐果斷敢作敢當，可是當一個可以輕易結束洪北漠幻想的機會擺在自己的面前，自己卻主動選擇了放棄。

胡小天道：「天機局內還有一顆頭骨。」

姬飛花已經聽說了這件事，她淡然笑道：「你們故意放出這個消息還不是想引人自投羅網？」

胡小天道：「那顆頭骨乃是我從五仙教總壇尋得，後來被任天擎和眉莊聯手搶走，任天擎又將頭骨獻給了七七。」

姬飛花皺了皺眉頭，她實在想不明白為何任天擎要將辛辛苦苦搶來的頭骨交出去？

胡小天道：「應該是任天擎無法領悟到頭骨中的奧妙，我發現能夠感悟到頭骨中奧妙的很可能要和頭骨主人有一定的血緣關係。」他這句話等於點明了姬飛花之所以能夠領悟到那顆頭骨資訊的原因是她是頭骨主人的後代。

姬飛花對胡小天的這句話並沒有異議，緩緩點了點頭，雙眸之中流露出迷惘之色：「我只見過一顆頭骨，此事目前還無法證實。不過任天擎應該是沒有這個能力，否則他也不會將已經到手的頭骨交出去。」

胡小天道：「七七也領略不了其中的奧妙。」

姬飛花道：「如此說來她也不是無所不能。」停頓了片刻又道：「可是我能夠感覺到她體內的那種力量，應該比我要強大得多。」她閉上眼睛，回憶著自己意圖侵入七七的意識，卻遭遇到一股強大意志力抵抗的情景，那股意志力像極了自己，可是又比自己來得純正而強大，她到現在都無法形容那種奇怪的感覺。七七就算不是天命者，她的血統也必然比自己純正得多。

胡小天道：「權德安死了。」

姬飛花哦了一聲，內心中仍然免不了感到一陣失落，可以說在她當年執掌大康權柄的時候，權德安是她最主要的一個對手，當時處處跟她作對，也是姬飛花一度想要除掉的人物之一，聽到權德安的死訊她本應該高興才對，可是心中卻興不起半點的高興，反倒有種莫名的失落感。

胡小天道：「任天擎殺死了他，若非他的幫助，我也無法將任天擎的手臂斬斷。」

姬飛花點了點頭，低聲道：「他倒也稱得上忠心耿耿。」權德安乃是太子妃凌嘉紫身邊的人，自從凌嘉紫死後，他就承擔起照顧永陽公主的責任，這十多年來兢兢業業，嘔心瀝血，呵護七七長大，無論他做事的風格手段怎樣，他對凌嘉紫的忠心毋庸置疑。

胡小天道：「他臨終之前告訴我一個秘密。」他也是斟酌良久決定將此事向姬飛花說明，低聲道：「凌嘉紫懷孕七年方才生下七七。」

姬飛花鳳目圓睜，已經無法掩飾內心的震駭，她用力抿起嘴唇，緩緩轉過身抬起頭來，一滴雨水落在她的面龐之上，彷彿一直浸潤到她的腦海深處，她再度回憶起那天的感覺，她終於明白為何胡小天會說得如此慎重，如果權德安所說的一切屬實，那麼七七顯然是孕育七年方才誕生，她和這世上所有的人都不同，自己雖然擁有天命者的血統，但是自己也是十月懷胎所生。七七很可能是兩個天命者結合方才孕育的後代，她不是龍燁霖所生，更不是龍宣恩的血脈。

胡小天道：「凌嘉紫究竟是怎樣一個人？」

姬飛花緩緩搖了搖頭道：「她死的時候，我還是一個小孩子，我不瞭解她。」她並不瞭解凌嘉紫，甚至不明白為何凌嘉紫會救自己於水火之中，還偷偷傳給自己一身厲害的武功，而凌嘉紫傳給她的武功和頭骨之中蘊含的武學一脈相承，過去她曾經以為凌嘉紫營救自己只是為了給親生女兒留一條後路，可現在忽然意識到，凌嘉紫早就知道內情，也早已開始了佈局。

胡小天道：「能讓洪北漠、任天擎、緣木這些人如此念念不忘的女人一定不是普通人，龍宣恩、龍燁霖明明都知道七七不是他們的骨肉，可是卻不敢揭穿這個秘密，甚至不敢給七七絲毫的冷遇，單單這件事就能夠證明凌嘉紫的厲害。」

雨比起剛才大了許多，兩人站在雨中卻沒有馬上離開的意思。

姬飛花終於開口道：「你的意思我明白。」

胡小天道：「明白就好！」

夜空中一道扭曲的閃電倏然劃過，撕裂了黑沉沉的天幕，照亮了姬飛花雪白如紙的面龐，滂沱大雨在一連串的悶雷聲過後瓢潑而至，胡小天伸出手去，牽住姬飛花的手臂，帶著她走入前方的風雨廊下。

胡小天道：「只是一個猜想罷了。」雖然胡小天的猜想目前還沒有半分的證據，可是姬飛花仍然記得她手掌貼在七七頭頂時候的感覺，那種感覺騙不了自己。

暴雨停歇的時候已經是第二天的清晨，胡小天出現在紫蘭宮外，驚奇地發現尹箏居然也在這裡，尹箏看到胡小天，趕緊走了過來，躬身行禮道：「奴才尹箏參見王爺千歲千千歲。」

胡小天笑道：「小尹子，眼皮兒就是活絡啊，這麼早就來向公主請安？」

尹箏眉開眼笑道：「王爺別笑話奴才了，公主殿下昨個下旨，將小的調來負責紫蘭宮內外的事務，小的正說要向王爺道謝，想不到王爺剛巧就來了。」

胡小天道：「我可沒出什麼力，一定是公主看你聰明伶俐，眼皮兒活絡，所以才將你調來的。」

尹箏笑道：「那也是沾了王爺的運氣。」這廝嘴巴極甜，馬屁拍得恰到好處，讓人很難生出厭煩之心。

胡小天點了點頭道：「公主殿下起來了沒有？」

尹箏道：「早就起來了，在勤政殿議事呢。」

胡小天點了點頭，七七這一點實在是讓人佩服，在處理朝政方面勤快得很，大康這兩年國力有所回升不僅僅是國運方面的緣故，和她的嘔心瀝血日理萬機也有著分不開的關係。

尹箏陪著笑臉道：「王爺是準備去勤政殿呢？還是在這兒歇著？」

胡小天道：「她什麼時候回來？」

尹箏道：「通常要再過一個時辰吧。」

胡小天點了點頭道：「也罷，我出去轉轉，等會兒再過來。」

尹箏道：「等公主回來了，小的把王爺來過的事情向她稟報，讓她在宮裡等著您。」

胡小天擺了擺手，大步走了。

胡小天本想去司苑局找史學東聊幾句，可途經藏書閣的時候，看到一群小太監進進出出正在搬運書籍，問過之後才知道藏書閣的下水道被堵住了，昨晚的一場暴雨這裡的水居然有齊膝深，雖然並無重要的書籍存放在一層，可正在抄錄和準備入庫的部分書籍仍然受到了不少的損失。

如今下水道被疏通開來，百餘名宮人忙裡忙外，當然這種場合也少不了大內侍衛的身影，畢竟藏書閣內孤本古籍眾多，要防止宮人順手牽羊。胡小天看到了從房內出來的慕容展，他走出的地方正是李雲聰生前的居處。慕容展顯然沒有料到胡小天會在這裡出現，愣了一下，然後緩步走了過來。

胡小天笑道：「慕容統領，這麼早啊！」

慕容展道：「在下昨晚當值算不得早，王爺才是真的早！」

胡小天哈哈笑道：「我剛巧經過，看到這裡那麼熱鬧，一時好奇過來看看，想不到會遇到慕容統領。」

慕容展心中暗歎，自從和永陽公主破冰之後，這廝的地位扶搖直上，非但可以自如出入皇宮，而且還在皇宮裡四處亂逛，其實胡小天擁有五彩蟠龍金牌，單憑這塊牌子就能夠在大內暢通無阻。

胡小天朝著李雲聰當年所住的房間走了過去，慕容展跟了過去：「王爺，裡面泥濘一片，別髒了您的腳。」

胡小天道：「既然來了，還是緬懷一下李公公。」他不顧慕容展的勸阻推門走了進去，發現這間房並沒有進水，不過房間內的傢俱被搬走了不少，已經不復昔日模樣了。

慕容展道：「王爺想找什麼？」

胡小天道：「沒找什麼，只是想起當年李公公對我的種種好處。」他來到床邊坐下。

慕容展道：「這裡就要全部搬空。」

胡小天道：「人一走茶就涼，李公公為藏書閣奉獻一生，可人不在了，連他的東西全都被掃地出門了。」言語中頗多唏噓，心中感歎的是慕容展親手將李雲聰的東西扔掉，這廝不知道李雲聰是他親爹啊，李雲聰若泉下有知，恐怕也會難過了。

慕容展道：「這皇宮房舍雖多，可每一間都是皇家之物。」

胡小天道：「是啊，做奴才的，連命都不是自己的，哪還有什麼屬於自己的東西。」

慕容展道：「王爺還是請回吧，這裡實在太過髒亂，王爺若是想造訪，還是等清理完畢之後再來。」

胡小天道：「慕容統領居然下起了逐客令，本王險些以為這裡是你的地方呢。」

慕容展皺了皺眉頭，雖然他並不想和胡小天多談，可是他的確沒有下逐客令的權力，畢竟藏書閣也非自己的管轄範圍。

胡小天環視房間道：「睹物思人，讓我感懷不已，李公公其實本來姓穆的，他的本來名字乃是穆雨明，是不悟和尚的同胞兄弟。」

慕容展感覺胡小天這番話說得實在是突兀，可他又隱然覺得胡小天另有一番深意，這廝不會平白無故說這些話，他並沒有出言阻止胡小天。

胡小天道：「其實關於你的很多事情，我都是聽五仙教的影婆婆所說。」

慕容展一雙灰白色的眸子死死盯住胡小天，他意識到這小子正在講述自己的身世，此前胡小天已經將他過去的一些不為人知的事情說出，慕容展已經開始相信胡小天應該會知道自己的身世。如果自己的那些秘密都是五仙教影婆婆所說，那豈不是意味著影婆婆和自己有著極大的關係？慕容展想問卻說不出口。

胡小天道：「你應該認得她對不對？你當年和蘇玉瑾結合還遭到她的反對。」

慕容展沒有說話，可表情卻是已經默認了胡小天所說的一切。

胡小天道：「她明明知道蘇玉瑾是五仙教中人，又怎會願意自己的兒子惹上麻煩。」

慕容展唇角的肌肉抽搐了一下，他低聲道：「你是說……」

胡小天點了點頭。

慕容展道：「她如今在哪裡？」他並未質疑胡小天這番話的真假，這些事情既然是影婆婆告訴他，那麼能夠直接問影婆婆才是最好的選擇。

胡小天道：「被任天擎和眉莊聯手所殺！」

慕容展的瞳孔驟然收縮，蒼白的面孔上閃過一絲莫名的悲涼，雖然他還無法確定影婆婆就是自己的娘親，可是種種跡象表明，胡小天欺騙他的可能性微乎其微，更何況血脈相連，骨肉至親的那份感覺是無法割斷的。

胡小天道：「這裡是李公公的家，他當初喜歡上一個叫虹影的女人，招來一場橫禍，為了躲避仇家不得不選擇入宮，直到他臨終之前方才知道他在這世上還有一個兒子。」

慕容展的內心如同被重錘擊中，李雲聰是他的父親？李雲聰生前曾經無數次跟他打過交道，可是兩人卻從不知道對方是誰？慕容展表情黯然，終於知道胡小天剛才那番感慨的原因，這房間內的每一樣東西都是自己生父用過的，現在做兒子的要將他的東西全都扔掉。

胡小天微笑道：「其實我本不想說。」他起身出門，經過慕容展身邊的時候，輕輕拍了拍他的肩膀。

慕容展站在那裡一動不動，失魂落魄一般。

胡小天重新回到紫蘭宮的時候，尹箏笑瞇瞇迎了過來：「王爺，您前腳剛走，公主就已經回來了，正等著您呢。」

胡小天笑道：「等得不耐煩了？」

尹箏向周圍看了看，壓低聲音對他道：「看起來好像心情不好。」

胡小天點了點頭，也不多說，緩步向紫蘭宮走去。書房前兩名宮人耷拉著腦袋分立兩旁猶如霜打的茄子一般，看到胡小天過來，正準備通報，胡小天卻搖了搖頭，示意他們不必聲張，來到門前輕輕敲了敲房門，然後推門而入，房門剛一推開，冷不防一只硯台迎面飛了過來，胡小天把臉一偏，硯台貼著他的鼻尖飛掠出去，沒等落地，胡小天左手已經將之抓住。

緊接著又是一只花瓶，胡小天伸出右手一把將花瓶給接住，這只花瓶乃是官窯精品，價值不菲，胡小天心中暗歎，真是敗家啊，這麼貴重的東西說扔就扔。也就是皇家家大業大，禁得起這番折騰。

嗖！這次飛來的是一柄貨真價實的匕首，冷氣嗖嗖寒光閃閃，直奔胡小天的面門而來，胡小天兩隻手都抓了東西，一張嘴將匕首給叼住了，然後把臉一甩，匕首隨之飛出，奪的一聲釘在了七七的書案之上，把七七嚇了一大跳。望著那仍舊顫抖不止的匕首，心中暗歎，這廝的武功真是厲害，竟然用嘴巴叼住了匕首，七七當然知道自己根本傷不了他，不然也不會飛刀刺他。

不過道理向來都站在七七的這一方，七七道：「大膽，你敢行刺我！」

胡小天將花瓶和硯台放歸原位，歎了口氣道：「拉倒吧，我要是真想行刺你，你這會兒就身首異處了。」他大剌剌在雕花紅木椅上坐下，抓起書案上的茶盞，也不管是不是七七喝過了，咕嘟咕嘟喝了個底兒朝天。

七七道：「有毒！茶裡面，匕首上我全都下了毒。」

胡小天道：「再毒也不如你的心腸毒，你要是真想把我給害死，乾脆把自己的心腸挖出來給我泡酒，我一喝準死。」

「呸！你少噁心我。」七七聽他這麼說非但沒有生氣，反而感覺到心氣平和了許多。

胡小天打量著七七：「怎麼？今天好像心情不好？」

「要你管？」七七沒好氣道。

「我不管你誰管你？我不關心你還有誰願意關心你？」胡小天振振有辭道。

七七道：「你剛才去了哪裡？怎麼這麼久？」

胡小天道：「聽說你去了勤政殿議事，我傻乎乎待在這裡也沒什麼意思，於是到處走了走，欣賞一下皇宮大內的風光，順便看看瑤池那邊是不是已經恢復了原貌。」

七七並沒有生出懷疑之心，伸出手去從書案上拔下匕首，明晃晃的匕首在胡小天的面前搖晃了一下。

胡小天道：「今兒是不是有什麼大事發生呢？」

七七點了點頭道：「有，一幫朝臣集合起來彈劾你呢。」

胡小天哈哈大笑起來，他站起身來繞行到七七的身後，一雙大手輕輕落在她的雙肩之上，七七撅起櫻唇，卻未曾責怪他，胡小天手法恰到好處地為七七揉捏著香肩，雖然有揩油之嫌，不過七七卻不得不承認這廝揉捏得舒服極了，感覺身體的疲憊隨著他恰到好處的按摩瞬間一掃而光。

胡小天道：「有幾個？」

「不少！」

「是不是以太師文承煥為代表的一幫老夫子？」

七七有些詫異地轉過臉來，看了胡小天一眼道：「你怎麼知道？難道你在勤政殿內也安插了眼線？」

胡小天哭笑不得道：「你就不能把我往好處想想，我有必要安插那麼多的眼線嗎？縱然這皇宮中有我的幾個好友，也是為了保護你，絕不是為了監視你。」

七七道：「說得好聽，他們都說有人恃寵生嬌，想要禍亂朝綱呢。」

胡小天道：「文承煥這個老傢伙一向跟我不睦，他糾集幾個人說我的壞話也是正常。」

七七道：「誰讓你這麼招人恨！」

胡小天道：「文承煥把他兒子的死算在了我頭上，這個樑子只怕是解不開的。」

七七道：「當年你和文博遠兩人擔任遣婚使，文博遠的死到現在都是一樁懸案。」她停頓了一下道：「安平公主的死本來也是一樁懸案，也是在最近方才查清，其實當年的事情是有人瞞天過海監守自盜。」她這句話指的自然就是胡小天。

胡小天道：「有些懸案註定永遠都無法解開，不過有一點我能夠以自己的人品作為擔保，我和文博遠的死並無任何關係。」

「你還有人品？」七七嗤之以鼻。

胡小天道：「說起當年護送安平公主聯姻的事情，途中文博遠曾經屢次設計想要謀害她，他似乎並不想大康和大雍達成聯姻。」

七七道：「我現在才知道男人因愛生恨也是那麼一件可怕的事情。」言外之意是女人如果因愛生恨那麼將是一件非常可怕的事情，這其中自然就包括她自己，唯有親身經歷才對這種感覺清楚至極。

胡小天笑道：「你對我好像也是呢。」說話的時候，雙手的拇指輕貼在七七細膩白嫩的頸部，七七被他按壓得俏臉紅了起來。

胡小天道：「如果當年文博遠得逞，那麼大康和大雍聯姻的事情自然告吹，可破壞兩國聯姻對他又有什麼好處？單純的因愛生恨？得不到就將之毀去？」

胡小天搖了搖頭道：「應該可能性不大，可是當時文承煥正是兩國和談的贊同者，這些年來他也一直都是大康大雍之間堅定的主和派。」

七七點了點頭，文承煥的政治立場並不是什麼秘密。

胡小天道：「文博遠成為遣婚使也是源於其父的推薦，我後來分析，他當年想要在途中害死安平公主，很可能是要將這個黑鍋推到我的身上。」

「那就是恨你嘍？」

胡小天道：「也沒有那麼簡單，我們只關注事件的本身而忽略了大雍方面的狀況，當時的情況是，大雍太子之位爭奪極其激烈，若是薛道銘和安平公主順利成親，那麼他的聲勢將全面超過大皇子薛道洪，也就是說大雍太子之位十有八九會落在他的手中，所以如果安平公主遇害，那麼薛道洪才是最終的得益者。」

七七道：「你的意思是文博遠和薛道洪有勾結？」

胡小天笑道：「我並沒有證據。」

七七轉過身去，瞪了他一眼道：「沒證據的話不可亂說，文承煥雖然處處針對你，可畢竟是三朝元老，他對大康的忠心毋庸置疑。」

胡小天笑道：「凡事不能一概而論，我沒說文承煥是奸臣，我只是說文博遠這個人的所作所為非常可疑。」

「人都死了，還管他作甚？」說到這裡，七七忽然想起今天的事情是自己主動提起來的，文承煥對胡小天恨之入骨也是理所當然的事情，他將兒子的死算在了胡小天的頭上，此仇不共戴天。

胡小天道：「可人死了，事情還沒結束，文承煥曾經數度針對於我，我也派人專門調查了他。」正所謂來而不往非禮也，胡小天從來都不是一個逆來順受忍氣吞聲的角色。

七七道：「有什麼發現？」

胡小天道：「我發現這位文太師一直都是個主和派，尤其是在對大雍的關係上，當初大康天災最重的時候，正是他和李沉舟談判，一力促成了從大雍高價購入糧食的事情。」

七七點了點頭，此事她自然知道。

胡小天又道：「文太師也非常難得，此後多年在處理兩國關係的問題上始終堅守如一，對大雍始終友善。大雍這兩年流年不利，天災不斷，向我方求援的時候，他提出的觀點你應該比我更加清楚。」

七七沒有說話，在這件事上文承煥提出理應賣糧給大雍，畢竟當年大雍幫助過他們，雖然這一建議最終在自己這裡遇阻，可文承煥的態度充分表明他是個堅定的主和派。七七有些疲倦地歎了口氣道：「你們之間的私怨我不想管了，以後都收斂一些，別總是背後說他人的壞話。」

胡小天道：「我可沒說他的壞話，我是就事論事，剛才還不是他糾集了一幫老臣子去詆毀我，彈劾我？」

七七道：「你以為他說了我就會相信？他說他的，你是什麼樣的人我自己會判斷。」說到這裡她停頓了一下道：「不過你做事也儘量低調一些，我將大雍和黑胡使臣的事情交給你去處理，至少你在表面上要做到一碗水端平了，莫要給他人落下口實。」

胡小天不禁笑了起來：「那老傢伙說我什麼？是不是說我厚此薄彼？跟黑胡使臣過從甚密？」

七七道：「你什麼都知道。」

胡小天低下頭去卻在她白璧無瑕的頸部輕輕吻了一記，七七宛如被踩了尾巴的貓一樣跳了起來，以驚人的速度轉過身去，鳳目圓睜，美眸嬌羞卻多過憤怒，跺了跺腳道：「你竟敢……」

胡小天笑瞇瞇道：「情難自禁。」

七七咬了咬櫻唇，霞飛雙頰，憋了好一會兒方才罵道：「厚顏無恥！」

胡小天向她走了一步，七七向後退了一步，兩人一進一退，直到胡小天將七七逼得靠在牆上退無可退。四目相對，七七一顆芳心怦怦直跳，俏臉上流露出有些驚慌失措的神情小聲道：「你想幹什麼？只要我叫一聲，無數宮人侍衛就衝進來將你亂拳打死……」話未說完，櫻唇已經被胡小天的嘴巴堵住，她揮拳照著胡小天的肩頭猛捶，卻沒有呼救，越打越輕，最後竟然主動抓住了胡小天的雙肩，可突然她又如被蛇咬了一樣反應了過來，用力推開胡小天，紅著俏臉，一邊擦嘴一邊啐道：「你好噁心，竟然……竟然……」

胡小天砸了砸嘴巴，笑瞇瞇道：「其實你要學的還有很多。」他所說的自然是剛才兩人親吻之事。

七七抬腳去踢他，胡小天一把抓住她的足踝，向前一步輕輕鬆鬆幫著她完成了一個一字馬的動作，要說這小妮子身體的柔韌性還真是不錯。

七七揮手想要去打他，卻被他伸手擒獲，這樣的姿勢被胡小天壓在牆上，七七頓時失去了鎮定，俏臉緋紅道：「你想幹什麼？」

胡小天笑道：「不能說。」

「放開我！」

胡小天嘴巴撅了撅。

七七明白他的意思，紅著俏臉湊過去在他唇上吻了一下，胡小天這才放開了她，他開始漸漸摸到一些竅門了，想要征服七七這匹烈馬看來還需下些功夫。

七七轉過身去，偷偷整理了一下衣裙，小聲道：「文承煥的做派我一直都看在眼裡，他親近大雍也是事實，不過並沒有這方面確實的證據，目前看，他只是一個主和派。」停頓了一下又道：「反倒是你，最近頻繁和黑胡方面接觸，背後在搞什麼？」

胡小天笑道：「你信不過我？若是信不過我就乾脆將談判的事情交給別人，我才不願無端遭到這種嫌疑。」

七七回過身來，俏臉上的紅暈已經褪去，雙眸恢復了清明，瞪了胡小天一眼道：「怎麼？我說不得你一句了？」

胡小天道：「說可以說，但是不能懷疑我。」

七七道：「我有說過懷疑你嗎？」歎了口氣道：「雖然你是鎮海王，可凡事還是低調一些得好，有許多事情還是要顧忌的。」

胡小天道：「看來彈劾我的不止是文承煥為首的一幫老臣子啊。」

七七道：「黑胡和大雍方面的事情你還是儘量處理妥當，縱然有些私人恩怨，決不能將之帶到談判中去。」

胡小天聽出她話裡有話，反問道：「我有什麼私人恩怨？我怎麼都不知道？」

七七道：「你這人真是沒意思了，你和薛靈君的事情以為瞞得過我嗎？」

胡小天啞然失笑，用力把腦袋搖了搖道：「我跟薛靈君什麼事情？」

七七道：「反正你們兩人不正常，若要人不知除非己莫為，天下間誰人不知薛靈君是個人盡可夫的蕩婦，你也不是什麼好人，發生糾纏也是正常。現在薛靈君喜新厭舊選擇了李沉舟，你心中自然不忿，公器私用，公報私仇倒也合情合理。」

胡小天聽完她的這番話可真是哭笑不得了，他再度向七七逼近，七七明顯露怯，一步步後退，再度被胡小天逼到牆邊，胡小天笑瞇瞇完成了一個霸道的壁咚。

七七有些緊張，又有些害羞，發現這廝今天侵略性十足，努力使自己看起來更加霸道一些，柳眉倒豎，鳳目圓睜：「離我遠一些，這樣說話我不喜歡。」

胡小天哈哈笑了一聲道：「你胡思亂想，聽信讒言，將一些無中生有的事情強加給我我就喜歡了？我跟薛靈君之間清清白白，什麼事情都沒有，你可以侮辱我的人格，但是絕不可以侮辱我的品味。」

七七的臉再度發燒：「你還有品味？」

胡小天道：「沒有品味，沒有膽量，我怎麼會看上你？」

這話雖然說得不順耳，七七卻覺得心頭一甜，她緩緩伸出手去，本想推開胡小天，可臨到近前，還是改成了一根手指，戳著他的胸膛將他向後推開，這點兒力量顯然是不夠的，手指戳在這廝的胸膛上，清晰感覺到他胸肌的彈力，七七的臉瞬間紅到了耳根。她小聲道：「我又沒說不信你，你站開來一些好不好？」連七七自己都不相信她居然在胡小天的面前服軟，看到胡小天仍然沒有離開，又小聲道：「我熱……」

胡小天差點沒笑出聲來，他就喜歡七七在自己面前服軟退讓的樣子，說起來自己骨子裡還有那麼一點點小小的變態，他也知道不可逼人太甚，見好就收，對待七七這種妮子必須文火慢燉，忽然想起了姬飛花，她好像也得用這個方法，只不過在姬飛花面前的時候，多半是自己主動退讓，自己的心裡帶著一種莫名的敬畏感。

七七一低頭從他腋窩下鑽了出去，有種如釋重負的感覺，她也搞不清楚自己為何會對胡小天產生一種畏懼感。

胡小天道：「黑胡方面是不想咱們插手他們和大雍之間的事情，只要咱們不跟大雍結盟，他們的目的就已經達到，至於大雍則是想聯手咱們抗衡黑胡。」

七七道：「大康的元氣尚未恢復，還沒有準備好投入一場戰爭之中，更何況天香國在我們背後虎視眈眈，我們現在最主要的敵人是他們。」

胡小天道：「所以我暫時拖著他們，目前我已經查明，黑胡和大雍燕王薛勝景早有勾結，現在薛勝景很可能就藏身在黑胡。」

七七道：「如此說來，大雍的情況比我們瞭解到的更加惡劣？」

胡小天點了點頭道：「外患並不可怕，最可怕的是內憂，薛勝景雖然逃了出去，可是他在大雍內部遍佈勢力，大雍內部的變化根本逃不過他的眼睛。至於現在的大雍，李沉舟和長公主薛靈君聯手鳩占鵲巢，大雍皇帝薛道銘和他們積怨極深，今次長公主薛靈君出使大康到底代表李沉舟的意思，還是薛道銘的意思，都未必可知。」

七七道：「我也想過這個問題，所以我的意思是跟誰都不結盟。」

請續看《醫統江山》第二輯卷十九　恨意滔天

醫統江山 II 卷18 生死之間

作者：石章魚
發行人：陳曉林
出版所：風雲時代出版股份有限公司
地址：10576台北市民生東路五段178號7樓之3
電話：(02) 2756-0949
傳真：(02) 2765-3799
執行主編：劉宇青
美術設計：許惠芳
行銷企劃：林安莉
業務總監：張瑋鳳

初版日期：2021年5月
版權授權：閱文集團
ISBN ：978-986-352-961-3
風雲書網：http://www.eastbooks.com.tw
官方部落格：http://eastbooks.pixnet.net/blog
Facebook：http://www.facebook.com/h7560949
E-mail：h7560949@ms15.hinet.net
劃撥帳號：12043291
戶名：風雲時代出版股份有限公司

風雲發行所：33373桃園市龜山區公西村2鄰復興街304巷96號
電話：(03) 318-1378
傳真：(03) 318-1378
法律顧問：永然法律事務所 李永然律師
北辰著作權事務所 蕭雄淋律師

行政院新聞局局版台業字第3595號 營利事業統一編號22759935

定價：270元

國家圖書館出版品預行編目資料

醫統江山 第二輯／石章魚 著. -- 臺北市：風雲時代，2021.02- 冊；公分

ISBN 978-986-352-961-3（第18冊；平裝）

857.7 109021687